TES PAS
DANS L'ESCALIER

ANTONIO MUÑOZ MOLINA

TES PAS DANS L'ESCALIER

roman

TRADUIT DE L'ESPAGNOL
PAR ISABELLE GUGNON

OUVRAGE TRADUIT AVEC LE CONCOURS
DU CENTRE NATIONAL DU LIVRE

ÉDITIONS DU SEUIL
*57, rue Gaston-Tessier, Paris XIXe*

Titre original : *Tus Pasos en la Escalera*

Éditeur original : Seix Barral, Grupo Editorial Planeta
ISBN original : 978-8-43-223507-8

ISBN 978-2-02-145784-1

www.seuil.com

Il faut cacher sa vie.

MONTAIGNE

1

Je me suis installé dans cette ville pour y attendre la fin du monde. Les conditions y sont inégalables. L'appartement se trouve dans une rue silencieuse. Du balcon on voit le fleuve au loin. On le voit aussi de la petite terrasse de la cuisine, qui surplombe des jardins et des balcons, à l'arrière des immeubles de la rue contiguë, et des belvédères avec des balustrades en fer forgé où du linge ondule sous la brise. Au bout de la rue, au-delà du fleuve, s'étend la ligne des collines de l'autre berge et le Christ aux bras ouverts qui semble vouloir prendre son envol. En Sibérie il règne à présent des températures d'une quarantaine de degrés. En Suède, alimenté par une chaleur sans précédent, le feu dévaste des forêts situées au-delà du cercle polaire arctique. En Californie, des incendies auxquels on donne des noms, comme pour les ouragans des Caraïbes, ravagent depuis plusieurs mois des centaines de milliers d'hectares. Ici les journées débutent dans la fraîcheur et la sérénité. Chaque matin se lève une brume humide et très blanche que le soleil transperce peu à peu, et qui apporte en amont du fleuve l'odeur intense de la mer. Les hirondelles sillonnent le ciel et volent au-dessus des toits, comme dans les matins frais des étés de l'enfance. Une fois Cecilia arrivée, je serai comblé. La fin du monde est probablement déjà amorcée, pourtant elle semble encore loin d'ici. Toute la journée, avant même le point du jour et jusqu'à minuit passé, les avions traversent le ciel depuis le sud, juste au-dessus du Christ qui déploie ses bras de béton armé, tel un super-héros sur le point de s'élever dans les airs. De gigantesques bateaux de croisière voguent sur le fleuve, véritables lotissements touristiques verticaux, répliques flottantes de Benidorm ou de Miami Beach. Rien ne trompe mieux l'attente que de se mettre au balcon ou derrière la rambarde d'un parc pour contempler un grand fleuve à l'ampleur maritime et les bateaux qui passent, légers voiliers et pétroliers aux coques comme des falaises rouillées. De la rue voisine, je vois au bord du fleuve une grue sur un quai de conteneurs. Dans la lumière des spots nocturnes, elle va d'un côté à l'autre avec des mouvements d'araignée-robot, un insecte de film futuriste des années 1950 ayant monstrueusement grandi sous l'effet de radiations nucléaires. De la terrasse de la cuisine – où Cecilia et moi planterons bientôt des légumes dans des bacs remplis de terreau – qui domine la cheminée en brique d'une ancienne usine, je vois la partie la plus haute d'un des piliers du pont, rouge délavé dans le bleu doux du ciel. Le bruit de fond permanent est celui de la circulation sur le pont ; des voitures et des camions, des trains sur la passerelle inférieure, et aussi la vibration des piliers et des plaques de métal sous le poids des véhicules qui les ébranlent, et les câbles pareils aux cordes d'une harpe frémissant dans le vent. Le pont, le fleuve dans toute sa largeur, les collines de l'autre rive, les quais des conteneurs et le Christ, je les vois tous les matins depuis le petit parc où j'emmène Luria se promener. Si je marche avec elle, elle flaire les buissons, court après les pigeons, gratte la terre où elle a enfoncé sa truffe. Si je m'assois sur un banc et observe le fleuve et les avions qui passent, elle s'assoit à côté de moi pour contempler le même spectacle, la truffe en l'air, le regard perdu vers un horizon que ses yeux myopes ne distingueront guère, dans une parfaite position d'attente. Si je sors un livre et me mets à lire, elle semble prendre la relève et redoubler de vigilance.

2

Je me suis sans doute très vite adapté à cette nouvelle vie parce qu'elle ressemble par bien des aspects à celle que nous avons laissée derrière nous. Il se peut que ces points communs nous aient influencés quand nous avons choisi ce quartier et cet appartement. Je remarque chaque jour des répétitions, des résonances que je n'avais pas notées auparavant. La plupart des opérations mentales décisives se font sans que la conscience le soupçonne, dit Cecilia. Le Christ sur l'autre rive était au départ une source de perturbation, une erreur dans le paysage : après notre première nuit d'hôtel dans la ville de Lisbonne, Cecilia l'avait vu au loin en ouvrant la fenêtre et, un peu étourdie par le jet-lag, m'avait confié qu'elle avait un instant pensé s'être trompée de ville en se croyant de manière absurde à Rio de Janeiro, d'où elle était rentrée quelques semaines plus tôt d'un de ses congrès sur le cerveau. Elle devait ensuite se rendre à Lisbonne et, cette fois, j'avais pu l'accompagner. Pendant qu'elle assistait aux débats scientifiques, je me promenais dans la ville et l'attendais à l'hôtel ou dans un café, soulagé de ne pas être à New York et de ne pas travailler. L'hôtel était silencieux et accueillant, à la manière d'un établissement familial anglais comme on en voit dans les films et non dans la réalité, avec une moquette propre sans la moindre odeur de moisi. En arrivant, nous avions ouvert les rideaux de la chambre et vu aussitôt le fleuve et les quais. Le troisième étage abritait une bibliothèque aux murs entièrement garnis de bois sombre, meublée de vieux fauteuils en cuir et comprenant une longue-vue en cuivre doré, une cheminée, une terrasse face au fleuve. Au loin apparaissait le pont. Les guirlandes de lumières s'étaient soudain allumées dans un brouillard gorgé de bruine et le couchant de décembre. À l'abri dans le lit comme à l'intérieur d'un terrier, nous avions entendu sonner les heures au clocher d'une église. Plus tard, comblés, apaisés, affamés, nous étions sortis pour chercher un endroit où dîner dans des rues désertes et très peu éclairées. La condensation du brouillard rendait glissantes les pierres blanches des trottoirs. Dans ce quartier à l'écart et à cette heure, il paraissait peu probable de trouver un restaurant. En gravissant quelques marches, nous vîmes au bout d'une rue un coin illuminé d'où montaient doucement des voix, des cliquetis de couverts et d'assiettes. C'était une construction rose et basse sur laquelle grimpait une bougainvillée qui couvrait la moitié de la façade et la fenêtre, une sorte de maison de campagne inattendue. L'animation des clients et des serveurs était d'autant plus agréable que là d'où nous venions, il n'y avait pas un chat. C'était un restaurant italien bondé, mais on nous donna néanmoins une table. Vifs et cordiaux, les serveurs avaient l'air d'être italiens alors qu'ils étaient tous népalais. Avoir découvert cet établissement et y déguster ensuite des pâtes délicieuses accompagnées d'un vin rouge léger et bon marché, suivies d'un tiramisu et d'une grappa glacée, rendait plus intense la joie que nous éprouvions et notre gratitude envers le hasard. Une trattoria mémorable à Lisbonne tenue par des Népalais. Après cela, nous nous étions perdus en explorant des lieux inconnus qui font aujourd'hui partie de ma vie quotidienne, de notre vie commune sur le point de commencer, de notre attente tranquille et en retrait de l'effondrement du monde. « Un fleuve aussi grand que l'Hudson, avait dit Cecilia, un peu grisée, ravie, en équilibre précaire sur ses hauts talons au fil de nos montées et descentes successives. Un pont comme le George Washington Bridge. » L'heure avait sonné à une église voisine. « L'horloge d'un clocher qui me fait penser à celui de Riverside Church », avais-je dit et, à cet instant, dans cette nuit dont je veux me souvenir à jamais jusque dans ses détails les plus intimes, ni elle ni moi ne le savions, mais il se peut que nous soyons passés dans cette rue, sous le balcon où je me trouve à présent.

3

Nous habitions New York et maintenant nous allons vivre à Lisbonne. J'y suis seul pour le moment. J'en profite pour tout mettre en ordre avant l'arrivée de Cecilia. Dans un des gigantesques cargos qui remontent le Tage a voyagé un conteneur, avec nos affaires amassées au fil de nombreuses années, nos deux vies, les livres de chacun et les livres communs, les vieux CD que nous nous offrions au début de notre relation, les photos d'une époque où elles étaient encore imprimées et encadrées, les vêtements d'hivers rigoureux dont nous n'avions alors pas conscience qu'ils ne serviraient plus, une doudoune de Cecilia qui lui descendait jusqu'aux pieds, avec une capuche bordée de fourrure, la grosse veste qui me faisait une silhouette trapue d'Esquimau. Il faudra que je demande à Alexis, qui sait tout, s'il y a à Lisbonne un organisme à qui donner tous ces effets. En lisant les Mémoires en Antarctique de l'amiral Richard Byrd, j'ai eu la nostalgie de ces hivers. Je rangeais dans un placard le long manteau de Cecila et me suis rappelé son visage dans le froid, sa toque de fourrure couvrant ses sourcils, le bout de son nez rougi, l'éclat rose de ses pommettes. C'était épuisant, mais à présent je me réjouis d'avoir accéléré le déménagement sans attendre qu'elle soit là. Me hâter à ce point dans une ville où tout semble survenir à un rythme bien plus lent a été un exploit.

J'ai eu – nous avons eu – aussi la chance qu'au plus fort de la crise, Alexis apparaisse à la tête de son infaillible équipe d'assistants, ou plutôt de complices soudés dans leurs diverses tâches, leurs connaissances pratiques qu'Alexis maîtrise également sans difficulté. La poésie d'une nouvelle ville court le risque de s'évanouir sans laisser de trace dès lors qu'on doit s'y installer. Le temps pressait et j'étais paralysé par mon inefficacité et mon angoisse. Les artisans que j'essayais de contacter par téléphone ne répondaient pas, et quand j'obtenais un interlocuteur après une demi-heure d'enregistrement musical en boucle, je ne comprenais rien à ce qu'il me disait et n'arrivais pas à m'exprimer clairement en portugais. On me promettait de venir installer ou livrer tel ou tel appareil, mais personne ne se déplaçait. Je passais mes journées à attendre, assis sur un carton de déménagement non déballé portant l'étiquette de la compagnie américaine qui s'était chargée du transport. Luria patientait à mes côtés. Elle est encore plus douée que moi pour l'attente, accueille les ouvriers les plus en retard ou les moins compétents en manifestant l'infatigable enthousiasme qu'elle témoigne à l'espèce humaine. Le ciel était sombre et bas et il ne cessait de pleuvoir. Dans la rue, près des bacs à ordures débordants, les poubelles s'amoncelaient jour après jour. Plus que par l'inconfort, j'étais oppressé par la superstition selon laquelle ces imprévus nuiraient à notre existence future dans cette ville, condamnant notre foyer tout neuf à l'échec. Je ne voulais rien révéler à Cecilia de peur qu'elle repousse son voyage, mais je n'avais pas non plus envie qu'elle se retrouve au milieu d'un désordre insupportable, sans qu'il lui soit possible de vivre ou de travailler. Un jour, Alexis avait surgi pour installer je ne sais quoi, exactement à l'heure qu'il m'avait fixée, son téléphone dans une main, sa boîte à outils dans l'autre, avec une ceinture d'où dépassaient toutes sortes de tournevis et autres instruments, ainsi que des trousseaux de clés sonores. J'avais ouvert la porte et, avant d'entrer, il s'était incliné pour m'adresser un salut japonais en frottant les semelles de ses grosses chaussures sur le paillasson. « *Com licença* », avait-il dit, puis, sans me laisser le temps d'ouvrir la porte, il s'était faufilé dans l'entrebâillement avec une agilité de plongeur sous-marin ou de virtuose capable de s'extirper de n'importe quel piège ou coffre-fort, un Houdini de tous les travaux à réaliser dans une maison. Il avait regardé autour de lui, évaluant avec précision et certainement avec pitié l'état lamentable de l'appartement, l'accumulation de caisses, les meubles à demi enveloppés de plastique, de carton et de bande adhésive, le froid humide qui régnait dans ces pièces inhabitées depuis plusieurs mois, sans parler des murs dont la peinture n'était toujours pas terminée, abandonnés par un artisan qui m'avait quitté un soir, très poliment, pour ne jamais revenir, pas même pour récupérer ses pots, ses chiffons et les feuilles de papier journal éparpillées sur le sol. Alexis est un Argentin de l'intérieur des terres, mais au fil des années il a quasiment perdu son accent et acquis une convenance toute portugaise. Il dit que depuis qu'il a quitté l'Argentine il subit la mauvaise presse, selon lui plutôt justifiée, dont sont victimes ses compatriotes de Buenos Aires. Il est originaire de la province tropicale de Misiones. Ce jour-là, Luria s'était étendue à ses pieds pour manifester sa joie et l'inciter à lui caresser le ventre. Alexis, pourtant si correct, s'était allongé pour se rouler par terre avec elle, puis, très souple, il s'était relevé d'un bond. « Vous allez voir, on va arranger ça, vous pouvez dire à madame Cecilia que lorsqu'elle arrivera, tout sera prêt pour l'accueillir comme elle le mérite. »

4

Alexis est capable de vérifier l'état de n'importe quel type d'appareil, mécanique ou électronique, sans l'avoir jamais vu auparavant ; il lit avec concentration et décrypte des instructions confuses et parfois mal traduites. Armé de tournevis, de pinces, de clés anglaises, il transforme toutes les tâches manuelles en activités aussi légères qu'une démonstration d'origami. Ses mains sont fines et agiles, elles bougent avec fluidité et précision. Le bout charnu de ses doigts possède une qualité à la fois adhésive et préhensile. J'ai parfois l'impression que *Serviços urbanos integrais* ou *Integral Urban Services*, l'entreprise pour laquelle il dit travailler, est purement fictive et qu'il en est à lui seul le directeur, le contremaître et l'ouvrier, malgré le graphisme persuasif des cartes de visite qu'il a toujours sur lui, et sa page web en anglais et en portugais, où figurent les contours superposés de plusieurs *skylines*, un terme qu'il affectionne. Chaque matin je me rendais à l'appartement, impatient de voir comment avançait la peinture. Des indices semblaient attester la présence d'autres ouvriers, mais le seul que je découvrais était Alexis, grimpé comme un équilibriste en haut d'un escabeau, occupé à peindre les moulures en blanc et à étaler au plafond la nuance exacte de bleu qui plaît tant à Cecilia. Il remarquait mon air désolé et me garantissait qu'en dépit des apparences, nous étions en train de remporter notre « bataille contre le temps ».

Je paniquais à l'idée qu'Alexis soit un arnaqueur, qu'il ne tienne pas ses promesses et parte en me laissant dans un chaos crasseux. Il passait les appels urgents en « mains libres », exigeait en portugais du matériel à des fournisseurs peu pressés de le livrer. Dès que je formulais une plainte, il s'inclinait en souriant avec une impassible politesse de moine tibétain. Certains jours, j'arrivais à neuf heures en craignant de ne trouver personne ou simplement lui à nouveau, et j'étais accueilli par le bruit des tâches diverses auxquelles s'affairaient des menuisiers, des électriciens, des peintres, chacun concentré sur son ouvrage, attentif aux directives d'un Alexis voyageur et polyglotte qui avait appris le portugais en travaillant à Rio de Janeiro, où il avait supervisé une équipe d'ouvriers spécialisés dans les « chantiers verticaux », pour reprendre le terme avec lequel il désignait les escaladeurs suspendus le long des façades des immeubles les plus hauts afin d'en laver les vitres ou de dérouler des affiches publicitaires sur toile. Il avait participé au ravalement du Corcovado, m'avait-il appris en signalant d'un geste assez dédaigneux sa réplique de l'autre côté du fleuve. On lui avait proposé de nettoyer la statue de la Liberté, mais en fin de compte il ne s'était pas décidé à « faire le grand saut jusqu'à New York ». Il m'avait avoué son rêve de jeunesse, désormais irréalisable, de s'occuper de l'entretien des tours jumelles. Il avait la carrure svelte et athlétique des trapézistes, des acrobates, des danseurs de chorégraphies contemporaines à la barbe de trois jours et au crâne rasé. Quand il ne réparait pas les tuyaux du chauffage ou du gaz, qu'il ne déchiffrait pas les programmes de la machine à laver, il se mettait au calme, en retrait, et s'acquittait par téléphone de formalités administratives cruciales dont je n'aurais jamais pu me débrouiller : contrats, domiciliation et toutes ces démarches ordinaires mais épouvantables qui désarçonnent les étrangers. Alexis s'aventure aussi bien et avec une diligence enviable dans les labyrinthes digitaux que dans le monde tridimensionnel dépassé qui est le mien. Il a résolu l'installation du wifi et de la smart TV après un prodigieux numéro de prestidigitation virtuelle qui n'a duré que quelques minutes. « Madame Cecilia appréciera d'avoir une connexion internet rapide et un large choix de chaînes pour regarder des séries et des films. »

« La course contre la montre », dit Alexis. Et aussi : « En un temps record. » Je vais à présent d'un point à l'autre de l'appartement pour vérifier que tout est à sa place, si possible comme dans notre logement précédent, selon l'ordre que Cecilia a assigné aux objets. La perceuse et le niveau d'Alexis ont permis à chaque tableau ou planche encadrée d'occuper une position précise. D'un simple coup d'œil, Cecilia remarque la moindre inclinaison. Elle sait déterminer la hauteur la plus adéquate pour le regard. Alexis a beau être un bon technicien, il n'a pas d'avis clairement arrêté ou, par politesse, préfère éviter de se prononcer. Au fil des années, mon jugement esthétique a inévitablement évolué sous l'influence de Cecilia. Mais pour accrocher les tableaux et disposer les objets, je me suis contenté de reproduire la configuration du foyer que nous avons quitté, ce qui était facile car cet appartement ressemble beaucoup à celui de New York, bien plus qu'elle ou moi ne l'avions soupçonné au début. En cas de doute, j'essaie avec application de me concentrer sur les choses comme si je les voyais avec les yeux de Cecilia. À force de m'entendre parler d'elle, de regarder ses photos et de côtoyer ses objets préférés, Alexis la nomme avec une familiarité que je trouve flatteuse, sans jamais dissocier son prénom du titre servant à marquer le respect en portugais, la *senhora*. Il m'a aidé à sortir de leur carton et à déballer une par une les hirondelles en faïence que nous avions fixées à la tête de lit dans notre ancien logement, et que je lui ai demandé de remettre ici. Ces oiseaux ont fait un aller-retour. Nous les avions achetés à Lisbonne, au cours de ce fameux séjour, pour décorer notre chambre new-yorkaise : dix hirondelles, de la plus grande à la plus petite, que Cecilia avait disposées en nuée, leurs ailes de terre émaillée ouvertes contre le bleu du mur. Alexis vient de les installer sur un bleu identique, en formation similaire, dans notre chambre actuelle, au-dessus du lit et des oreillers que nous avions là-bas. En plus de ses conseils et avis techniques, il me prodigue par moments des réflexions poétiques. Après avoir placé les hirondelles sur la cloison, son étrange pistolet à colle à la main, semblable aux armes parfois très spécifiques que manient les super-héros, il m'a lancé : « Les *andorinhas* sont des oiseaux migrateurs. C'est beau qu'elles aient regagné leur pays d'origine ! » L'une d'elles avait une aile cassée. Il l'a réparée aussi délicatement que s'il avait soigné une hirondelle blessée.

5

Le soir, j'aime m'installer dans le bureau de Cecilia, devant sa table et l'immense carte du cerveau humain qui ressemble à un planisphère, punaisée au même emplacement qu'à New York. Quand elle s'assoira ici, elle pourra s'imaginer qu'elle n'a pas changé de ville. La similarité favorisera la continuité de son travail. Je n'ai rien à faire mais je me cale dans son fauteuil ergonomique, allume la lampe au pied articulé, lis les noms inscrits sur le schéma du cerveau comme si c'était ceux des villes, des mers et des pays d'une mappemonde, les noms exotiques d'une carte de la Lune ou de Mars. Le bureau de Cecilia a été la première pièce achevée de l'appartement. Je m'y réfugiais et fermais la porte pendant qu'Alexis et ses ouvriers poursuivaient de manière frénétique leurs différents travaux apparemment sans fin. Sur sa table il y a des pots en plastique remplis de crayons, ses cahiers et ses papiers. Si ma mémoire ne m'a pas joué de tours, je crois avoir obtenu un calque parfait dans l'agencement : le bureau, la carte, le fauteuil ergonomique, le canapé-lit où dormaient nos invités, le meuble classeur en bois des années 1930 que nous avions acheté chez un antiquaire. Cecilia avait dit qu'il ressemblait au caisson de rangement d'un des tableaux d'Edward Hopper. Au-dessus est posée la tête en papier mâché du carnaval ou du Nouvel An chinois. La grande bouche rieuse et les orbites vides sont les premières choses que je vois quand je pénètre dans la pièce. Je m'assois au bureau, la fenêtre sur ma gauche, comme avant, sauf qu'elle donne maintenant sur les toits et non plus sur la rue. Je m'assois au bureau et je ne fais rien. Comme à New York,

Luria s'est ménagé un de ses nombreux repaires sous le canapé-lit, qu'elle protège en grognant si je m'en approche.

Le bureau est l'endroit le plus cosy de l'appartement, mais pour je ne sais quelle raison c'est là qu'on entend le plus les avions. À New York, ils descendaient au-dessus du fleuve, puis, au niveau du pont George Washington, ils tournaient vers l'est pour finir leur course à l'aéroport La Guardia. Mais ils volaient beaucoup plus haut et étaient moins bruyants. Ici, ce soir, je vois par la fenêtre du bureau la lune croissante dans un ciel noir et dégagé. Les avions volent si bas que j'en distingue les hublots éclairés et les lettres des noms des compagnies aériennes. Il en passe un presque à chaque minute. Dans le journal, je lis que quarante avions par jour atterrissent à l'aéroport de Lisbonne. Je ferme bien la fenêtre et le double vitrage amortit le grondement qui s'approche.

Jusqu'à une période très récente, je n'avais pas prêté attention à ce vacarme permanent. Ni Cecilia ni moi ne nous en étions aperçus lors de notre séjour, de nos premières promenades dans le quartier, ni quand nous avions visité l'appartement et décidé du jour au lendemain que nous voulions y vivre, changer de pays, de ville et de vie. Je fais des essais pour savoir où le bruit est le plus présent et je me demande comment l'atténuer, si nous pourrons dormir les fenêtres ouvertes, prendre notre petit déjeuner et notre dîner sur la terrasse de la cuisine sans être trop dérangés par les moteurs des avions. Il y en aura sans doute moins après l'été, à la fin de la saison touristique. J'ai demandé conseil à Alexis, qui m'a fait un exposé très prometteur sur les innovations en matière d'isolation acoustique. Il arrive que les choses les plus évidentes passent inaperçues jusqu'à ce que quelqu'un nous les fasse remarquer. Avec un peu de malhonnêteté, j'ai pensé éviter de parler du bruit à Cecilia. C'est à coup sûr mon côté obsessionnel qui le rend plus perturbant.

6

Les avions ont très longtemps donné des cauchemars à Cecilia. Elle en fait encore certaines nuits, des années plus tard. Cecilia dit que ces cauchemars récurrents sont une aubaine pour une personne qui se consacre à l'étude des mécanismes de la mémoire, où la peur reste inscrite bien après la disparition de la menace ou du traumatisme qui en sont à l'origine. La peur ne dort jamais, ajoute-t-elle. Nous descendons d'organismes primitifs et d'animaux auxquels ce que nous appelons la peur a permis de survivre. Cecilia se réveillait en criant parce qu'elle avait rêvé d'un avion qui se dirigeait vers notre appartement et occupait tout l'espace de la fenêtre. Ces cauchemars la tiraient de son sommeil et ses sursauts mettaient un terme au mien. À des heures très matinales, nous étions tous deux réveillés par des sirènes de camions de pompiers et de voitures de police hurlant à plein volume et sans raison dans les avenues désertes. Loin de nous, à l'extrême sud de l'île, le gros nuage noir au cœur de flammes rougeoyantes continuait de s'élever, exactement au même point à l'horizon que l'endroit où se dressaient encore les deux tours quelques jours auparavant, qui devinrent ensuite des semaines. Dans les mauvais rêves de Cecilia, les avions s'approchaient à très basse altitude et transperçaient une tour puis l'autre dans des explosions de feu, de manière aussi réitérative que les images qu'on voyait à la télévision ; nous assistions à la fin du monde en direct, devant le petit écran et en entendant des voix paniquées à la radio, et prenions l'ascenseur jusqu'au trentième étage pour la voir de nos propres yeux depuis la terrasse de l'immeuble, très lointaine, au sud et aux confins de la ville, dans la transparence d'un matin clair de septembre annonçant la fin de l'été, après la date-frontière du Labor Day qui suspend à New York le rythme lent du mois d'août. Soudain un rugissement d'avions à l'approche, une longue déflagration avait fait trembler l'air en tonnant. Cecilia s'était serrée contre moi en cachant sa tête dans mon cou. Il n'y avait aucune raison de ne pas croire qu'une autre attaque risquait de survenir, que d'autres avions de ligne gigantesques perdraient de l'altitude sur la bande scintillante de l'Hudson et s'écraseraient contre les tours de la ville, peut-être même sur la terrasse où nous nous trouvions. J'avais levé les yeux et vu qu'il s'agissait d'avions de chasse.

7

J'inspecte l'appartement pour m'assurer que tout est en place, m'arrête sur le seuil d'une pièce pour parcourir chaque détail du regard. Si je veux vraiment voir, je dois le faire avec l'œil de Cecilia. Je m'assois sur le lit, bien droit, les pieds sur le tapis au centre pelé depuis que Luria l'a gratté pour y chercher je ne sais quoi. J'ouvre les tiroirs et les placards de la cuisine où sont déjà rangés les couverts et la vaisselle qui, curieusement, n'a subi aucun dégât pendant le voyage et l'emménagement. Ce sont les assiettes, les coupes, les verres, les couteaux, les serviettes que nous avions là-bas, la balance d'un magasin du siècle passé, une peinture à l'huile représentant quelques poules achetée vingt dollars sur un marché aux puces, les affiches encadrées de films d'épouvante des années 1930, souvenir d'un séjour de Cecilia à Los Angeles, l'horloge murale qu'on croirait sortie d'un sous-marin nucléaire de la guerre froide. La radio de la cuisine est la même : je suis presque étonné de l'allumer et de ne pas entendre la station publique de New York. Le premier jour, Cecilia se lèvera et fera presque le même trajet pour aller de la chambre à la cuisine, et la cafetière new-yorkaise sera prête, le pot de café sera le même, du brûleur de la gazinière jaillira la même flamme bleue et docile, le presse-agrumes lui fera le même jus d'orange, à la seule différence près, qu'elle remarquera dès les premières secondes, que les oranges d'ici ont une saveur bien plus intense et plus sucrée, une couleur plus vive, et que le café d'Angola est plus doux, que le matin est plus lumineux, car la clarté provient non d'une fenêtre donnant sur une cour intérieure, mais de celle du balcon grande ouverte, et se fraie un passage jusqu'à la terrasse. Tout ce qu'elle verra dans la normalité du quotidien, l'eau jaillissant du robinet, le réfrigérateur et ses aliments au frais, la cafetière se déclenchant par une simple pression sur un interrupteur, portera la marque du talent et de l'efficacité d'Alexis et de ses subordonnés ou complices, qui ont permis l'installation de chaque appareil et se sont occupés des contrats et des diverses formalités dans des bureaux où j'aurais été perdu sans parvenir à rien. Alexis a fait venir le menuisier qui a construit et installé les étagères du couloir en moins d'une semaine, les employés de la compagnie du gaz, du téléphone et du wifi. Quand il a vu le désordre et la poussière laissés par les déménageurs musclés mais brutaux, il lui a suffi d'envoyer un SMS à une dame qui s'est présentée au bout de quelques heures à peine, chargée de produits ménagers en tous genres et dotée d'une capacité de travail aussi méthodique et imperturbable que sa propension au bavardage.

Cândida est arrivée et immédiatement, « dès la première minute », pour reprendre les termes d'Alexis, elle s'est mise au travail en discutant, sans se laisser impressionner par quoi que ce soit : ni par la tâche effarante qui l'attendait, ni par mes difficultés tout aussi évidentes à comprendre le portugais. Elle a fait le ménage énergiquement en bavardant incessamment avec Alexis, et quand ce dernier est parti, elle s'est adressée à moi, si vite que lorsque je commençais à saisir le sens d'une phrase, elle avait déjà changé de sujet. Mais elle apostrophait Luria avec tout autant de conviction quand je n'étais pas là, et lorsque la chienne s'éloignait elle se parlait à elle-même. Quelques heures plus tard, après son départ, j'étais hypnotisé par la propreté et le silence qu'elle avait laissés derrière elle. Les larges lattes du plancher brillaient dans la lumière du soir, comme vernissées. Les toits des maisons voisines et le bleu doux du ciel étaient bien plus nets après le nettoyage des vitres. Il régnait dans l'appartement tout entier la sérénité spacieuse d'un pavillon japonais. Pour la première fois, j'avais l'impression que les lieux étaient prêts pour accueillir Cecilia. Il faisait très beau et chaud après plusieurs jours de grisaille et de pluie. Si la fin du monde est proche, il n'y a pas de meilleur endroit qu'ici pour l'attendre. Et si, à la suite d'un des multiples désastres que l'on est en droit de pressentir, les innombrables et fragiles mécanismes de la normalité se brisent, Cecilia et moi serons soulagés de pouvoir compter sur le talent pratique, le discernement et la patience d'Alexis.

8

J'éprouve une panique rétrospective quand je pense à ce que nous serions devenus si Alexis n'était pas apparu. « Au bon endroit et au bon moment », dit-il avec une vanité feinte et pourtant réelle. Un des premiers soirs que j'ai passés dans l'appartement, je suis allé sortir Luria, et à mon retour je n'arrivais pas à ouvrir la porte. Les choses peuvent ainsi s'altérer d'un instant à l'autre. Un geste qui était devenu machinal se révélait soudain inefficace. La clé ne tournait plus dans la serrure. Luria levait la truffe à côté de moi, fascinée comme toujours par le plus infime contretemps humain. J'ai cessé de forcer, sorti la clé que j'ai examinée attentivement, pensant peut-être tirer une déduction de cette observation. La lumière du palier s'est éteinte. Dans ce vieil immeuble sans ascenseur, elle s'allume grâce à un détecteur de mouvement. J'ai alors découvert que je devais bouger et agiter les bras pour y voir clair de nouveau, puis j'ai réintroduit avec précaution la clé dans la serrure. D'un mouvement ferme du poignet, jusqu'au fond. Luria me regardait, admirative. J'ai tourné doucement mais le mécanisme n'a pas cédé. J'avais peur de casser la clé en exerçant plus de force. Ce qui avait été normal était désormais impossible. La lumière s'est éteinte encore une fois. Laissant la clé dans la serrure, j'ai agité les bras pour activer la cellule photoélectrique. Je pensais que lorsque je lui raconterais cette mésaventure, Cecilia se moquerait de moi ; de ma maladresse pour les tâches manuelles ; de mon ahurissement face à la moindre contrariété ; de mes déplacements sur le palier et de mes bras levés pour déclencher le capteur. La porte disciplinée de mon appartement était devenue un mur infranchissable. « Infranchissable », un mot très sérieux. J'ai tourné la clé si fort que j'ai eu mal au poignet. Si je continuais, elle se briserait. De l'autre côté du battant se trouvaient mon foyer, mon dîner, le lit dans lequel j'étais encore sûr de me coucher un moment auparavant, la bière qui refroidissait pour moi dans le réfrigérateur. Il était onze heures du soir. La seule personne à Lisbonne à posséder un double de mes clés était Alexis. Sur le palier, la lumière s'est à nouveau éteinte. Sans retirer la clé de la serrure, je me suis assis là en caressant le dos docile de Luria dans l'obscurité. Je suis un spécialiste des peurs rétrospectives. Que se serait-il passé si j'avais oublié – un cas de figure très vraisemblable – d'emporter mon téléphone avant de sortir la chienne ? J'avais beau m'agiter, la lumière ne s'allumait plus. Grâce à celle, providentielle, de mon portable, j'ai essayé à une énième reprise d'ouvrir la porte. J'avais honte de déranger Alexis à cette heure. Mais ma honte redoublerait si je l'appelais plus tard. Au début il n'a pas décroché. Il devait être en pleine conversation avec un de ses innombrables clients ou avait éteint son téléphone pour prendre un peu de repos, dormir en paix après une grosse journée de travail. Quand il m'a répondu, j'ai entendu en bruit de fond une voix de femme, les pleurs d'un enfant, le son du téléviseur. Dans un endroit indéterminé de la banlieue de Lisbonne, à onze heures et demie du soir, il avait une vie. Je me suis empressé de lui raconter mes malheurs, mes problèmes d'homme peu adroit de ses mains. Il m'a demandé d'attendre un instant, a masqué l'entrée du micro ou l'a déconnecté. Plein de remords, j'imaginais des plaintes familiales. Il m'a repris en disant « allô », pour m'annoncer qu'il sortait tout de suite de chez lui. Je l'ai attendu sur le palier, me levant et remuant les mains toutes les minutes pour rallumer. Je devais mal me débrouiller car tantôt j'avais de la lumière, tantôt non. J'avais envie de prendre exemple sur l'admirable patience de Luria. Alexis est arrivé si vite que je me suis demandé s'il ne possédait pas, en plus de toutes ses aptitudes, celle de piloter un hélicoptère ou la Batmobile. Luria a dressé les oreilles et la truffe en entendant le moteur de sa voiture dans la rue silencieuse. Alexis est monté en quatrième vitesse. Il avait sa boîte à outils, sa ceinture bardée de tournevis et de clés anglaises, une corde d'escalade passée à l'épaule, une lampe à poser sur un trépied qui se dépliait, un spray d'huile lubrifiante et deux autres jeux de clés de l'appartement. Je ne lui reproche pas d'avoir dans un premier temps analysé la situation avec une attitude condescendante. Quand il pose sur moi ses yeux de lynx, il voit certainement un gentil handicapé pittoresque. Mais lui non plus n'est pas parvenu à ouvrir la porte, ni en manœuvrant subtilement, ni en frappant plus franchement dessus. Toutes les soixante secondes, la lumière s'éteignait et je martelais le sol du palier en faisant de grands gestes. J'avais ainsi l'impression de me rendre utile auprès d'Alexis sans m'épargner le ridicule. Il transpirait, serrait le téléphone entre ses lèvres pour s'éclairer en trifouillant dans la serrure, puis il a déplié le trépied pour installer la lampe. Les yeux exorbités, il avait le visage décharné d'un ermite ou d'un guerrier japonais. Parfois, en silence, je rapporte des faits à Cecilia pendant qu'ils se déroulent. Alexis essayait en vain de démonter la serrure à l'aide d'un tournevis. Avec philosophie, il se plaignait qu'à Lisbonne, tout soit vieux, caduc, obsolète, et épongeait la sueur de son crâne rasé avec le chiffon graisseux qui lui servait à nettoyer ses outils. L'idée invraisemblable qu'il puisse être déconfit devant moi m'a alors traversé l'esprit. Il était debout, épuisé, déçu de lui-même, tandis que je levais les bras en tournant en rond et piétinais sur le palier, comme pour imiter les battements d'ailes d'un oiseau, plus précisément d'une poule. Ça au moins, j'étais capable de le faire. Alexis a ramassé la corde qu'il avait apportée et m'a dit qu'en dernier recours, il escaladerait la façade jusqu'au balcon. Les gouttes de sueur perlaient sur ses sourcils et pénétraient dans ses yeux. Il s'essuyait du dos de la main. Consciente de l'urgence de la situation, Luria s'est couchée sur le dos en nous offrant son ventre, réclamant des caresses. Malheureusement pour elle, ni Alexis ni moi ne lui avons prêté attention. D'un geste de prestidigitateur dont il est coutumier, Alexis a alors sorti de je ne sais où une sorte d'étui qu'il a ouvert par terre. Il s'est agenouillé pour l'examiner. C'était une trousse en cuir, en feutre ou en velours qu'il touchait très précautionneusement. Elle contenait une série d'outils. Avant l'extinction des feux, j'ai pu voir qu'ils étaient aiguisés et argentés. Quand j'ai eu suffisamment gesticulé afin qu'elle se rallume, j'ai constaté qu'il les observait encore sans les toucher. « Je ne devrais pas vous montrer ça, monsieur. » Une fois de plus, je lui ai répété qu'il n'était pas nécessaire qu'il m'appelle ainsi. Il a fini par en choisir un. Luria se rendait compte qu'un fait décisif était sur le point de survenir et qu'elle devait se comporter avec une extrême prudence. À genoux devant la serrure, la lampe orientée vers la porte, son portable entre les dents et respirant par le nez, il a commencé à manier très lentement cet outil spécifique. Auparavant il s'était doucement frotté les mains et le bout des doigts. Il tenait la fine lame de métal entre le pouce et l'index, sans hâte, en tâtonnant, écoutant plus qu'il ne regardait. La porte s'est ouverte en émettant un petit claquement sec. Luria m'a précédé avec son énergie joyeuse tandis qu'Alexis s'essuyait les genoux, appliqué, et rangeait ses outils dans l'étui en cuir avec la diligence méticuleuse d'un neurochirurgien. Il n'a pas voulu entrer, m'a promis que, le lendemain matin, un serrurier de confiance viendrait poser une nouvelle serrure. Il a ensuite replacé la corde sur son épaule, fermé sa boîte à outils, éteint la lampe, rangé le petit trépied dans une poche et astiqué le seuil avec son chiffon. « *Com licença* », a-t-il soufflé sans que je le voie partir, car à cet instant la lumière s'est éteinte et il en a profité pour s'éclipser avec discrétion, comme s'il s'était évanoui dans les airs, dans l'obscurité du hall et de la rue.

9

Je m'assois dans le canapé du salon ou le fauteuil de lecture, ou je m'accoude au mur de la terrasse et profite pleinement de l'inactivité. Le fauteuil est un cadeau d'anniversaire de Cecilia. Je me cale en arrière et, tandis que le dossier cède, un repose-pieds moelleux s'élève. J'ai l'impression de flotter dans l'espace, en apesanteur et sans vertige, les jambes écartées, comme un astronaute. Il me semble incroyable d'avoir expédié en aussi peu de temps la corvée exténuante d'un déménagement de l'autre côté de l'océan et d'une installation dans un appartement d'une autre ville et d'un autre pays, où il faut encore une fois tout réapprendre. Je m'assois pour ne rien faire et attendre, Luria à mes côtés. J'entends les pas des voisins dans l'escalier. Je me plais déjà à imaginer ceux, familiers, de Cecilia montant ou descendant rapidement les marches, chaussée de ses sandales d'été. Je n'ai rien d'autre à faire. Lire ou écouter de la musique pendant des heures, regarder à minuit les chaînes de télévision internationales sont des formes variées d'oisiveté. Sauf quand je lis, Luria participe à ces loisirs. Elle s'assoit près de moi devant le téléviseur et reste, immobile et hypnotisée, à proximité des baffles de la chaîne. Cecilia dit que les terminaisons nerveuses de son oreille interne sont mille fois supérieures aux nôtres. Luria préfère les vinyles aux CD, la musique de chambre aux orchestres symphoniques, la voix de Billie Holiday à toute autre voix enregistrée.

Je ne compte plus jamais retravailler : pas un seul jour ni même une heure. Je m'occuperai du potager quand nous y aurons planté les légumes. Le matin, mon sac à dos à l'épaule, j'irai faire mon marché dans le quartier de Campo de Ourique. Je cuisinerai pour Cecilia. Je rangerai plus soigneusement les livres, les disques et les DVD. Je proposerai à Luria des promenades salutaires qui compenseront ses penchants sédentaires. Je me chargerai de trouver de bonnes boulangeries pour que nous puissions partager chaque matin un petit déjeuner varié et délicieux, si possible et tant qu'il fera beau sur la table en fer forgé peinte en bleu de la terrasse. Les gangsters corporatifs qui m'ont exploité, escroqué et m'ont forcé à m'exploiter et à m'escroquer moi-même, qui ont été mes subalternes pendant la plus grande partie de ma vie d'adulte et m'ont ensuite renvoyé avec l'équivalent administratif d'un coup de pied au cul ou plutôt dans le ventre, se sont arrangés pour me verser les indemnités les plus basses qui soient, bien épaulés dans leurs démarches par les lois et les avocats d'affaires. Je vais toucher une pension médiocre au regard de toutes les années que j'ai passées à la décrocher, une durée équivalant à une peine de prison. En attendant, j'ai assez d'économies pour vivre avec austérité et sans angoisse jusqu'à ce que la fin du monde survienne ou que les infrastructures de base cessent de fonctionner : les réseaux de distribution d'eau, d'électricité, d'aliments, les systèmes de paiement en ligne, les banques. Mon ami Dan Morrison, qui appliquait ses compétences en physique théorique aux opérations d'une société d'investissement à Wall Street, jusqu'à ce qu'on le remercie en 2008, dit que le système financier mondial n'est guère plus stable qu'une bulle de savon. Alexis m'a raconté qu'en Argentine, à l'époque du *corralito*[1], l'argent avait disparu ou perdu sa valeur, et du jour au lendemain la population avait développé avec une grande habileté une efficace économie de troc. « C'était impressionnant. J'ai réparé un Frigidaire en panne

1. Nom donné au gel des retraits bancaires imposé par le ministre de l'Économie en Argentine, lors de la crise de 2001. (Toutes les notes sont de la traductrice.)

et la dame m'a donné une douzaine d'œufs en échange. » Pour le moment, je suis soulagé de parvenir à consulter mon compte sans difficulté et de constater qu'il n'y a aucun risque de pénurie dans un avenir proche. On peut toujours envisager une faillite du système bancaire, une immense panique financière qui se déclarerait brusquement et emporterait tout, une attaque nucléaire terroriste : il est impossible de s'affranchir de certaines incertitudes. J'ai dit à Cecilia que j'ai lu sur une page web qu'il serait prudent d'investir ses économies dans l'or ou le diamant et, sans se détourner du *paper* scientifique qu'elle corrigeait, elle m'a demandé si je n'étais pas en train de devenir un peu paranoïaque.

Je m'aperçois que j'ai bien moins de besoins que je ne le pensais. L'infaillible clairvoyance de Cecilia est faite pour moitié de pure intuition et d'une discipline fondée sur le raisonnement scientifique. C'est elle qui a eu l'idée d'acheter cet appartement lors de ce fameux séjour. Le Portugal était un pays au bord de la faillite, et Lisbonne une ville pleine de beauté et de tristesse, de magnificence et de misère, de poubelles non ramassées, de maisons vides et de murs barbouillés. Un matin, en nous promenant, nous avons vu une rue silencieuse et indemne. À aucun moment nous n'avions envisagé de quitter New York. Nous avions un appartement, Cecilia son laboratoire, moi mon travail immonde dont je n'avais jamais pu me libérer et qui ne me laissait ni respirer, ni trouver le temps nécessaire pour essayer autre chose. Ce matin-là, Cecilia avait une démarche légère parce qu'elle venait de s'acheter des bottes de suffragette de la Belle Époque et que son intervention au congrès auquel elle participait avait été un succès. Elle portait un tailleur noir, un gardénia de soie blanche épinglé sur le revers de sa veste. Assis au fond de la salle, ignorant et intrus, j'avais applaudi avec les autres et savouré en secret ma fierté conjugale. Sur une scène plongée dans la pénombre, devant un lutrin, le visage éclairé par l'écran de son ordinateur portable, la silhouette de Cecilia se détachait d'un écran beaucoup plus grand où se succédaient des coupes anatomiques du cerveau et des images de résonance magnétique, des taches blanches qui bougeaient comme des courants et des formations de nuages transmises par satellite. Puis on avait tiré un grand rideau d'un côté de la salle, révélant une paroi de verre et, au loin, l'embouchure du Tage. Dès qu'elle le désirerait, Cecilia pourrait travailler pour le laboratoire d'un grand centre européen, ici même, à Lisbonne, dans cet immeuble blanc et futuriste au bord du fleuve où se déroulait le congrès. Nous avons remonté les ruelles pavées au-dessus de l'hôtel et découvert tout à coup le fleuve et le pont, lointains et proches, les tours surmontées de belvédères, les murs roses entourant les jardins. Nous avons vu à un coin de rue l'atelier d'un cordonnier ravaudeur. Nous avons vu à un étage peu élevé une femme portant des lunettes à forte correction nous suivre du regard depuis sa fenêtre. Nous avons vu un chat prendre le soleil sur un balcon couvert d'herbe d'un immeuble qui paraissait abandonné. Nous avons vu la pancarte « À VENDRE » accrochée à un balcon de cet immeuble. Bien plus expéditive que moi, Cecilia a immédiatement composé le numéro de téléphone.

C'est sur ce balcon que je suis à présent. Sur celui d'en face, je vois parfois un homme aux cheveux blancs ébouriffés qui doit être encore plus désœuvré que moi, car il passe ses journées en peignoir et en pyjama. Dans les fenêtres du dernier étage de cet immeuble se reflètent les avions, semblables à des photogrammes successifs. C'est une rue silencieuse avec très peu de circulation. Elle serait encore plus calme sans les avions. Quand une voiture approche, on entend le bruit du moteur avant qu'elle apparaisse. Si je laisse la fenêtre du balcon ouverte, où que soit Luria, elle se précipite et se penche vers la rue, les oreilles dressées, sa queue balayant le sol comme un ventilateur. Certaines nuits, le silence est si dense que je me réveille avec un sentiment d'étrangeté, et je me surprends à espérer qu'une voiture tourne au coin et s'arrête.

Désormais nous n'aurons plus besoin de dépenser beaucoup d'argent. Nous sommes délivrés de l'extorsion perpétuelle qu'est la vie à New York. Dans ce quartier, une pâtisserie ou un restaurant proposent des plats délicieux et bon marché à tous les coins de rue. La plupart des choses qui nous seront indispensables dans notre nouvelle vie sont arrivées dans le conteneur du déménagement. Je songe à ces romans d'îles désertes que j'adorais à douze ou treize ans, le moment où les rescapés du naufrage dénombrent les objets qu'ils ont pu récupérer ou ceux que la mer a rejetés sur le rivage, avec lesquels ils vont désormais devoir se débrouiller. L'appartement étant installé, je dresse l'inventaire de mes possessions domestiques, allant d'une pièce à l'autre, inspectant les tiroirs, les étagères, les placards. J'en tire une sensation de modeste opulence. Je n'aurai pas besoin de faire des achats dispendieux dans les temps qui viennent. Nos objets émergeaient, reconnaissables et intacts, de leurs emballages en carton et en plastique que les déménageurs déchiraient furieusement devant moi. Ils acheminaient les caisses de livres par une poulie fixée au balcon. Voir surgir tout à coup du papier journal retenu par un ruban adhésif un ours en bois ou une maquette de bateau tenait du sortilège. J'ouvrais les boîtes comme des coffres renfermant de possibles trésors : nos photos encadrées, le marin rigolard en porcelaine, son balluchon à l'épaule rainuré comme une tirelire, le canard en bois peint qui servait d'appât pour chasser les vrais canards, la tête de vache africaine, la baleine taillée dans un bloc de bois flotté modelé par les intempéries, toutes nos trouvailles utiles et inutiles. Jusqu'à notre téléphone fixe, que je ne me rappelais pas avoir prévu dans le déménagement, et le répondeur qui nous permettait d'écouter les messages quand nous regagnions l'appartement après une sortie en ville ou de retour de voyage. L'ayant déballé, Alexis l'a examiné avec un intérêt d'archéologue.

Si j'en prends soin, les vêtements et les chaussures que je possède me suffiront jusqu'à la fin de ma vie. Tout est déjà rangé dans la partie de la penderie qui m'est réservée. Dans celle de Cecilia, j'ai mis ce qui est arrivé dans le conteneur : robes, hauts talons, sandales, baskets, ses sous-vêtements si délicats et si agréables au toucher quand je les ai pliés avant de les disposer dans les tiroirs. Lorsque j'ouvre maintenant ce côté du dressing, les effluves de son intimité, de son parfum et des savons qu'elle aime glisser entre les piles de linge s'en dégagent. Bien entendu, je lui ai laissé de la place pour qu'elle range ce qu'elle apportera. Les robes et les paires de souliers alignées dans la penderie donnent déjà une idée de toute l'étendue de la présence de Cecilia, ses penchants versatiles pour les nouveautés attrayantes qu'apporte chaque changement de saison. Heureusement, ses robustes et lourdes bottes de neige ne se trouvent pas parmi les paires de chaussures qui s'étalent ici ; elle avait fini par les détester, obligée de les porter tous les jours pendant l'interminable période de bourrasques, au cœur de l'hiver, quand il fallait se frayer un passage sur les trottoirs en escaladant des montagnes de neige sale et de détritus, s'enfoncer dans des flaques cachées sous un givre trompeur, une pulpe de glace, de boue et de neige qui se formait à force d'être piétinée par les bottes des passants, glisser sur les marches métalliques à l'entrée du métro ; quand il fallait se couvrir le visage et même fermer les yeux pour résister aux assauts du vent chargé de cristaux glaciaux. Mais j'aimais la voir rentrer à la maison, la tête ceinte de son bonnet en laine ou de sa capuche bordée de fourrure, le nez rougi, les joues rosies par le froid ; j'aimais voir ses mains si fines sortir de ses énormes gants pendant qu'elle secouait sur le paillasson la neige ou la boue accumulée sous ses bottes.

Comme dans l'autre appartement, la penderie occupe le mur face au lit : le côté de Cecilia correspond à celui où elle se couche, le mien est à l'opposé. Je n'avais pas prêté attention à la distribution quasi identique des deux chambres : le lit face au dressing, les deux fenêtres à gauche, la porte à droite. « La mémoire est moins fiable qu'elle n'en a l'air », dit Cecilia. Pendant quelques secondes, je ne sais plus trop s'il y avait deux fenêtres ou une seule dans notre ancienne chambre. Deux, bien entendu. J'ai rangé exactement au même endroit la coiffeuse Art déco de Cecilia, contre le mur, de son côté du lit, devant les fenêtres. Les tables de chevet sont les mêmes, ainsi que leurs lampes à abat-jour de soie blanche. Le réveil trône comme auparavant sur la table de Cecilia. Quand je me réveille la nuit, dans le noir, l'éclat rouge et ténu des chiffres me fait parfois penser que je suis à New York. Luria s'imagine peut-être y être encore. Elle reconnaît les odeurs et l'agencement de l'espace, se couche au pied du lit, sur le tapis familier. Elle trottine d'un bout à l'autre de l'appartement, aussi à l'aise que si elle avait toujours vécu ici. Elle aime monter la garde à la porte des pièces. Chaque matin, postée sur le seuil, elle m'observe, calme et vigilante, pendant que je range, aère la chambre, fais le lit, remets les oreillers en place, lisse la courtepointe. Je ne dors que de mon côté. Lorsque Cecilia allait bientôt rentrer de voyage, je veillais à ce que tout soit impeccable pour son arrivée. Si elle partait pour plus de quelques jours, il me fallait fournir davantage d'efforts et la nervosité me gagnait car, inévitablement, je m'étais plus ou moins laissé aller pendant son absence. Je ramassais les *New York Times* de la semaine accumulés en pile volumineuse au pied du fauteuil de lecture, les livres que j'avais disséminés un peu partout, comme l'ancien fumeur que j'étais, qui oubliait ses cigarettes allumées dans les cendriers ou même au bord des tables, où elles se consumaient en laissant des traces de brûlure sur le bois. Ces marques relèvent aujourd'hui du passé lointain où j'avais des ongles et des doigts jaunis par le tabac.

10

Je constate qu'il m'est difficile de ne pas perdre le fil. Il y a trop de choses qu'on a envie de dire d'une traite. Des millions de connexions cérébrales établies simultanément, dit Cecilia. De minuscules pulsations de courant électrique le long de l'axone des neurones, des décharges chimiques de neurotransmetteurs. Et il y a certaines choses qu'on ne s'est pas proposé de dire et qui remontent tout à coup on ne sait d'où et qu'on se surprend à raconter.

Je veux parler du moment où je commençais à tout préparer dans l'appartement car Cecilia allait arriver. Les vols transatlantiques ne lui font pas peur. Elle se plaît à les considérer comme une retraite parfaite, une transe à l'écart du monde extérieur, de l'avant et de l'après. Installée à une table isolée dans un café de la zone de transit de l'aéroport de Francfort ou de Singapour, elle ouvre son ordinateur portable, chausse ses lunettes et écrit ou corrige un article scientifique, le dos bien droit, aussi calme que si elle était dans son bureau. Elle va bientôt arriver et je m'apprête à la recevoir. Dès que j'ouvre les yeux, le matin, je tiens compte du décalage horaire pour savoir où elle en est exactement de son trajet. À l'époque où je travaillais encore, j'inventais un prétexte pour passer la journée à la maison. J'avais besoin de consacrer à cette attente tout mon temps et toute mon attention. Cecilia n'arriverait qu'en fin d'après-midi. Je l'attendais déjà avant même de me réveiller. L'inquiétude me poussait très tôt hors du lit, conscient qu'à l'heure qu'il était en Europe, elle avait fait ses valises et était en route vers l'aéroport, faisait la queue à l'embarquement ou au contrôle de sécurité. Toute mon activité se concentrait sur ces préparatifs ou était destinée à tromper le temps. Je changeais les draps. Je faisais le lit. J'ouvrais les fenêtres, même si le vent était glacial. Sitôt mon petit déjeuner terminé, je nettoyais soigneusement la cuisine. Je frottais avec tout autant d'ardeur l'inox de l'évier et de la gazinière, la porcelaine du lavabo et des toilettes. Je m'assurais qu'il ne restait aucune trace d'urine sous la lunette. Après m'être douché, en proie à un désir prématuré et visible, je laissais la baignoire étincelante et retirais le répugnant enchevêtrement de cheveux de la bonde. Je rinçais le rideau en plastique avec la pomme de douche. Je déjeunais dehors pour éviter de salir la cuisine, vérifiais qu'il y avait des bières glacées dans le réfrigérateur, la *pale ale* que nous aimons tous les deux, mettais au frais une bouteille du vin blanc préféré de Cecilia. Chez Murray's, le delicatessen à l'angle de Broadway et de la 90e Rue, j'achetais du saumon et du *whitefish* fumés, de la salade de chou et des *blintzes* fourrés à la crème pour le dessert. Sur le chemin qui me ramenait à la maison, je prenais au magasin coréen une grande brassée de fleurs diverses que je répartissais ensuite dans l'appartement : sur la table de l'entrée, pour que Cecilia les voie dès son arrivée, dans la cuisine, le salon, son bureau, une seule rose dans un vase en cristal. Luria trottait derrière moi, disponible et pleine de bonne volonté, même si elle ne m'était d'aucun secours. Elle me pressait, m'encourageait, à croire qu'elle supervisait chacun de mes gestes, percevant sans doute grâce à son flair et son ouïe les signes physiques de ma nervosité, gagnée par mon impatience, pressentant dans sa singularité canine un changement imminent, une présence retrouvée, un retour. J'allumais deux bougies parfumées au figuier fabriquées dans le couvent Santa María Novella, puis les éteignais de peur que l'odeur soit trop forte, après quoi je les rallumais en laissant la fenêtre ouverte pour dissiper leurs effluves. Je mettais de la musique, mais j'étais incapable d'y prêter attention. Toute musique me mettait les nerfs en pelote. Je m'assoyais près de la fenêtre, dans le fauteuil de lecture, un livre à la main, incapable de me concentrer. Je consultais la Weather Channel à la télévision ou sur mon téléphone, pour être sûr qu'il n'y avait aucun risque de tempête ou de chute de neige. Il m'était impossible d'établir un lien entre le vide de l'appartement où j'étais resté seul quelques jours et la présence très prochaine de Cecilia. Le passage entre son absence et son arrivée était aussi radical que celui qui s'opère entre l'eau liquide et congelée. Pendant que je passais l'aspirateur, buvais un café, écoutais distraitement la radio publique, regardais par la fenêtre de la cuisine les briques noircies de la cour intérieure ; pendant que je m'assurais, toutes fenêtres ouvertes malgré le froid, que l'appartement ne sentait plus le renfermé ou la saleté et que les relents de nourriture avaient disparu ; pendant que je promenais Luria dans Riverside Park, en milieu d'après-midi : tous ces instants isolés les uns des autres m'apparaissaient unis dans une séquence véloce, comme celles qui donnent une illusion de mouvement aux photogrammes d'un film, et Cecilia volait à dix mille mètres d'altitude au-dessus de l'Atlantique, et lorsqu'elle détournait les yeux de son livre ou de l'ordinateur portable sur lequel elle continuait de travailler, elle voyait la journée lumineuse demeurée inchangée tandis que son avion filait vers l'ouest.

Progressivement, Luria et moi atteignions le même degré de concentration et d'intensité dans notre attente. La nuit n'était pas encore tombée que j'étais déjà posté devant la fenêtre, à fixer du regard la partie du trottoir, de l'autre côté de la rue, où surgirait le taxi de Cecilia. Luria ne bougeait pas du tapis, toujours près de moi, mais à présent elle me tournait le dos et portait son attention sur la porte, une de ces portes qui, dans l'imagination des chiens, représentent sans doute le summum du sacré, les hautes portes très longtemps closes s'ouvrant soudainement, un lieu d'apparitions, comme les forêts anciennes et la croisée des chemins où les dieux se montraient : les oreilles dressées, la truffe en l'air, elle tremblait dès qu'elle entendait le bruit de l'ascenseur, des pas sur le palier ou une porte voisine s'ouvrir ou se fermer. Luria et moi tous deux à l'affût, immobiles, postés à deux endroits cruciaux pour monter la garde, et j'étais tellement absorbé par l'attente et par l'observation de la rue désormais sombre où se détacherait la tache jaune du taxi que j'en oubliais d'allumer les lumières.

11

Je ne sais pas quel jour de la semaine on est. Les journées s'écoulent, si semblables que je ne parviens pas à les différencier. Cela a commencé quand j'ai cessé de travailler et qu'on m'a délivré du piège des horaires et des jours ouvrables, de l'ombre des dimanches soir, de la désolation des lundis matin dans un métro bondé, de la joie lasse des fins d'après-midi du vendredi. J'oublie de consulter la date sur le calendrier du téléphone. Un calendrier au mur s'accorderait bien avec cette cuisine un peu vieillotte, mais j'ignore où m'en procurer un. J'ai la plupart du temps une idée très vague du jour de la semaine. Le fait qu'en portugais les jours aient des noms presque identiques, hormis le samedi et le dimanche, me conforte dans ma distraction. Un ouvrier d'Alexis m'appelle pour confirmer un rendez-vous, et lorsqu'il me dit qu'il viendra la *segunda-feira* ou la *quinta-feira*, je dois faire un effort pour être sûr qu'il me parle du lundi et du jeudi. J'ai lu que la notion de semaine est absente dans de multiples cultures primitives, où les jours n'ont ni nom ni date et le calcul des années n'existe pas. Un nombre impressionnant de langues ne disposent d'aucun terme pour désigner le « temps ». D'autres idiomes n'ont pas de temps verbaux différents. Je l'ai appris dans un des livres qui sont arrivés de New York et que j'ai enfin pu disposer sur les étagères construites, puis montées en un « temps record » par le menuisier sous les ordres d'Alexis. La bibliothèque est une autre réserve de vivres pour attendre la fin du monde et supporter la longue réclusion qui surviendra tôt ou tard. Dans notre ancien appartement, elle se trouvait dans le vestibule. Dans celui-ci, je l'ai fait installer à l'endroit choisi dès le début par Cecilia, le couloir qui traverse le logement d'un bout à l'autre, entre le salon et la cuisine. Le matin, la clarté vient du balcon qui donne sur la rue ; l'après-midi, de la porte de la terrasse. Situé entre les deux pièces, le couloir est toujours plongé dans la pénombre, éclairé par une lumière oblique qui effleure le dos des livres. Les étagères sentent le bois frais et l'atelier de menuiserie. J'ai sorti les livres des cartons et les ai répartis sur les rayonnages, assuré d'avoir devant moi un temps infini de nourritures livresques.

Toutes ces années, j'ai acheté plus de livres que je ne pouvais en lire. Je devais parfois me contenter du métro ou d'une salle d'attente, quelques minutes avant un rendez-vous, furtivement, comme on s'empresse de tirer sur une cigarette. Maintenant les ouvrages sont prêts et disponibles pour moi et pour Cecilia quand elle sera là. Je suis capable d'identifier ceux que nous avons achetés chacun de notre côté et ceux que nous nous sommes offerts l'un à l'autre et, dans la plupart des cas, je me rappelle même où et quand. Ce mélange nous garantit une diversité qui nous épargnera l'ennui, à l'image d'une sélection d'aliments non périssables préservant longtemps leur saveur et leurs qualités nutritives. S'il le faut, en cas de catastrophe, je pourrai passer le restant de ma vie sans mettre les pieds dans une librairie. Cette bibliothèque est similaire à celles conçues pour un voyage dans l'espace, en vue d'une réclusion à la durée indéfinie. Elle ne contient pourtant pas beaucoup de livres, guère plus de trois cents, et s'est constituée au hasard, au fil des années que nous avons passées à New York, plus par caprice et par distraction que pour répondre à un but bien déterminé. Si j'ai le temps de tout lire, j'accéderai à un degré de connaissances assez élevé du monde réel et des univers imaginaires. Il y a les livres de littérature dont j'ai fait cadeau à Cecilia et ceux de vulgarisation scientifique qu'elle m'a offerts, des récits d'histoire, d'explorations et de voyages rapportés à la maison tantôt par elle, tantôt par moi (je suis davantage versé dans l'histoire ancienne alors qu'elle s'intéresse au monde contemporain), et ceux que nous nous sommes procurés ensemble, attendant avec la même impatience que le premier à en attaquer la lecture les ait terminés. Enfin, il y a ceux dont nous ignorons comment ils sont arrivés là, qui bien souvent nous passionnent au plus haut point : j'ai oublié qui m'a donné le journal de l'amiral Richard Byrd relatant sa réclusion de six mois dans une cabane souterraine en Antarctique, et je ne l'ai remarqué qu'en le sortant de son carton, mais depuis quelques jours je ne le lâche plus, et quand je tombe de sommeil et éteins la lumière, je rêve de cet homme.

La lecture est compatible avec l'attente. Lire est un acte paresseux sans monotonie. Ce n'est qu'en cessant de travailler que j'ai découvert avec étonnement le vaste royaume de liberté que me garantissaient les matinées de la semaine. Si j'en ai envie, je peux m'asseoir et lire après avoir fait la vaisselle du petit déjeuner et ramené Luria de sa promenade. Lorsque je sors, j'emporte un livre avec moi. Les rares fois où je vais au restaurant, je lis en attendant mon plat, en buvant mon café ou en finissant mon verre de vin. Le vendredi midi, je lis au Mascote do Sacramento, à deux pas de chez moi, où on sert le meilleur *bacalhau a brás* de la ville. Je déniche une petite place silencieuse avec un banc, sous un des immenses acacias protecteurs qu'on trouve à Lisbonne, et je m'y installe pour lire un moment à l'ombre. La lecture trompe, écourte le temps de l'attente, un élément à prendre en considération dans cette ville où tout peut se dérouler à un rythme très lent. Quand je lis, le temps est suspendu. Je passe d'un livre à l'autre sans ordre précis. J'en lis deux ou trois à la fois, selon les heures, dans différents endroits : les carnets de bord du capitaine Cook dans les mers du Sud, l'histoire du tremblement de terre à Lisbonne en 1755, un ouvrage sur les fondements moléculaires de la mémoire écrit par le chef de Cecilia, qu'il lui a dédicacé dans un style ampoulé, avec des éloges d'autant plus flatteurs qu'ils émanent d'un prix Nobel. Je réserve les ouvrages les plus volumineux pour le fauteuil anatomique, qui est là lui aussi, installé près de la fenêtre donnant sur la rue. J'ai classé de manière décroissante, en fonction de leur taille, les livres à lire au lit et ceux à glisser dans mon sac à dos. Les plus pratiques sont les recueils de poèmes. J'ignorais que j'en avais collectionné autant. Je lisais surtout de la poésie quand le temps me manquait pour m'abreuver d'autres livres. « *The quick fix of poetry* », dit mon ami Dan Morrison. « Le shoot rapide de la poésie. » Comme je ne voyage pas et que je ne tiens pas à acheter les nouveautés dès leur parution, je ne me servirai plus de mon Kindle. J'aime la constance physique de la lecture. Je range les livres que j'ai déjà lus sur une étagère à part. Les voir réunis me permet de mieux les garder en mémoire. La bibliothèque le long du couloir, couverte de livres sans être oppressante car elle est à hauteur des yeux, me rassure autant qu'un placard ou une cave garnie de rayons chargés de toutes sortes de vivres. Dans *Shining*, ma scène préférée est celle où le vieux cuisinier fait visiter une par une à Shelley Duvall les pièces de la réserve où sont parfaitement ordonnées toutes les provisions dont elle et sa famille auront besoin pendant leur isolement hivernal de plusieurs mois.

Le matin où le monde avait paru toucher à sa fin, Cecilia et moi étions descendus au supermarché pour acheter les produits indispensables en cas d'urgence, de peur qu'il n'y ait une deuxième attaque qui bouleverserait tout de manière définitive, un sabotage qui couperait les ponts et les tunnels, les voies de communication si fragiles de l'île, une catastrophe qui nous aurait forcés à rester enfermés et à ne plus nous aventurer dans la rue. On parlait à la radio d'un autre avion détourné on ne savait où. Mais qu'acheter quand on n'a pas la moindre idée de ce qui peut arriver ; comment savoir avec lucidité ce qui est indispensable ? Il régnait dans la rue une étrange normalité amortie, au ralenti. Des gens arrivaient du sud de la ville, sur les trottoirs, habillés comme pour aller au bureau, des employés aux cravates desserrées, leur veste sur l'épaule, qui essayaient de parler dans leurs téléphones portables. Il y avait foule dans les rues car les lignes de métro et d'autobus ne fonctionnaient pas. Au supermarché, des groupes avides mais silencieux et disciplinés nous avaient devancés. Ils remplissaient méthodiquement leurs chariots à la hâte. La scène ne ressemblait en rien au tumulte des assauts apocalyptiques qu'on voit parfois à la télévision. Nous avions remarqué en arrivant qu'il ne restait ni chariots ni paniers, ou alors nous étions trop hébétés pour les trouver. Devant chaque caisse s'étendait une file de chariots débordants. La plupart des rayons avaient été vidés et les clients se déplaçaient en lisant leurs listes manuscrites. Les familles se déployaient dans les différents couloirs selon une organisation militaire. Cecilia et moi choisissions des articles nécessaires mais aussi des choses superflues, en reposant certaines pour en prendre d'autres, tous deux déconcertés, les bras chargés car nous n'avions apporté ni panier ni sac à dos. Qu'achète-t-on dans ces moments-là ? Si une panne d'électricité se déclarait, nous ne pourrions pas conserver de produits frais. Recharger nos téléphones était inutile parce qu'il n'y avait plus de réseau. Nous serrions contre nous nos emplettes pêle-mêle, suspendues à l'épaule ou fourrées dans nos poches. Quand un article tombait, nous nous baissions pour le ramasser et tout le reste dégringolait. Dans ce calme étrange et le froid polaire de l'air conditionné s'élevaient des chansons pop en musique de fond. Il fallait acheter des bougies, des bouteilles d'eau, des piles, du pain de mie, des conserves, des allumettes. Dans la queue personne ne parlait. Cecilia et moi nous exprimions en murmurant. On n'entendait que le bruit des caisses enregistreuses, le son des codes-barres scannés et l'unique injonction, répétée d'une voix blanche par les caissières, comme sur un enregistrement automatique : « *Next* », « *Next on line* ».

12

Je m'étonne vraiment d'avoir mis si longtemps à prendre conscience du bruit constant des avions. Cecilia dit que le cerveau ne traite qu'une partie très limitée des impressions que les sens lui envoient et que ces derniers ne captent que des zones de réalité très partielles, variables en fonction de l'espèce, de sorte que chaque moment et chaque lieu renvoient à divers univers simultanés. La lumière du jour que je distingue à cet instant n'est pas celle que voient les martinets sur les toits, un chat ou un cafard. Je suis environné de mondes invisibles à mes yeux, baignés de rayons ultraviolets ou infrarouges. Je n'entends qu'un millième des sons perçus par Luria. Elle vit à mes côtés dans un appartement aux tons fades et aux formes floues, mais où s'installent des odeurs très fortes et des bruits qui, s'ils me dérangent, sont sans doute effrayants pour elle. Durant tous ces mois où je me rendais dans le quartier et montais à l'appartement pour suivre les travaux, les avions passaient au-dessus de ma tête, et pas une seule fois je ne me suis rendu compte du vacarme que j'entends désormais en permanence, à peu près toutes les minutes, à moins de bien fermer les fenêtres à double vitrage. Et même ainsi, il m'arrive de me réveiller peu avant le point du jour, dans la chambre aux volets clos, et de discerner le bruit étouffé et pourtant avéré d'un avion qui passe au-dessus du fleuve et entame sa descente.

Pendant les semaines qui suivirent cette ébauche d'apocalypse, en septembre, au début d'octobre, Cecilia ne trouvait le sommeil qu'en prenant des cachets. Le moindre bruit la mettait en alerte : une sirène à trois ou quatre heures du matin ou, quand nous nous promenions dans la rue, le vrombissement d'un avion ou d'un hélicoptère, de ceux qui, les premiers jours, survolaient la colonne de fumée noire s'élevant encore des ruines des tours jumelles et disparaissaient parfois à l'intérieur. Le métro s'arrêtait brusquement dans un tunnel entre deux stations, la lumière s'éteignait, le silence s'installait. Dans la tension unanime des inconnus, je percevais la peur de Cecilia lorsque la paume de sa main serrait la mienne ou me saisissait le bras. J'étais aussi effrayé qu'elle, mais je vivais dans un état d'irréalité et d'euphorie protecteur ou anesthésiant : l'irréalité de mon arrivée récente à New York et ma rencontre avec elle, la double excitation de la ville et de l'amour. Par un sombre matin d'octobre, je marchais dans le quartier oppressant de Midtown, où j'avais commencé à travailler – Lexington Avenue et la 49e Rue, les immeubles de bureaux, la circulation, le martellement incessant des pelleteuses –, et en passant devant une vitrine, je vis du coin de l'œil des images se répétant sur une série de téléviseurs : un avion qui prenait de l'altitude dans un ciel nuageux traversé par des rideaux de pluie, l'éclat rougeoyant d'une explosion, les flammes d'un carburant incendié. Autour de moi, les passants s'immobilisaient pour regarder les écrans. À cet instant, mon téléphone sonna. C'était Cecilia, qui parlait d'une voix angoissée et précipitée, sans préambule. « Un autre avion a explosé. Comme ça, en l'air, juste après avoir décollé, et il est tombé dans la mer. » Elle respirait très fort au bout du fil, puis sa voix se brisa dans un sanglot. Depuis le début de notre relation, je ne l'avais jamais entendue pleurer ainsi. Dans les larmes qu'elle s'apprêtait à verser je décelais une faille que je n'allais peut-être pas pouvoir apaiser. « Je ne supporte plus cette situation. Je veux m'en aller d'ici. Je ne veux pas rester un jour de plus. » Dans cette voix paniquée à mon oreille, rendue encore plus inaudible à cause du vacarme urbain autour de moi, dans la menace publique de plus en plus visible à mesure que les gens se groupaient et me poussaient devant la vitrine, ce qui m'affectait vraiment et me faisait souffrir, c'est qu'elle ait parlé à la première personne du singulier : l'instinct de fuite, son désir de se mettre à l'abri prévalait sur les liens qui nous unissaient. « C'est peut-être un accident, on ne le sait pas encore, lui dis-je en lisant le bandeau qui défilait sur l'écran. D'après la presse, c'est ce qu'il y a de plus probable. » Elle ne m'écoutait plus. Sa voix se perdait, comme balayée par des rafales de vent, car elle devait marcher d'un pas vif dans la rue. « Je ne veux pas être prisonnière sur une île. Je ne veux pas être piégée dans un tunnel. Je ne peux pas dormir, pas travailler, pas vivre. Je n'ai même pas de maison. »

« Tu as la mienne », allais-je rétorquer, mais je me gardai de le lui dire. Partir ou rester était un sujet que nous abordions souvent au fil de ces journées. Elle ne pouvait toujours pas regagner son appartement, dans un immeuble proche de Ground Zero, sans eau ni électricité, dont les vitres avaient explosé, de même que les canalisations en sous-sol. Le désarroi de Cecilia abritait un fond de ressentiment que je décelais dans son regard et dans sa voix, et qui m'effrayait. Elle voulait quitter New York au plus vite, renoncer au laboratoire, accepter une des propositions d'embauche qui lui arrivaient d'Europe. Elle voulait partir, quitte à tout abandonner, or je m'obstinais à la retenir : je l'hébergeais chez moi en attendant que son logement soit de nouveau habitable, je lui donnais mon amour et voulais en retour qu'elle me donne le sien, ce qui dans ces circonstances pouvait être un piège, un lien, un obstacle à sa fuite, voire une pression exercée sur son libre arbitre.

Je la rappelai une demi-heure plus tard de mon bureau. Une pluie drue tombait par vagues verticales sur les immeubles et assombrissait le début de l'après-midi. Je lui appris que CNN venait de confirmer que ce crash aérien était un accident. Apprendre qu'il ne s'agissait pas d'un attentat était un soulagement et donnait l'impression qu'on dédramatisait la triste perte de plus de trois cents Dominicains qui rentraient dans leur pays. Cecilia n'arrivait pas à y croire. Elle-même dit que les mécanismes viscéraux de la peur sont bien plus puissants que ceux de la raison. Les autorités mentaient peut-être pour éviter des mouvements de panique, l'évacuation incontrôlée et massive de la ville de la fin du monde. Un autre jour, sur les trottoirs de Columbus Avenue, près de l'immeuble de la chaîne ABC, nous vîmes les camions blancs qui intervenaient en cas de risque d'attaque chimique. La police avait coupé la circulation et installé des barrières de sécurité signalées par des lumières clignotantes. Des militaires avec des casques de guerre, des gilets pare-balles et des fusils automatiques étaient postés aux coins de l'immeuble. Derrière les barrières, Cecilia et moi, qui sortions du Lincoln Plaza Cinema, vîmes des hommes vêtus de blanc semblables à des astronautes coiffés d'énormes scaphandres pousser des machines ou des robots aux bras articulés. Quelqu'un avait envoyé par courrier une enveloppe contenant des spores d'anthrax dans les bureaux d'ABC. Dans divers endroits de la ville, on réceptionnait des lettres parsemées de poudre blanche : une menace aussi mortelle que celle de la Peste noire ou des nuages de gaz toxique des tranchées de la Grande Guerre. À l'entrée du Lincoln Tunnel, les freins d'un semi-remorque avaient lâché et le camion s'était renversé, provoquant un embouteillage suspect qui attisait la peur et s'était étendu dans les rues et les avenues de l'ouest de la ville, tous klaxons et sirènes hurlants. Un dimanche, sur le marché aux puces à l'angle de Colombus et de la 77e Rue qui occupe la cour et le rez-de-chaussée d'une école publique, nous vîmes une vendeuse à la chevelure blanche, vêtue d'une tunique hippie, monter le volume de la radio sur son stand de bijoux fantaisie. Une voix métallique s'en élevait pour donner une information de dernière minute sur fond d'explosions, de coups de feu et de moteurs d'avions. La vendeuse aux cheveux blancs écoutait, les yeux noyés de larmes, dans le vague. Les bombardements en Afghanistan venaient de commencer.

De manière inavouable et irresponsable, je me réjouissais que Cecilia ait dû venir s'installer chez moi, qu'elle passe une de mes chemises en se levant le matin, qu'on ait mis si longtemps à autoriser le retour des habitants de son immeuble. L'horreur du monde rendait encore plus précieux le refuge plein d'exaltation mutuelle, de désir et de nouveauté dans lequel nous vivions. La beauté de son corps nu était indéniable. Chacune de nos actions était imprégnée d'une douceur inaugurale et parcourue de frissons liés à l'incertitude et à la menace. Tout risquait soudain de s'écrouler et de se changer en fumée sombre et en cendres, comme les tours que nous avions vues s'effondrer. De nuit, nous avions franchi les barrières de la police aux intersections de Canal Street et d'autres rues, pour nous aventurer dans une noirceur qui rappelait celle des villes abandonnées et respirer un air pourri chargé de scories. Quand nous avons enfin pu pénétrer dans l'appartement de Cecilia, nous éclairant à la lampe torche, nous avons eu l'impression de visiter une crypte fermée depuis des années. Les fois suivantes, nous regagnions Harlem en métro, sans échanger un mot de tout le trajet. Cecilia avait rempli une valise d'objets indispensables : livres et dossiers pour son travail, vêtements, chaussures, affaires de toilette. Et quand nous passions ma porte, nous prenions une douche pour faire disparaître l'odeur de cendre humide et de matière organique décomposée. Puis nous nous enlacions en silence, les yeux grands ouverts, comme si nous nous noyions ensemble en nous serrant l'un contre l'autre afin de résister ou au contraire de plonger davantage. Le téléviseur sans son était toujours réglé sur CNN. Nous montions sur la terrasse, au trentième étage, et apercevions encore la colonne de fumée s'élever au bout d'une perspective linéaire, au sud de la ville, sur la ligne d'horizon. De nuit on entrevoyait le rouge vivace des flammes strier la fumée.

13

J'ai vu sur Internet des cours d'eau allemands asséchés par une chaleur extrême et le manque de pluie. Hier, on a fermé l'aéroport de Hanovre car la fournaise avait ramolli l'asphalte des pistes au point que les avions ne pouvaient ni décoller ni atterrir. Aujourd'hui, au journal télévisé, le présentateur a annoncé d'un ton non dépourvu de vantardise que cet été, Lisbonne était la capitale la moins chaude d'Europe. À la tombée de la nuit, j'attends en prenant le frais sur le balcon. Le soleil n'éclaire plus la rue, mais il s'attarde encore sur la grande tour d'une villa voisine et sur le Christ en haut de la colline, de l'autre côté du Tage. Par les journées sans brume, à cette heure, l'eau du fleuve devient très bleue : bleu métallique et or du soleil couchant, comme dans les fins d'après-midi dégagées sur l'Hudson. La brise qui agite l'eau berce dans les jardins des grandes maisons la cime des palmiers et des cyprès qui dominent les immenses murs enduits de rose pâle et débordants de bougainvillées. Comme sur l'Hudson, le vent doux amène parfois l'odeur intense de la haute mer. C'est l'heure à laquelle commencent à voler les chauves-souris et les martinets. Quand j'étais petit, nous appelions ces oiseaux les « avions ». Ils arrivaient chaque soir en grand nombre et réalisaient des acrobaties tapageuses en s'entrecroisant au-dessus des toits ou en volant autour des clochers. Quand l'un d'eux heurtait quelque chose et tombait, il se traînait péniblement au sol, ses ailes désormais inutiles. Des enfants cruels les chassaient pour les torturer. Certains, cela me revient tout à coup, capturaient des chauves-souris et leur glissaient un mégot allumé dans la gueule. L'animal le tétait, obéissant à un réflexe de mammifère, et recrachait des bouffées de fumée. « Les chauves-souris fument ! » s'écriaient-ils gaiement. J'ai lu qu'une espèce d'oiseaux sur huit était en voie d'extinction sur la planète. Deux cent trente millions d'oiseaux marins ont disparu dans la dernière moitié du xxe siècle. J'ai lu que, dans trente ans, plus aucun albatros ne survolera les océans.

J'ai oublié s'il y avait des martinets dans le couchant de New York. De puissants faucons chassaient au-dessus de Riverside Park et nidifiaient en haut du clocher de style à la fois gothique et Art déco de la Riverside Church. Des lucioles luisaient dans l'obscurité des nuits d'été et l'humidité poisseuse de jungle du parc : des feux follets vert émeraude, les femelles immobiles qui scintillaient plus faiblement entre les brins d'herbe, émettant un alphabet Morse de pulsations lumineuses. Quand elle les poursuivait, Luria s'étourdissait à en avoir le vertige, entourée de points de lumière, comme sous l'effet d'un hallucinogène. Gonflé par la marée, le fleuve avait la surface lisse d'un lac et la brillance d'une nappe de pétrole. L'air statique était si chaud, si moite qu'il en devenait presque palpable. La puanteur des poubelles non ramassées dont les sacs noirs s'amoncelaient sur les trottoirs envahissait les lieux, de même que les relents de caoutchouc chaud des pneus des véhicules qui circulaient sur la West Side Highway. Le vol des lucioles décrivait de petits graffiti dans les zones d'ombre. Des familles de migrants pauvres pique-niquaient sur la pelouse du parc. L'odeur de graisse brûlée et de charbon de bois des barbecues était un autre signe de l'arrivée de l'été.

14

En attendant, je lis un ouvrage de huit cents pages sur les traces archéologiques des navigateurs grecs en Méditerranée à l'époque des poèmes homériques. J'attends accoudé au balcon et vois les avions qui passent et se reflètent dans les fenêtres les plus hautes de l'immeuble d'en face. J'attends assis à un guéridon, dans le jardin du musée national des Arts anciens, devant le fleuve et un quai où est amarré depuis des mois un bateau à la coque noire rouillée au niveau de la ligne de flottaison. Ce quartier et la ville tout entière sont un bon poste d'observation pour attendre quelque chose susceptible d'apparaître au loin. On a passé des siècles à espérer le retour d'un roi mort ou disparu lors d'une bataille livrée dans le nord de l'Afrique. On voyait surgir de fragiles voiliers qui, selon l'époque, revenaient de l'océan Indien ou de la mer de Chine au bout de nombreuses années. Les terrasses et les points de vue de la ville ressemblent aux tours de guet que bâtissaient dans leurs palais les riches commerçants du XVIIIe siècle de la baie de Cadix, afin d'être les premiers à voir arriver leurs navires. Le roi Égée attend du haut de sa maison que surgisse à l'horizon la voile blanche du bateau de son fils Thésée. Je lis des pages sur des amphores à huile grecques découvertes dans des tombes étrusques. Je ferme ensuite le livre et m'apprête à parcourir une histoire du soulèvement de Varsovie pendant l'été 1944 et, le même soir, plus tard, ou le lendemain matin, je me plonge dans un ouvrage offert par Cecilia, à propos d'un homme sur lequel on a pratiqué une lobotomie téméraire et qui, privé de souvenirs, a vécu depuis lors dans un présent perpétuel où tout lui arrivait pour la première et dernière fois. Je lève les yeux et vois Luria me regarder fixement. Par instants, elle s'approche et me gratte avec sa patte. Elle renouvelle sans cesse ce geste jusqu'à ce que je referme le livre et me concentre vraiment sur elle. Son regard est aussi profond, aussi soutenu que celui d'un portrait ancien. Je ne saurai jamais la place que j'occupe dans le monde de Luria. J'ai lu que les chiens ont commencé à être domestiqués il y a plus de vingt mille ans. On les a domestiqués ou c'est eux qui ont choisi la compagnie des hommes. Contrairement à tout autre animal, les chiens ont appris des humains à soutenir le regard. Sur des tombes de l'âge du bronze, les guerriers gisent auprès de leurs chevaux et de leurs chiens, sacrifiés afin de les accompagner dans les ultimes chevauchées de la mort. Le sang des chevaux et des chiens égorgés a laissé sa trace dans la terre des tombeaux. Luria s'assoit à mes pieds, près du fauteuil de lecture, et reste immobile, attentive à mes moindres gestes : quand je change de position, quand je tourne une page. Je ne peux pas imaginer la texture qu'a ce son pour elle, sa joie instantanée dès qu'elle entendra le claquement sec du livre qui se ferme, l'annonce que je m'apprête à faire quelque chose : me lever, lui donner à manger, la sortir dans la rue. Lorsque je lis je suis hors du temps, comme elle. Son univers olfactif et sonore m'est aussi inaccessible que le seraient pour elle les mondes des livres dans lesquels je me plonge. J'ai lu que dans la grotte Chauvet, par terre, le long d'une des galeries, ont été préservées les empreintes d'un enfant et d'un chien qui y ont pénétré il y a plus de trente mille ans. Grâce aux résidus de charbon dans la terre et sur la paroi, on sait que l'enfant tenait dans sa main une torche allumée. Cecilia a appelé notre chienne Luria en hommage à un neuroscientifique soviétique qui a réalisé pendant la Seconde Guerre mondiale des études décisives sur la mémoire.

Les avions traversent très vite le ciel au-dessus du pont, les bateaux passent lentement sur le fleuve. La progression des plus grands n'est pas appréciable d'un simple coup d'œil. Ils viennent du large ou sont sur le point de le gagner, les yachts avec leurs voiles blanches inclinées, les immenses pétroliers, les porte-conteneurs. Je m'aperçois qu'ils ont rarement recours à leurs sirènes. De temps à autre j'en entends une, très forte et très lointaine, dans le matin brumeux. De la terrasse du musée et de la rambarde du petit parc qui se trouve à côté de chez moi, le bruit le plus proche et le plus constant est celui des trains qui passent dans l'avenue 24 de Julio, le long des installations portuaires, à destination de Cascais et d'Estoril. Leurs lents crépitements de tôle sont strictement identiques à ceux des trains américains, surtout les trains de nuit, quand ils n'en finissent pas de défiler. Nous les entendions depuis notre appartement et depuis le Riverside Park, ils sortaient du tunnel au niveau de Harlem et remontaient vers le nord en longeant l'Hudson ; nous entendions aussi les métros sur les arcades en acier du pont aérien de la 25e Rue. Leur bruit me parvient tôt dans la matinée, lorsque je commence à me réveiller, que je ne sais pas encore où je suis et me tourne vers l'autre côté du lit en cherchant le corps tiède et reposé de Cecilia. Mais le bruit du train s'immisce parfois dans le rêve que je fais avant d'ouvrir les yeux, et en songe je suis là-bas et non ici, j'étreins Cecilia en me retournant. Atténuées par la distance, les secousses cadencées du train font surgir les images anciennes qui leur sont associées. De grandes péniches chargées de sable ou de matériaux de construction remontent l'Hudson et font longuement sonner leurs cornes de brume. J'ouvre les yeux dans la pénombre estompée par les premières lueurs du jour et je suis encore là-bas, jusqu'à ce que, peu à peu, la lucidité s'installe et génère l'incertitude. Je suis là-bas et ici en même temps. Maintenant est alors et aussi tout de suite. Je me glisse dans le lit pour toucher le dos de Cecilia et l'enlace. J'ajuste mes genoux fléchis dans le creux précis des siens, un enchâssement perfectionné par de longues années de pratique. Les chiffres rouges du réveil, sur la table de chevet, sont là, comme les deux fenêtres d'où provient la clarté, le bleu ciel des murs, les moulures blanches du plafond, la coiffeuse de Cecilia. Le passé et le rêve se dissipent tout à coup sans qu'au début je comprenne pourquoi. La connaissance est bien plus vive que la conscience, dit Cecilia. La rapidité nécessaire pour survivre aux prédateurs requiert des réponses automatiques. Je me redresse sur l'oreiller, étonné de ne pas voir le miroir rond de la porte centrale de la penderie, face à moi. L'absence de ce miroir est parfois l'élément qui me permet de dissiper ce malentendu, comme dans un rêve si vraisemblable qu'on l'a cru réel. Et certains jours, le matin, quand les avions ne survolent pas encore le fleuve, c'est le silence qui m'indique que je ne suis pas à New York, où il n'aurait jamais une telle densité.

15

Dans la matinée, à la télévision, il y a eu des alertes en prévision de la vague de chaleur qui arrive enfin du centre et du nord de l'Europe. Le portable a vibré pour me signaler la réception d'un SMS, un message du gouvernement portugais m'informant de gros risques d'incendie dans la totalité du pays. Les forêts continuent de brûler en Californie, en Sibérie, au nord du cercle polaire. À Kolkata ou Calcutta, une immense décharge d'ordures se consume et empoisonne l'air de la ville entière, par des journées où les températures ne descendent pas au-dessous de cinquante degrés. Les pompiers arrosent à la lance des ruelles irrespirables à Séoul. Au contact de l'asphalte, l'eau se change instantanément en vapeur qui s'élève. Les vaches meurent de soif dans les vallées des montagnes suisses. Les petits lacs et les étangs ayant été asséchés, on achemine l'eau potable par hélicoptère. Je regarde la télévision dans la pénombre, protégé par les persiennes aux trois quarts fermées du balcon, par le petit courant d'air qui traverse l'appartement d'un bout à l'autre, par la fraîcheur matinale qui perdure dans la cuisine et se propage du couloir jusqu'aux pièces donnant sur la rue, davantage exposées au soleil. Je remarque qu'il fait une chaleur torride en observant les tonalités du ciel. Un blanc sale faisant songer à du lait écrémé et aigre, un éclat qui devient nébuleux au loin, une brume qui floute le fleuve et l'horizon au bout de la rue, d'où l'on voit les avions qui continuent d'atterrir au même rythme quotidien, étincelants au soleil comme des lingots de métal chauffé, et qui émettent des tonnes de dioxyde de carbone retenues par la chaleur et dispersées dans la brume.

Je n'ai pas besoin d'air conditionné. Les murs de l'immeuble sont épais, les plafonds hauts, et l'après-midi l'appartement exposé est-ouest ne reçoit pas de manière directe les rayons du soleil. Luria respire à mes côtés, la langue pendante. Je l'ai promenée tôt dans la matinée et ne la sortirai plus avant la nuit tombée. J'ai suffisamment de provisions pour ne pas avoir à mettre le nez dehors. Il y a assez d'eau fraîche dans le réfrigérateur. Les gouttes d'eau glacée qui perlent sur les cannettes de bière et la bouteille de vin blanc réveillent la soif. Un centre de recyclage de papier proche de l'aéroport a été toute la nuit ravagé par les flammes. Le rougeoiement de l'incendie au loin, se découpant sur un fond de ciel noir, est le même sur les images de la banlieue de Lisbonne que sur celles des forêts californiennes ou sibériennes dévastées. La chaleur intensifie le silence qui règne dans les rues. Le long des trottoirs, la tôle et les vitres des voitures stationnées sont brûlantes. Personne ne se montre aux fenêtres. Partout les habitants ont laissé les volets de leurs balcons entrouverts. La silhouette du Christ s'estompe dans la brume amazonienne qui monte du fleuve. Le petit courant d'air de l'appartement, seule source de fraîcheur, est de plus en plus faible. Avec sagesse, Luria s'est allongée au meilleur endroit pour en profiter. Les touristes doivent être en train de griller dans la gigantesque poêle sans ombre qu'est la Praça do Comércio. Une clarté aveuglante et une chaleur de four à chaux irradie de la place blanche.

Jusque-là, je ne m'étais pas rendu compte de l'autre différence qu'il y avait, en plus du miroir, entre cette chambre et l'ancienne. Celle-ci n'a pas de ventilateur fixé au plafond. Dans la chambre new-yorkaise, nous nous couchions dans la torpeur des journées de fournaise après avoir dîné, les stores baissés, les pales du ventilateur tournant lentement au-dessus de nous. Nous sombrions dans une léthargie amphibie, à mi-chemin entre le sommeil et le désir. Trempés de sueur, nous nous enlacions en ayant l'impression de nous dissoudre l'un dans l'autre. Nous nous séparions ensuite dans la douceur, fatigués, et l'air du ventilateur rafraîchissait notre peau, une brise artificielle et constante qui nous faisait l'effet d'une caresse. À la tombée de la nuit, nous descendions à Riverside Park, en quête d'air extérieur, celui, respirable, du fleuve, pour voir les lucioles égayer l'obscurité. Luria gambadait dans les arbustes afin de les poursuivre et soulevait des tourbillons de points verts phosphorescents qui se concentraient en éclats froids ou se dissipaient comme un poudroiement de poussière. Quand elle sortait avec nous, nous nous efforcions de ne pas la laisser courir ni se rouler dans l'herbe pour éviter qu'elle attrape des tiques. « Avec le changement climatique, certaines espèces prolifèrent alors que d'autres déclinent rapidement et s'éteignent, avait dit Cecilia. Il y a de plus en plus de tiques et de moins en moins de lucioles. » Je ne me rappelais pas en avoir vu depuis les soirs de mon enfance. Leur éclat accompagnait la présence de Cecilia et sa voix claire et posée, qui me donnait des explications, si bien que notre promenade nocturne était à la fois un moment ordinaire et mémorable. Elle m'avait appris à différencier le clignotement des femelles immobiles par terre et les bandes de lumière véloces que les mâles dessinaient dans les airs : l'intensité de leur brillance, la vivacité de leur vol, l'agilité de leurs pirouettes étaient les indices de leur bon patrimoine génétique. Sans bouger du sol, une femelle envoyait des signaux télégraphiques au mâle de son choix. Mais chaque type de luciole a une pulsation lumineuse différente. « Certaines femelles tendent des pièges, avait ajouté Cecilia. Elles apprennent à imiter les signaux d'autres espèces, appellent un mâle qui, une fois séduit et prêt à se livrer à l'acte amoureux, est aussitôt dévoré. » Elle s'était serrée contre moi et m'avait mordillé la nuque. Luria sautillait, grisée par le tourbillon de lucioles, en donnant des coups de crocs dans le vide. Dans la nuit chaude et la brume végétale du parc d'où l'on voyait au loin les chatoiements du fleuve et les lumières du New Jersey, en robe d'été, ses cheveux bouclés sous l'effet de l'humidité tombant sur ses épaules nues, Cecilia m'avait alors enseigné un terme magnifique que je n'avais encore jamais entendu : « bioluminescence », un poème télégraphique composé d'un seul mot.

16

Étant toute petite, la terrasse de la cuisine pourrait aussi bien être un minuscule potager qu'un belvédère ou une tour de guet. Comme elle donne sur des jardins intérieurs et sur l'arrière d'immeubles avec des balcons filants, elle me révèle l'intimité du voisinage : un homme sort étendre du linge ou fumer une cigarette, une femme ouvre un parasol sous lequel elle place une bassine en plastique remplie d'eau pour y faire patauger un enfant, une vieille dame asperge lentement un pot de fleurs avec un arrosoir en laiton, deux hommes à l'évidence scandinaves et très semblables prennent le soleil dans de minuscules maillots de bain, leur peau très bronzée luisante d'huile, le crâne rasé, en lunettes noires, les bras tatoués jusqu'aux poignets. Je laisse grande ouverte la porte à deux battants et une clarté fraîche pénètre à flots dans la cuisine, comme dans un vestibule donnant sur un jardin planté de fleurs ou de légumes. Les lattes de bois branlantes accentuent l'impression d'être sur le pont d'un bateau. Quand je suis arrivé, il y avait sur la terrasse une table en fer forgé rouillé à la peinture écaillée et d'autres objets inutiles sans doute là depuis des lustres. Les ouvriers d'Alexis ont tout débarrassé. Endossant son rôle de peintre, Alexis a bien poncé la table qu'il a ensuite repeinte d'un bleu indigo lumineux. Elle a maintenant l'air d'une table de maison de campagne où on dîne au frais.

J'ai élaboré avec Alexis des projets ambitieux pour la terrasse. Il va apporter des pots et de grands caissons en bois de différentes tailles que j'alignerai par terre ou suspendrai au mur pour obtenir le plus d'espace cultivable possible. Il a parmi ses contacts un ami ou collègue spécialisé dans les jardins urbains. Cecilia est plus sensible que moi aux animaux, tous, y compris les plus étranges et ceux qu'en général on trouve les plus répugnants. Elle a passé des années à étudier la limace géante du genre *Aplysia*, qui possède les plus grands neurones du règne animal après le calamar. Que les plantes m'attirent plus que les animaux, excepté Luria, est une preuve supplémentaire que je suis moins sociable que Cecilia. Elle préfère les portraits et moi les paysages, elle s'intéresse moins que moi à la peinture non figurative et à la musique symphonique. En littérature, elle admet avoir une prédilection pour la prose de Darwin et, en art, pour les dessins de neurones de Ramón y Cajal.

Je compte planter des tomates, des oignons, des poivrons, des pommes de terre, des concombres, du persil et du basilic. Les longues tiges et les grandes feuilles des plants de concombres pendront comme des guirlandes sur les fils tendus. La terrasse étant orientée sud-ouest, l'ombre et le soleil s'y partagent équitablement. Je vais demander à l'ami d'Alexis s'il y aura assez de place pour un pied de vigne. L'ombre dispensée par son feuillage est une bénédiction dans une maison à la campagne. Mon père se plaignait toujours que le raisin attire les guêpes. Au coucher du soleil, nous nous installerons sur la terrasse et je préparerai pour Cecilia, dans une jatte en faïence portugaise, une salade de tomates, d'oignons et de poivrons cueillis à même le plant et passés sous le robinet. Il fera nuit et nous aurons fini de dîner, mais nous poursuivrons paresseusement notre discussion, éclairés comme dans un jardin d'été par la lumière qui baignera la cuisine, en buvant un dernier ou avant-dernier verre de vin. Je dois acheter un seau à glace pour le vin blanc, qui restera ainsi délicieusement frais pendant que nous bavarderons en vidant peu à peu la bouteille. Quel dommage qu'il y ait tous ces avions ! Mais on finit par s'habituer, et tout bien réfléchi, ils ne font pas tant de bruit que ça. À New York, un grand silence s'était abattu sur la ville le soir du 11 Septembre, car le trafic aérien avait été suspendu. Il ressemblait au calme qu'on remarque brusquement quand le réfrigérateur cesse de fonctionner : on n'entend plus rien, le bruit constant qui nous affectait sans qu'on en ait conscience s'est interrompu. Ce jour-là, dans les quartiers de la ville à l'écart de Ground Zero, régnait un silence effroyable pareil à celui des grosses tempêtes de neige nocturnes. Les avions avaient soudain déserté le ciel de New York, puis les grondements brutaux des avions de chasse s'étaient élevés. Ils volaient à très basse altitude et l'ombre de leurs contours se projetait avec netteté sur l'asphalte et les façades des immeubles. Nous nous dirigions vers le supermarché et Cecilia s'était réfugiée sous une marquise, dos au mur, les bras autour de la tête pour ne pas les entendre. Elle tremblait, comme gagnée par la vibration si proche. Nul n'était en mesure de savoir s'il y aurait une nouvelle attaque. Des imbéciles avaient hissé un drapeau au milieu de la rue et l'agitaient pour saluer les pilotes en levant les bras et en criant en chœur, comme des supporteurs de foot : « USA, USA, USA. »

L'appartement où Cecilia avait passé quelques nuits avec moi était devenu son foyer, et j'en concevais une joie inavouable. Elle ne pouvait pas occuper le sien car il n'y avait plus ni métros, ni autobus, ni taxis libres. Elle aurait mis plusieurs heures à descendre à pied dans son quartier, à contre-courant des autres marcheurs que nous voyions monter en cheminant sur les trottoirs, dans un mouvement collectif de migration ou de fuite, pour la plupart encore couverts de poussière, une expression hallucinée sur le visage, composant des numéros de téléphone injoignables. Cecilia aurait pu atteindre son appartement en traversant une zone confuse comprise entre Chinatown et Tribeca, mais nous ignorions l'état de dégradation de cet immeuble proche des tours effondrées et des explosions qui avaient tout détruit, tout brûlé et dont les images se succédaient de manière hypnotique à la télévision. Les scènes se répétaient avec la même exactitude, mais au lieu de nous y habituer, nous les trouvions de plus en plus incroyables. À la radio, on indiquait que l'accès sud à la 14e Rue était coupé. Cecilia ne pouvait même pas se rendre à son laboratoire, situé à Washington Square. Du jour au lendemain, ses lieux de travail et de vie étaient devenus inaccessibles. Elle aurait pu tout perdre, son appartement, ses vêtements, les dossiers où elle consignait ses recherches, ses documents, son passeport. Elle téléphonait à sa colocataire ou au laboratoire qui répondaient. Elle appelait l'occupante de l'appartement voisin du sien et personne ne décrochait. Sur le petit écran, les voix précipitées se mêlaient aux sirènes discordantes des ambulances, des camions de pompiers, des voitures de police. Plus tard, les téléphones fixes cessèrent de fonctionner. Au moins, Cecilia avait pris son ordinateur portable. Un soir, quelques jours auparavant, posté devant la porte, je l'avais observée à son insu. Concentrée, elle tapait sur son clavier, assise à la table basse du salon. Qu'elle s'y soit si vite habituée, sans même y réfléchir, comme si elle était chez elle, me réjouissait. En ce 9 septembre, nous étions peu affectés par le spleen du dimanche soir, car c'était la veille du Labor Day, ce jour férié placide qui signe la fin de l'été et du rythme paresseux du mois d'août. Après le dîner, nous étions montés sur la terrasse de l'immeuble, dix-sept étages plus haut, un espace avec des plantes, des chaises longues, des parasols de piscine. Traversées par la diagonale de Broadway, les lignes droites lumineuses des avenues se déroulaient interminablement jusqu'à l'extrême sud de l'île, près du fleuve. Les feux stop rouges des voitures prises dans les embouteillages de la West Side Highway formaient au loin et dans l'obscurité une sorte de longue coulée de lave. C'était une des premières soirées fraîches après un mois de fortes chaleurs. Au nord et à l'est, les zones étendues de Harlem et du Bronx, à la topographie plus abrupte, ressemblaient à des chaînes successives de falaises parsemées de points lumineux. Sur le pont George Washington, les feux de circulation complétaient les contours géométriques des lumières sur ses piliers et ses arcs pour dessiner dans la nuit un profil bien net se découpant contre le fleuve et le ciel. À nos pieds, délimitée par l'autoroute et le fleuve, s'étendait la tache noire de Riverside Park, émaillée de l'éclat jaune des réverbères qui nous rappelaient les lucioles des nuits tropicales de juin. Les longs coups solennels des cloches marquant les heures s'élevaient du clocher du gratte-ciel gothique qu'est la Riverside

Church. Nous voyions arriver les avions qui volaient encore très haut au-dessus de l'océan, leurs lumières clignotantes palpitaient dans le ciel bleu foncé. Tout au fond, au sud, les deux tours identiques ressortaient dans une clarté très blanche, couronnées par les voyants lumineux rouges de leur balisage aérien. Elles n'étaient belles que vues de loin.

Accoudés au muret de la terrasse, nous savourions la brise marine qui soufflait sur les cheveux de Cecilia et dégageait son visage. Une théorie me traversa l'esprit. Je l'exposai à Cecilia à mesure que je l'inventais, enhardi par le verre de vin interdit que nous buvions au mépris des règles implacables concernant la consommation d'alcool à cet endroit et inscrites par le syndic de l'immeuble sur une pancarte très visible. Selon moi, la beauté était dans une large mesure un mirage, un effet secondaire de l'éloignement aussi bien dans l'espace que dans le temps : vues de près, les tours jumelles étaient une vulgarité pour touristes et servaient de modèle à l'industrie des souvenirs en plastique, voire en méthacrylate ; le passé semble toujours plus beau que le présent. Le pont George Washington, quand nous l'empruntions, symbolisait avant tout un gros bouchon dans la circulation, un fleuve de métal et de bruit émettant du dioxyde de carbone vingt-quatre heures sur vingt-quatre. De loin, il avait en revanche la délicatesse et la simplicité d'un dessin japonais, d'autant plus quand il était baigné d'un léger brouillard. « La beauté est un effet d'optique », déclarai-je. Cecilia me regarda en souriant dans la lumière tamisée de la terrasse, l'éclat du vin blanc sur la bouche et dans les yeux, comme une réfutation sans appel, par sa proximité même, de ce que je venais de dire. « Il n'y a rien qui ne soit pas un effet d'optique. Ce que tu vois n'est jamais le monde tel qu'il est, ni de loin ni de près. Tu as sous les yeux un simulacre édifié par ton cerveau à partir d'un nombre restreint d'impressions visuelles. Le cerveau est enfermé dans l'ombre de sa cavité osseuse. Il reçoit des ordres impartis par le nerf optique, qui se changent en impulsions électriques, et il les interprète en les comparant avec les modèles plus anciens qu'il a archivés. Tout ce que tu vois est un mirage. »

Je me réjouissais de tout mon cœur de ce mirage. Je bénissais le fait que ma rétine soit conçue pour capter sous forme de lumière une frange très étroite du rayonnement électromagnétique grâce auquel je pouvais voir les traits séduisants de Cecilia, et j'étais ravi que les impulsions sonores émises par mon oreille interne composent dans une zone déterminée de mon cerveau le son précis de sa voix. J'aimais qu'elle m'apprenne ce genre de choses. La beauté résidait bien entendu au loin, mais plus encore dans ce qui était proche, dans l'espace intime qui permettait au regard d'être complété par l'odorat et le toucher, et de sentir dans ma bouche le goût de la salive et du vin. Le moment présent avait une splendeur à faire pâlir n'importe quel souvenir. Cecilia me parlait de la beauté infaillible des formes organiques, des symétries et des harmonies spontanées de la nature : les nerfs et le contour d'une feuille, les racines d'un arbre et les neurones avec leur chevelure de dendrites, la double hélice de l'ADN. Dès qu'elle approchait ses yeux de l'objectif d'un microscope, elle discernait des formes de beauté invisible. Une préparation de tissu neuronal effectuée il y a plus d'un siècle a une esthétique pouvant rivaliser avec celle de toutes les œuvres modernes exposées au MoMA ; elle est en outre une image précise du réel. Nos conversations accompagnaient en séquence continue nos promenades, nos verres de vin, l'irruption du désir, la curiosité que l'un manifestait pour la vie de l'autre. Je voulais tout connaître de son existence et apprendre tout ce qu'elle savait ou voudrait m'enseigner en mettant à profit sa lumineuse capacité explicative. Au cas où un voisin aurait surgi sur la terrasse, nous gardions à portée de main le grand sac de Cecilia pour y cacher la bouteille et les verres. Les derniers rayons du soleil éclairaient la façade ouest des tours jumelles de fines lames dorées, puis cuivrées. Par temps brumeux ou pluvieux, elles disparaissaient complètement à l'horizon. Quelques jours plus tard, nous les vîmes s'écrouler comme de gigantesques tours de sable. Peu de temps après, quelques mois à peine, le regard, le cerveau s'était déjà habitué à ne plus les distinguer dans le profil de la ville, et il ne les regrettait plus.

17

Je devrais dater mes notes mais je suis trop paresseux ou j'oublie de le faire. Je cherche sans la trouver la feuille volante où j'ai écrit quelque chose pour être sûr de me le rappeler. Je me souviens bien des faits, pas toujours de l'ordre dans lequel ils sont survenus. C'est peut-être lié à la décontraction totale que je m'accorde depuis que je ne suis plus obligé de travailler. Toute ma vie j'ai été prisonnier des dates, des heures, des calendriers me signalant des délais, des rendez-vous à la minute près. Enfant, à l'école, j'excellais sans effort en apprenant par cœur une infinité de dates. Cecilia dit que je suis le dépositaire de la chronologie de sa vie, que je ressemble au patient du docteur A.R. Luria, qui ne parvenait pas à oublier le moindre détail de son existence. Elle me demande quand nous avons fait ceci ou cela, quand nous sommes allés ensemble dans telle ou telle ville, quand elle est partie à un congrès au Japon ou en Finlande : je lui indique l'année et même le mois sans aucune difficulté. J'ai la tête pleine de nos dates anniversaires. Maintenant que je me suis relâché, je ne sais plus quel jour on est.

Cela m'arrive parce que je suis retraité. Je réfléchis à ce terme sans même le prononcer et j'en ai des frissons. Être retraité, c'est être vieux. Il est vrai que, dans mon cas, on peut parler d'une retraite anticipée. Mais le mot est assassin. « Retiré », « *retired* », serait plus digne ou, mieux, « *reformado* », comme on le dit en portugais. Être *reformado* est moins ignominieux qu'être retraité. Quand il a cessé de travailler, mon père a sombré brusquement dans un état d'abattement bourru et silencieux. Lui qui s'était levé aux aurores chaque jour de son existence, à compter de ses huit ans, traînait au lit et passait ses matinées à regarder à la télévision des émissions s'adressant aux vieux qui voulaient garder la forme. Il quittait la maison et tardait à rentrer car il s'était perdu. Nous pensions qu'il commençait peut-être à subir les effets de la maladie d'Alzheimer et l'avions emmené voir un neurologue que connaissait Cecilia, un médecin humaniste qui lui a posé de nombreuses questions sur son passé avant de lui conseiller de tenir un journal. On ne lui avait jamais demandé de raconter sa vie. Il écrivait sur des feuilles volantes pliées en deux ou dans des cahiers d'écolier, d'une écriture maladroite et appliquée, faisant beaucoup de fautes mais prenant soin de réaliser des fioritures calligraphiques, souvenirs de sa courte période de scolarisation, au milieu des années 1930. Dans ce journal ne figuraient ni pensées ni dates, seulement un inventaire de faits objectifs.

Je ne sais avec certitude quel jour de la semaine on est que lorsque vient Cândida, le mardi, *terça-feira*. Elle me prend toujours par surprise. J'entends la porte s'ouvrir et me demande qui cela peut être. Je ne suis pas accoutumé à ce bruit. Luria se précipite sur Cândida pour l'accueillir. Elle la reconnaît avant moi, éprouve pour elle une admiration sans bornes et apprécie sans doute la nouveauté de sa présence après être longtemps restée dans cet appartement si calme. J'ai su qu'on était lundi car Cândida m'a envoyé un SMS pour me prévenir qu'elle ne pourrait pas venir le lendemain et m'annoncer qu'elle passerait le vendredi. J'avais complètement oublié et, le jour convenu, j'ai été étonné de la voir apparaître. Sans que je lui aie posé la moindre question, elle m'a expliqué la raison de son absence le mardi. Elle était allée rendre visite à un chat ayant appartenu à un écrivain étranger pour lequel elle avait travaillé pendant des années. Quand il partait en voyage pour servir la cause littéraire, il la chargeait d'aller nourrir le chat tous les jours et de lui tenir compagnie.

L'écrivain possédait également un bonsaï dont elle s'occupait pendant ses absences. Dans la vie solitaire de cet auteur, son chat et son bonsaï étaient les deux seules choses qui comptaient. Cândida savait y faire avec les deux. Elle me dit que le bonsaï de *o senhor Armando* réclame autant d'attention et de soins que le chat. « Le bonsaï est énorme », m'apprend-elle en plaçant à hauteur de sa poitrine le plumeau qu'elle tient dans sa main. Le chat est lui aussi immense pour son espèce. « Gros comme ça », précise-t-elle en modelant l'espace de ses deux mains qu'elle écarte devant elle, le visage empreint d'étonnement face à cette démesure. Il s'appelle Amadís. « Il vient d'Inde », explique-t-elle, et ses yeux écarquillés d'éblouissement prennent ensuite une expression intriguée, alarmée. « *Um gato-tigre* », ajoute-t-elle. Il a des yeux jaunes, comme les tigres qu'on voit dans les documentaires sur la jungle, et Cândida réagit comme si un de ces fauves venait de surgir derrière moi, au fond du couloir, et s'apprêtait à m'attaquer. « Il s'appelle comme ça parce qu'il a un des gènes du tigre. » Elle lève devant moi l'index de sa main gauche, à la fois pour illustrer cet exemple d'arithmétique élémentaire et pour me mettre en garde. « Un gène de tigre. Mais un seul. »

Cet unique gène suffit à entigrer le chat. « Mais il est très doux, très gentil », dit-elle. Elle se rend compte qu'il ne surmonte pas la tristesse liée à la disparition de son maître, mort l'an dernier d'une crise cardiaque dans la désolation d'une salle de transit d'un aéroport international, loin de Lisbonne, de son chat et de son bonsaï. Monsieur Armando a légué le chat-tigre et l'énorme bonsaï à une de ses amies, madame Marcela, mais il lui a demandé expressément, et l'a écrit « de sa main », explique Cândida d'un ton mélodramatique, de les confier à son employée de ménage lorsqu'elle partirait en voyage. Il se trouve que madame Marcela, en plus de beaucoup voyager, travaille énormément, et quand elle est à Lisbonne, elle quitte l'appartement très tôt et ne revient que le soir. Il y a des jours où Cândida s'inquiète – et de nouveau elle ouvre de grands yeux comme si elle pressentait l'imminence d'un miracle, puis, palpitante, pose une main sur ses côtes – car elle a l'impression qu'Amadís communique avec elle « télépathiquement », dit-elle en détachant délibérément chacune des syllabes de ce mot. Alors, même si ce n'est pas son jour de ménage chez madame Marcela, elle traverse la ville d'un bout à l'autre pour aller voir le chat Amadís, « *O Amadís* », et passer un moment avec lui. Elle en profite pour s'occuper du bonsaï, qui a l'air bien triste, « parce qu'il ne faut pas croire, mais les plantes souffrent de la solitude, affirme-t-elle, les yeux une fois de plus écarquillés, en songeant à toute la magnitude de ce mystère. *Mesmo como os animais e as pessoas*[1] ».

Dès qu'elle ouvre la porte de l'appartement de madame Marcela, O Amadís l'attend déjà. Elle a dans son sac une gourmandise féline qu'elle sait être au goût du chat-tigre et une brosse spéciale pour peigner son poil somptueux. Elle vérifie que son bol d'eau est propre et qu'il a de la nourriture, change sa litière. Madame Marcela est toujours si occupée qu'elle oublie parfois ces choses-là. Le chat Amadís s'assoit dans le giron de Cândida et ronronne sans bouger pendant qu'elle l'apprête, le caresse et lui parle à voix basse ou lui chante les berceuses qu'elle chantait à son fils quand il était petit. Avant, O Amadís ne se laissait prendre que par Armando ou Cândida. Depuis la mort de son maître, elle est le seul être humain qu'il approche et sur les genoux duquel il accepte de monter, et il reste là, enroulé, sans bouger, assoupi, apaisé, son cœur puissant battant sous son épaisse couche de fourrure de tigre indien. Cândida s'occupe ensuite du bonsaï avec autant de soin, et Amadís observe le moindre de ses mouvements de ses yeux jaunes, sauvages et tristes. Dans l'impeccable salon de madame Marcela, où il n'y a quasiment rien à nettoyer car on n'y voit pas un grain de poussière et que tout est en ordre – en grande

1. « Comme les animaux et les humains ».

partie parce que l'occupante des lieux n'y passe que très peu de temps –, Cândida finit de bichonner le bonsaï, puis s'installe un moment sur le canapé. Amadís s'assoit en face d'elle, dans un fauteuil, et la regarde fixement. Comme lors d'une visite protocolaire, je suppose : une visite d'autrefois où on présentait ses condoléances à des personnes endeuillées et ennuyeuses, interminable, faite de silences interrompus par des soupirs, des souvenirs du défunt évoqués à voix basse. Cândida raconte au chat Amadís ce qu'elle se rappelle de monsieur Armando, si bon, si généreux, si seul, privé de l'affection de ses enfants, qui vivaient dans un autre pays et ne se souciaient guère de lui, sans autre vraie famille que son bonsaï et le chat Amadís, et aussi Cândida, à qui il a laissé un petit héritage dans son testament. Amadís se redresse sur le fauteuil et ses yeux se dilatent en entendant le prénom de feu son maître, agrandis au point qu'on se demande s'il ne voit pas son âme en peine. « *O sehor Armando, o senhor Armando. Lembras-te dele, Amadís*[2] *?* »

Cândida me regarde, immobile dans la cuisine, avec à la main le plumeau qu'elle a oublié, comme elle a oublié ce qu'elle est venue faire ici, me semble-t-il, et elle s'adresse à moi sur le ton qu'elle doit penser convenir aux chats, peut-être aussi aux bonsaïs, guère différent de celui qu'on doit employer avec les étrangers : l'œil attentif, un phrasé lent et une voix forte qui sépare bien les mots et articule chaque syllabe. Ils sont tous deux assis l'un en face de l'autre, Cândida et Amadís, en milieu de matinée, dans le salon aseptisé aux rideaux tirés, tournant le dos aux rumeurs qui montent de la rue, eux et le bonsaï, en compagnie de la présence spectrale de monsieur Armando, invoqué par la répétition de son prénom. Le visage affligé, les genoux serrés comme lors d'une visite de condoléances, Cândida est morte d'inquiétude quand elle voit les yeux tristes d'Amadís, qui vit chez madame Marcela et a « tout le confort possible », cela ne fait aucun doute, mais ne se remet pas du chagrin causé par la perte de monsieur Armando ni

2. « Monsieur Armando, monsieur Armando. Tu te souviens de lui, Amadís ? »

d'avoir à rester seul quand elle consulte sa montre furtivement et comprend qu'elle doit s'en aller si elle veut arriver à temps pour son prochain ménage. « Il n'a personne d'autre au monde que moi. »

18

J'aime promener mon regard sur le dos des livres de la bibliothèque. C'est une façon de récapituler leur contenu, tout ce que j'ai déjà lu ou ce qui me reste à lire et que je relirai quand j'en aurai envie, dans l'île confortable où nous nous sommes retirés. Dans *L'Île mystérieuse*, les naufragés, qui sont déjà là depuis plusieurs années, découvrent un matin sur la plage un coffre déposé par la marée et contenant un choix succinct de chefs-d'œuvre. L'amiral Byrd avait emporté dans sa cabane en Antarctique une caisse de livres, un phonographe et une collection de disques. Tandis qu'une tempête de neige grondait au-dessus de sa tête dans la nuit perpétuelle, il lisait à la lueur d'une lampe à pétrole. J'ai une tendance au désordre et à l'accumulation : Cecilia a toujours exercé une extrême vigilance pour que les livres ne prolifèrent pas de manière inconsidérée au point de tout envahir. Le déménagement nous a donné l'occasion de nous livrer à une élimination rigoureuse, un exercice pratique de dépouillement. Une bibliothèque s'édifie aussi bien avec les ouvrages qu'on choisit qu'avec ceux qu'on évince. J'ai vendu chez Strand plusieurs cartons de livres, mais l'effort de les transporter et le prix de la course en taxi ont réduit à néant mes bénéfices. J'ai offert la plupart de mes belles éditions aux bouquinistes de Broadway, à qui Cecilia et moi avions acheté de nombreux ouvrages au fil des années, des caprices inattendus découverts au hasard, des œuvres majeures dans un état de conservation impeccable pour cinq ou dix dollars.

Ces échoppes de livres installées sur les trottoirs de la ville me manquent. Il y en avait une, magnifique, sur Colombus Avenue, juste derrière le musée d'Histoire naturelle. Cecilia et moi nous y attardions avant d'aller au musée ou à l'Ocean Grill pour notre brunch du dimanche. Nous nous rendions ensuite sur le marché aux puces qui se tenait dans la cour et sous le préau de l'école publique de la 77e Rue. Ben, le vendeur, était un homme au visage fin et brun, aux yeux très clairs et au sourire affable, coiffé d'une casquette de baseball. Il montait son stand dès les premiers signes de beau temps, les premières journées tièdes et ensoleillées, alors que les arbres du parc du musée étaient encore dépourvus de feuilles, des jours de trêve et d'espoirs fragiles de fin d'hiver, qui étaient bien souvent balayés par une tempête de neige tardive, des rafales de pluie glacée et hostile, un vent qui arrachait les fleurs précoces des amandiers et des cerisiers. L'échoppe de Ben était une sorte de librairie ancienne miniature très bien achalandée et sérieuse, qui proposait des éditions en parfait état des années 1950 et 1960 de la Modern Library, des livres de photos de jazz, des albums illustrés pour enfants. Certains bouquinistes avaient l'air d'indigents, de misanthropes un peu toqués, de rudes camelots vivant dans la rue. Ben avait toujours une tenue impeccable, il portait des vêtements d'extérieur usés mais propres, sa barbe était bien taillée et ses mains calleuses maniaient les livres avec douceur. Nous lui avons acheté la plupart des ouvrages intéressants que nous possédons, des trouvailles qui excitaient notre curiosité et que nous nous sommes offerts l'un à l'autre. Ceux à la couverture rigide sont des amis loyaux, des présences symbolisant notre vie et nos deux appartements, deux époques, autrefois et maintenant, les connaissances qui me faisaient défaut auparavant et que je peux enfin acquérir, les textes que je n'ai pas lus, ceux que j'ai parcourus il y a longtemps, si distraitement qu'ils ne m'ont laissé aucun souvenir : Melville, Faulkner, Conrad, et les auteurs solennels que sont Tchekhov et Henry James, les préférés de Cecilia, les irréductibles Dickinson, Woolf, Carson McCullers,

Flannery O'Connor et son recueil de nouvelles que j'ai dédicacé à Cecilia pour son anniversaire, l'édition de *Lolita* du début des années 1960 dont elle m'a fait cadeau pour me souhaiter le mien. Je prends un livre sur l'étagère, non pour le lire entièrement mais pour le toucher ou m'arrêter sur une page au hasard, afin de voir si la date de son achat ou une dédicace y figure, désireux d'y trouver des traces matérielles de notre vie d'alors, deux places de concert ou deux billets de cinéma, la note d'un restaurant où nous aurions déjeuné, chaque petit papier ayant une précision testimoniale oubliée : la preuve imprimée que le 6 avril 2012 Cecilia est allée à un concert de João Gilberto au Carnegie Hall ; un reçu du *dry cleaning* où sont énumérés les vêtements que nous avons récupérés le 14 novembre 2006, qui a ensuite servi à marquer un passage que nous aimions beaucoup dans une nouvelle d'Alice Munro.

19

La fin du monde est permanente. Quelque part, en ce moment même, survient peut-être une apocalypse. Dans les forêts tropicales d'Amérique, des millions de grenouilles jaunes ont succombé en un rien de temps à un champignon mortel se propageant aussi vite que la variole qui a décimé les populations indigènes au XVIIe siècle. En Amérique du Nord, une moisissure qui commence à se répandre en Europe tache les museaux des chauves-souris comme une poudre blanche. Dans le ciel des crépuscules de Lisbonne, elles sont encore moins nombreuses que les martinets. J'allume le téléviseur, le soir, avec Luria, ou lis la presse sur Internet, et aussitôt apparaissent des nouvelles de fin du monde. La montée des eaux ressemble à celle de la Genèse. L'ouragan Florence et le typhon Mangkhut provoquent des déluges simultanés dans le sud des États-Unis et aux Philippines. Réveillé à deux heures du matin dans le grand silence d'après minuit, quand les avions ont cessé de passer, je regarde un documentaire sur un minuscule pays constitué d'un groupe d'îles dans le Pacifique, qui commence à disparaître du fait de l'élévation du niveau de la mer. Le président de cet État parcourt le monde depuis des années pour attirer l'attention sur ce désastre et demander de l'aide. Des vagues terrifiantes déferlent sur le sol plat et les cabanes aux toits de paille construites sur pilotis.

Quelques minutes après le séisme de Lisbonne, une vague de six mètres grossit puis déferla sur la ville en ruine, emportant les galions ancrés dans le fleuve. Sept ou huit longues minutes auparavant, la terre avait tremblé. Les constructions avaient tangué avant de s'effondrer, comme des mâts de navires pris dans une tempête. La poussière, puis la fumée des incendies masquèrent la lumière du soleil. Peu avant que la grande vague n'engloutisse tout, la mer était descendue au point de faire apparaître le lit marécageux du Tage. Le séisme et le tsunami furent suivis d'un immense incendie déclenché par les feux qui brûlaient dans les habitations et les cierges allumés dans les églises qui s'écroulaient. Les gens marchaient de-ci de-là, convaincus que c'était le jour du Jugement dernier. Hommes et femmes se déplaçaient tels des spectres dans les décombres en brandissant des crucifix et des images de saints. Dès que la terre se remettait à trembler, ils tombaient à genoux en implorant miséricorde, priaient et chantaient des hymnes pieux.

J'ai lu que cette partie de la ville a été épargnée. La vie a dû se poursuivre avec la même et étrange normalité que dans notre quartier de Manhattan, le matin et l'après-midi du 11 Septembre. Pendant que les Allemands incendiaient et détruisaient le ghetto de Varsovie après avoir exterminé les derniers résistants, les tramways circulaient et les gens lisaient les journaux dans les cafés d'autres secteurs de la ville. Pour avoir grandi dans une famille de fondamentalistes chrétiens du sud des États-Unis, mon ami Dan Morrison connaît par cœur toutes les prophéties apocalyptiques de la Bible. Son père l'a chassé de la maison en proférant une malédiction de patriarche cruel de l'Ancien Testament lorsqu'il a appris que lui, son fils aîné, était homosexuel. Dan est parti à New York, où il a profité pendant quelques années d'une liberté jubilatoire et sans culpabilité, jusqu'à ce que la grande épidémie du sida se déclare comme l'avènement vengeur du Jugement dernier que son père lui avait toujours annoncé. Il nous l'a dit un jour, pendant un déjeuner avec Cecilia à La Flor de Mayo, le restaurant péruvien de la 100e Rue, devant la baie vitrée qui donne sur Broadway. Vingt-cinq ans auparavant, son grand amour qu'il n'a jamais oublié était mort dans ses bras. À l'ancienne, il conservait sa photo dans son portefeuille et l'a encore aujourd'hui : une image aux couleurs passées sur laquelle pose un jeune homme brun à la chemise ouverte. « On avait l'impression de vivre la fin du monde. On appelait la maladie *The Plague*. C'était comme la peste noire du XIVe siècle dans le New York des années 1980. Les gens avaient le corps couvert de plaies et de pustules et mouraient sans qu'on puisse rien faire. À la chaire de l'église de mes parents, le pasteur disait que c'était un châtiment divin infligé aux fornicateurs. Il prenait plaisir à répéter ces terribles versets de la Bible. » Dan Morrison m'écrit que nous lui manquons. Il me dit qu'il va venir en Europe et que nous ne couperons pas à sa visite à Lisbonne.

Après avoir beaucoup voyagé dans ma vie, je suis devenu sédentaire. Je n'ai pas la moindre envie de quitter Lisbonne. Je n'ai même pas pris le ferry pour aller sur l'autre berge du fleuve. Les jours de forte chaleur, j'ai une excuse parfaite pour rester enfermé dans l'appartement. Et quand je sors, je m'éloigne très peu du quartier, qui ressemble à un village accueillant, un monde en soi à la fois intime et ouvert sur l'amplitude du fleuve, la zone des quais où s'amarrent les voiliers et les porte-conteneurs. Les premiers piliers du pont se dressent au-dessus des collines de ce secteur. Le centre historique de la ville et la foule des touristes sont loin d'ici. Je vis dans un lieu en retrait dans ma retraite lisboète. Nous pourrons trouver tout ce dont nous aurons besoin dans notre nouvelle vie sans marcher plus de vingt minutes. Les primeurs, le boucher, la boulangerie, les pâtisseries où on sert aussi de savoureux déjeuners bon marché, les restaurants fréquentés par les gens qui travaillent dans le quartier, où l'on peut lire derrière la baie vitrée les menus écrits à la main sur des nappes en papier. L'envergure du monde extérieur tient tout entière dans les limites de cette zone : les petits établissements de cuisine indienne, népalaise, du Mozambique ou de Goa ; le Jardin botanique tropical et son épais bosquet de bambous, ses palmiers polynésiens gigantesques, ses pins du Tibet, ses araucarias australiens. Quand nous y allons, Luria observe les paons d'un œil intrigué et respectueux. Elle court après les oies avec un acharnement aussi ridicule que celui qu'elle met à engloutir leurs fientes si je ne fais pas attention. Quand je déjeune à l'extérieur, j'essaie de me trouver une terrasse à l'air libre pour l'emmener, ne pas la laisser seule. Il y a une place pavée entourée de maisons basses, comme celle d'un village, et une terrasse dont les tables sont disposées à l'ombre d'une grande bougainvillée, de petites boutiques tenues par des Népalais où on peut acheter n'importe quoi à n'importe quelle heure, des quincailleries, des magasins d'électricité et de téléphonie, une papeterie d'apparence modeste qui sent la gomme et le crayon et propose la presse étrangère. Ce quartier est une bourgade où les habitants se saluent et où je peux acheter *Le Monde* et le *New York Times*.

La proximité, c'est l'autosuffisance et la force : on parle aujourd'hui de résilience ; elle permet une mobilité sans gaspillage de carburants fossiles. Je ne m'éloigne de mon quartier que pour aller courir. Tôt le matin ou à la tombée de la nuit, quand le coucher de soleil étire les ombres sur les quais. Il m'est arrivé d'emmener Luria, mais elle se fatigue, s'ennuie ou se laisse distraire par un rien. Luria est une chienne paresseuse et féline qui préfère la contemplation à l'exercice physique, la musique d'Ornette Coleman et de Ligeti à la compagnie remuante des autres chiens. Avant, je faisais mon jogging au bord de l'Hudson, maintenant je longe le Tage. D'un estuaire à l'autre : les eaux fluviales et océaniques se rejoignent dans les deux fleuves ; ils vont et viennent et leur courant est contrarié par le flux de la marée montante. Celui du Tage est beaucoup moins puissant : il ne charrie pas de troncs d'arbres entiers ni de poutres semblant provenir d'épaves de bateaux. Rien ici n'a autant de violence. En hiver, je ne verrai pas le fleuve changé en lent glacier dont les plaques et les blocs se détachent et glissent très lentement, comme les défilés de marbres de cités en ruine, dans une quiétude qui ressemble à du silence jusqu'à ce que, peu à peu, on perçoive une rumeur, le chuintement de la couche gelée qui craque en se cassant, enveloppée d'un brouillard où se profile l'ombre d'un brise-glace. Je cours le long du fleuve dans la fraîcheur d'une matinée d'été et j'imagine déjà avec impatience la lumière hivernale, celle des jours transparents, la brume grise gorgée de pluie que nous voyions de la fenêtre de l'hôtel, lors de notre premier séjour à Lisbonne, ou quand nous montions dans la bibliothèque où brûlait un feu de bois et que nous observions les quais à la longue-vue. Nous avions déchiffré le nom écrit sur la proue noire et inclinée d'un cargo en réparation : *Seabird*. C'est sur ces quais que je cours à présent, près des mâts oscillants des voiliers, des anciens hangars portuaires devenus des discothèques ou des restaurants à la mode, vers les piliers et la silhouette de plus en plus proche du pont, vers l'ample horizon de l'embouchure. Les noms des voiliers sont presque aussi beaux que les voiliers eux-mêmes. Il y a un trois-mâts similaire à ceux que pilotait Joseph Conrad, le *O Príncipe Perfeito*. Tout près est amarré un autre voilier qui a encore plus fière allure, le *O leão holandés*. Les avions apparaissent sur l'autre berge, juste au-dessus du Corcovado et de ses bras en croix, sur un piédestal qui a tout l'air d'une plateforme nord-coréenne de lancement de missiles. Sur l'Hudson naviguait un voilier à la coque noire et laquée au nom inscrit en lettres dorées sur un côté de la proue : *Ishtar*.

Le rythme de la course amortit la notion du temps. Au début, le corps est paresseux, comme tuméfié. On a l'impression qu'on ne pourra guère tenir plus de quelques minutes. Consulter sa montre est décourageant. Au loin le pont paraît inaccessible. Les genoux, les articulations, les plantes de pied sont douloureux, mais au lieu d'accroître la fatigue, l'exercice soutenu la change en légèreté et en vigueur. Je cours en oubliant que je cours. Dans ma poche mes clés et mon téléphone s'entrechoquent. J'entends le souffle régulier de ma respiration et les coups des baskets sur le sol en caoutchouc vulcanisé de la voie pour joggeurs et cyclistes aménagée dans les zones pavées et sur la *calçada* portugaise, plus agréable à fouler. Les lieux éloignés dont je me rapproche viennent mesurer un temps contenu dans la course, dans ma conscience et dans les mouvements rythmés de mon corps : le cœur, les poumons, les jambes, la poitrine qui se gonfle et se soulève en absorbant pleinement l'air qui sent l'iode, les algues et le poisson pourri. Les yeux doivent se dilater au maximum pour inclure l'horizon, de même que les poumons pendant l'effort et lorsque la respiration s'apaise agréablement. À mesure que j'avance vers le pont, ses bruits gagnent en précision. La vue est la perception d'une bande très limitée d'ondes électromagnétiques, dit Cecilia ; l'oreille capte avec d'innombrables nuances des ondes mécaniques, les vibrations circulaires de l'air ou de l'eau dans laquelle on jette une pierre. La plus grande simplicité est d'une complexité inouïe ; tandis que je cours vers le pont, la rumeur ambiante qui se diffuse au loin commence à se décomposer comme la lumière blanche au travers d'un prisme : le grondement des voitures et des camions qui circulent sur la plateforme supérieure, des trains qui passent juste en dessous, les vibrations de la structure métallique à deux étages, des nervures que le vent fait trembler quand il les traverse en sifflant.

Pour mieux entendre et mieux sentir, je plisse les yeux. Devant moi s'allongent les lignes blanches de la piste et je vois mes pieds avancer sur le revêtement. Par instants, je ferme les paupières sans m'en rendre compte. Je cours comme un somnambule, les yeux clos. Je suis maintenant sous les piliers du pont. Le fracas des voitures et des trains descend à la verticale sur ma tête. Je pénètre dans l'ombre oblique du pont puis j'en sors. Des pêcheurs à la ligne attendent tranquillement en regardant au loin ; c'est l'heure à laquelle les voiliers rentrent au port dans la lumière blonde du soleil. Le fleuve s'ouvre dans une ampleur maritime. À l'horizon, heurtée par le soleil, s'élève l'architecture alambiquée d'une raffinerie. Des bateaux pétroliers restent immobiles dans le courant ; des bateaux au pont plat arrivent, chargés de piles impressionnantes de conteneurs. Les marchandises et le pétrole sont acheminés par la mer, les vagues de touristes s'entassent dans des bateaux de croisière gigantesques et à bord des avions qui survolent le Tage.

J'ouvre les yeux et, tout à coup, je ne sais plus ni l'heure qu'il est ni dans quelle direction je cours. J'ignore comment j'ai perdu le sens de l'orientation. J'ignore où sont les points cardinaux. J'ignore si la longue ombre qui s'étend derrière moi est celle du soleil qui s'élève ou se couche. Ma perplexité cède la place à l'inquiétude, l'inquiétude à l'angoisse. Je continue de courir en ignorant où je vais. Je cours vers le pont, bien entendu, mais je ne sais pas de quel côté je me trouve, si je m'éloigne de la ville, de mon quartier et de mon appartement, ou si je m'en rapproche. Je ne sais ni l'heure qu'il est ni quel jour nous sommes. Je ne veux pas trébucher en sortant le portable de ma poche pour m'en informer. J'essaie d'évaluer à quand remonte mon départ de New York et mon arrivée à Lisbonne, mais je n'y parviens pas. Si j'arrête de courir, ma confusion ne fera qu'augmenter. Je dois continuer pour rentrer chez moi au plus vite. Je ne sais pas combien d'heures j'ai laissé Luria seule. J'ai beau redoubler d'efforts, je ne sais pas depuis combien de jours ou de semaines j'attends Cecilia. En passant près du quai j'ai lu le nom d'un bateau sur sa coque : *Ishtar*. Un peu plus tard, je me rends compte que c'est impossible, que le nom sur le côté de la proue a changé. Je vois le Christ sur l'autre berge, puis la carte égarée du monde environnant reprend une forme intelligible.

20

Ce silence ressemble à celui qui s'installait parfois dans l'autre appartement. Il devenait toxique dans le couloir et toutes les pièces. Plus il s'éternisait et plus il était difficile de le rompre. Il agissait à la manière d'un brouillard qui nous éloignait l'un de l'autre même si nous étions tout proches. Celui qui se tenait à un point de l'appartement entendait l'autre bouger ou s'activer au bout du couloir, dans la pièce contiguë, la cuisine ou la salle de bains. Et ces sons étaient en quelque sorte distants et impersonnels, comme produits par un inconnu dans l'appartement voisin. Nous auscultions ces bruits en auscultant également le silence avec davantage d'attention. Cecilia était si discrète qu'elle ne donnait pas l'impression d'être là. Elle était peut-être absorbée dans ses recherches, à son bureau, et je ne me décidais pas à pousser la porte entrebâillée. Ayant l'ouïe très fine et une perception frisant la divination, elle entendait mes pas légers sur le sol. Lorsque ma main touchait la poignée de la porte sans que je me résolve à l'ouvrir, elle le savait. Même quand nous parlions, le silence ne se dissipait pas. Nos voix résonnaient étrangement car le silence qu'elles ne parvenaient pas à briser les avait neutralisées. Nous échangions des propos banals et ne reconnaissions ni notre propre voix ni celle qui nous répondait. Elles étaient comme éteintes, pleines d'une monotonie sans éclat. J'entendais la mienne prononcer avec effort une phrase anodine afin de peupler le silence, et il me semblait lire des lignes dictées par un autre. Le silence effaçait toute trace de la cause qui l'avait déclenché. Je me savais coupable de quelque chose, mais j'ignorais de quoi. D'après Cecilia, je suis incapable de m'examiner, je fuis l'introspection car elle m'ennuie, m'attriste ou m'impatiente. Le silence était une offense que chacun infligeait à l'autre, en même temps qu'un remords et une punition. Nous ne vivions plus dans un appartement au silence paisible, lui qui était autrefois une bénédiction, un espace protecteur où chacun accueillait l'autre pour profiter de sa compagnie ou poursuivre seul ses occupations. Désormais nous ne pouvions plus travailler en paix et au calme. Nous étions tous deux enfermés dans un réduit aveugle, chacun dans sa bulle, plus hermétique de minute en minute et d'heure en heure, tous deux confinés dans la capsule commune et suffocante qui nous enveloppait, sans pouvoir prononcer un mot pour conjurer le maléfice, un « Sésame, ouvre-toi » qui terrasse le silence et nous en délivre ; sans pouvoir tendre une main qui traverse la distance soudain définitive entre nos deux corps paralysés à quelques centimètres l'un de l'autre.

Nous nous mettions à table et nos propos ne paraissaient pas créer d'ondes sonores dans l'air. Nous nous croisions dans le couloir ou en sortant de la salle de bains. Nous nous tendions un couteau, du beurre ou du pain en nous disant merci. La rancœur secrète, l'angoisse, l'offense non dite ou quoi que ce soit d'autre était une force magnétique qui nous empêchait de nous éloigner l'un de l'autre tout en nous repoussant pour interdire le moindre rapprochement. Le silence durait des heures, voire des jours, chacune de ses minutes étant irrespirable. Nous mourions de tristesse côte à côte : celle que l'un propageait et que l'autre recevait par contagion. Il contaminait Luria, qui nous scrutait sans bouger la queue et se retirait dans un coin, le plus loin possible de nous. D'instinct, elle fuyait notre chagrin que son flair et son odorat lui permettaient sans doute de mieux capter que nous. Tout son brutal nous faisait sursauter, que ce soit la chute d'une fourchette par terre ou la sonnerie du téléphone fixe, qui ne se manifestait quasiment plus hormis pour des appels promotionnels invraisemblables, en général des voix préenregistrées pleines d'un entrain purement commercial. Mais parfois le téléphone était également porteur d'espoir. La voix de quelqu'un, un ami, un collègue, se faisait entendre de l'extérieur pour nous libérer du silence que nous étions incapables de briser par nous-mêmes. Cecilia avait décroché et je l'épiais depuis la pièce contiguë. Sa voix lumineuse, voilée par l'affliction, disait ce qu'il convient de dire pour se débarrasser des démarcheurs avides proposant des systèmes de sécurité ou des hypothèques juteuses, ou d'infatigables collecteurs de fonds pour un orchestre ou un musée.

Nous n'avons jamais élevé la voix. Nous n'avons jamais échangé de propos cruels ou offensants, aucune parole qu'on ait envie d'effacer immédiatement en sachant qu'elle est irrémédiable. Ce n'étaient pas les mots mais le silence qui nous décourageait, nous épuisait, nous étouffait. Dans ces moments pénibles, chacun cuisait à petit feu en présence de l'autre, qui se taisait. Se coucher dans ce silence, lire de son côté du lit était d'une désolation sans remède, empirée par un confort soudain mesquin et la routine casanière : le pyjama, la chemise de nuit, la brosse à dents électrique, les bâtonnets interdentaires, la retraite de quelques minutes derrière la porte close des toilettes. Le silence avait transformé en territoire neutre l'espace propice au désir du grand lit, et il semblait peu probable que le désir renaisse un jour. Chacun de son côté se sentait à la fois coupable et offensé. Chacun de son côté regrettait aussi bien d'avoir été blessant que meurtri. Dans toute activité agréable ou insignifiante – lire, boire un verre d'eau fraîche, regarder les toits par la fenêtre, apprécier l'odeur du savon en se lavant les mains – s'imprimait le sceau du chagrin. Le monde perdu, le paradis terrestre, se trouvait toujours à l'endroit même où nous l'avions si souvent découvert. Nous en avions été expulsés tout en continuant d'y vivre comme des hôtes indignes. Il était à la fois infiniment lointain et proche, inaccessible et à portée de la main. Nous étions ces deux inconnus que nous jalousions.

Nous nous étions perdus et continuions à vivre ensemble, en nous trouvant désirables, incapables d'imaginer notre existence avec des personnes différentes. Nous avions nous-même édifié ce mur invisible, sourdement conscients que nous retrouver était aussi simple que ne plus exister l'un pour l'autre, et nous savions que nos efforts tendus vers le malheur silencieux auraient pu être consacrés au bonheur.

J'étais couché, lisant Montaigne sans rien y comprendre, mort de chagrin, en pyjama. J'entendais Cecilia se déplacer dans la salle de bains, envisageais avec tristesse le moment où elle ouvrirait la porte et entrerait dans la chambre en dégageant une odeur délicate de savon et de crème hydratante. Elle avait mis la chemise de nuit en soie noire qu'elle possédait déjà quand nous nous étions rencontrés. Elle a soulevé le drap pour se mettre au lit. Je l'observais à la dérobée, sans détourner les yeux de mon livre. Elle s'est tournée vers moi et me l'a pris des mains pour le jeter par terre, à moins qu'il ne soit tombé tout seul. Elle a saisi ma tête, m'obligeant à la regarder, comme pour me dire : c'est toi, c'est moi, et m'a embrassé en ouvrant démesurément la bouche tout en m'ordonnant de ne pas fermer les yeux. L'intense silence m'avait fait oublier que nos corps ont toujours été plus intelligents que nous. Seule la bande de lumière qui filtrait par la porte de la salle de bains entrebâillée nous éclairait.

21

C'est ce même soir ou un autre. La ressemblance fausse les souvenirs comme les lieux. Cecilia dit que la mémoire peine à conserver des faits singuliers, sauf s'ils sont traumatisants ou utiles à la survie pour d'autres raisons. Le siège cérébral de la peur, situé dans les amygdales, et celui de la mémoire, dans l'hippocampe, sont reliés l'un à l'autre par de très nombreuses connexions. Mais la mémoire, dit Cecilia, implique davantage l'avenir que le passé. Cela explique sans doute pourquoi, dans cette tribu à propos de laquelle je viens de lire un texte, le passé se projette vers l'avant et le futur vers l'arrière. Le passé sert de dépôt d'expériences permettant de tirer de précieuses leçons sur les faits à venir, les dangers qui pourraient nous guetter, les lieux où nous ne devrions pas retourner, les aliments nocifs qu'il conviendrait d'identifier avant de les retrouver dans notre assiette. La mémoire excelle à établir des séquences et des continuités prévisibles, des patrons significatifs. Une chauve-souris mange une luciole et ce qu'elle ingère est si vomitif qu'on ne l'y reprendra plus. D'apparence inoffensive, la luciole sécrète des toxines très vénéneuses pour ses prédateurs nocturnes. La mémoire avertit ces derniers. Elle préserve non pas l'éclat glorieux d'un moment susceptible de ne pas se répéter, mais des séquences de faits, des liens corrélatifs ou causaux signalant la probabilité d'un événement.

C'est ce soir-là ou un autre, dans la chambre, devant le miroir dans lequel je nous ai vus nous refléter, submergés, à la lueur de la lampe du couloir et des réverbères de la rue, parce que Cecilia préfère toujours la pénombre à la clarté excessive et avait éteint la lumière de la table de chevet. Il se peut que ce soit ce soir-là, car en l'évoquant j'ai l'impression d'un retour, comme si nous sortions d'une séparation ou de l'oppressante invasion du silence. Ou alors Cecilia vient de rentrer d'un de ses voyages, si fatiguée que, par moments, elle pique du nez et j'ignore si elle est éveillée ou endormie, épuisée, et si j'ai rêvé la scène précédente, les lents ébats somnambules que j'ai regardés furtivement dans le miroir du dressing, la douce pornographie de l'amour. Il y a eu un retour ou une réconciliation, d'où la vague d'apaisement heureuse dans laquelle je flotte à présent en parlant à l'oreille de Cecilia.

C'est à ce moment-là que je me suis retrouvé hors du temps ou suis devenu amnésique, mais uniquement pour les notions temporelles. Je ne suis pas certain d'être en mesure de m'expliquer. D'une voix ensommeillée, nue, enlacée à moi, Cecilia me dit après quelques instants de silence au cours desquels sa respiration s'était peu à peu calmée : « Quel jour on est ? » J'allais lui répondre quand je me suis aperçu que je ne le savais pas. J'étais tout aussi incapable de me rappeler quelle date ou quel mois nous étions. C'était un espace vide qui ne cessait de s'étendre. Chaque référence temporelle disparaissait à la seconde où je la cherchais. J'avais également oublié l'année. J'étais sûr du siècle, ça oui, mais c'était une donnée irréelle, totalement abstraite, comme si j'évoquais un siècle à venir ou un passé historique sans aucun rapport avec ma vie. Le XXIe siècle. Je m'apprêtais à en toucher un mot à Cecilia, mais elle s'était assoupie. Le seul repère temporel à ma portée était l'heure nocturne indiquée par les chiffres rouges du réveil. J'avais quantité de souvenirs et de références à mon existence. Je prononçai mon nom complet, celui de Cecilia, notre adresse, nos numéros de téléphone. Ces certitudes minimisaient mon degré d'angoisse. J'avais perdu toutes mes marques chronologiques. J'ignorais en quelle année on était et ma date de naissance s'était effacée de ma mémoire. J'essayais en vain de calculer mon âge. Je le voulais mais j'avais peur de découvrir que j'étais vieux. J'avais peut-être soixante-dix ou soixante-quinze ans et ma vie s'était écoulée sans que je m'en aperçoive. Au moins, Cecilia était indubitablement plus jeune. Mais quand étais-je né et quel âge avais-je ? C'était un mystère pour moi. Étendue à mes côtés, Cecilia murmurait en dormant, le visage contre l'oreiller, un sourire étirant un côté de sa bouche, ses cheveux épars sur sa joue. Je fus tenté de la réveiller mais me ravisai. Elle aurait été effrayée de m'entendre lui demander quel jour et en quelle année on était, quel âge j'avais et depuis combien de temps nous étions ensemble. Ni son portable ni le mien ne se trouvaient à proximité. J'aurais pu me lever pour aller chercher l'un ou l'autre, ou aller voir sur l'écran de l'ordinateur. Mais elle a le sommeil léger et j'aurais eu beau me dégager de son étreinte en douceur, elle aurait ouvert les yeux.

Je cherchais en vain à me souvenir de dates inoubliables. Ne plus savoir l'année ni même l'époque où mon père était mort me fit éprouver de la tristesse et des remords. Une sensation de déloyauté augmenta mon angoisse. Au fil de toutes ces années que j'étais désormais incapable de calculer, je m'étais chaque fois moins rappelé mon père. Je l'avais laissé se diluer dans un oubli aggravé par le fait qu'en effaçant la date de sa mort, j'abolissais désormais toute possibilité de commémoration. Les seules dates qui me revenaient avec une précision superflue étaient celles que j'avais apprises par cœur à l'école. Je ne connaissais plus ni le jour, ni le mois, ni l'année de ma naissance, mais je gardais très présentes à l'esprit celles de la découverte de l'Amérique ou de la bataille médiévale de Las Navas de Tolosa et le jour précis où était né le général Franco, dont le portrait trônait dans la salle de classe, au-dessus du tableau noir et à côté du crucifix. Les détails visuels étaient on ne peut plus nets dans ma mémoire. Les images du passé flottaient, isolées et vives, dans ce temps dépouillé de dates, un grand lac de silence et de noirceur, comme sur l'écran d'un vieux cinéma où les personnages sont des géants aux yeux d'un enfant. Privée de repères temporels, ma vie se désagrégeait en épisodes discontinus, en fragments déconnectés entre eux, sans avant ni après.

Même mon identité s'estompait. Son seul élément concret était l'instant que je vivais, un espace en retrait de tout autre, isolé de l'immense ville qui s'étendait de l'autre côté de la fenêtre et du monde qui se déployait au-delà en plages lumineuses. Comme un ver à soie, je vivais confiné à l'intérieur d'un cocon translucide, la chambre plongée dans la pénombre, avec pour toute clarté celle qui provenait de la salle de bains, la présence de Cecilia, la douceur sexuelle qui s'éternisait comme un reste de braises, des vagues d'oxytocine inondant les connexions nerveuses et le flux sanguin, aurait-elle dit. Je déclinai une fois encore mon nom complet à voix basse, puis celui de Cecilia, de mon père et de ma mère, de la ville qui s'insinuait par la fenêtre sous forme de rumeur lointaine, de notre quartier et même le prénom et le nom, difficiles à mémoriser, de l'enseigne du supermarché albanais au bas de notre immeuble, mais j'ignorais si nous y vivions depuis longtemps et quand j'étais arrivé à New York. Une date apparut alors entièrement, surgie de nulle part : le 11 septembre 2001, si détachée des autres qu'elle m'était inutile. Des années s'étaient écoulées depuis, assurément nombreuses, mais j'ignorais combien. J'étais peut-être à la fin de ma vie sans m'être rendu compte de rien.

Au prix d'un effort de concentration qui menaçait de se déliter et de s'évanouir, je me rappelai ma date de naissance. Mais comme j'ignorais celle du présent, je me trouvais dans l'impossibilité de calculer mon âge. Cecilia dormait en me tournant le dos. Dans son coin, Luria posait sur moi des yeux interrogateurs. Derrière la vitre, la nuit solitaire et calme ne me donnait aucun indice sur la saison, mais nous n'étions pas en hiver parce que les arbres avaient des feuilles, en automne non plus car elles n'avaient pas encore jauni. L'absence de temps et les bruits étouffés de la nuit profonde faisaient apparaître le présent comme un étrange moment de quiétude. J'allai dans le couloir sans allumer la lumière, guidé par celle de la salle de bains, derrière moi. Je bus un verre d'eau dans la cuisine. Un gros cafard blond était sur ses gardes, près à se carapater sous le réfrigérateur. Je fis un pas en avant et il se volatilisa. Un jour, dans le laboratoire de Cecilia, j'avais entendu le crépitement des neurones d'un cafard, grâce à des électrodes connectées à un amplificateur. J'avais ensuite constaté qu'il était très similaire au bruit des neurones d'un rat ou d'un humain.

Quand le moteur du réfrigérateur s'arrêta, le silence devint tout à coup évident. Sur l'horloge abîmée du four clignotait une heure arbitraire. J'entrai dans le bureau de Cecilia, l'écran de son ordinateur portable était en veille. Il me suffisait de le consulter pour m'informer de la date et me resituer sur la carte du temps. Mais à présent cette perspective m'effrayait ou m'inhibait. Il se pouvait que je ne veuille pas sortir de cette amnésie qui ressemblait aussi à une grande absolution. En voyant la date, je connaîtrais mon âge et m'apercevrais probablement que j'étais bien plus vieux que je ne l'avais cru. Je me retrouverais alors comme dans ces histoires où un personnage se réveille normalement un matin et s'aperçoit qu'il a dormi un siècle. Bien entendu, je me doutais que je n'étais pas tout jeune, mais j'ignorais à quel point. Je refusais de me regarder dans un miroir. La jeunesse manifeste de Cecilia en ce moment même, dans la chambre, était la seule certitude temporelle à laquelle me raccrocher. Elle n'avait pas subi ce que le temps avait fait de moi et que j'allais découvrir si je regardais l'écran du téléphone ou de l'ordinateur, ou si j'osais m'observer.

Je pris un somnifère. En attendant de sombrer dans le sommeil, je gisais dans une obscurité privée de références spatiales et temporelles. Les chiffres au faible éclat rouge du réveil ne voulaient rien dire. Le lendemain, en ouvrant les yeux à une heure tardive, je constatai que la lumière matinale avait balayé toute trace du vertige de la veille, désormais aussi insubstantiel qu'un épisode rêvé qui se dissipe au petit matin. Je me gardai d'en parler à Cecilia. Je m'étais réinstallé dans l'ordre méticuleux du temps.

22

J'ai appris que les grands incendies ont désormais un nom, comme les ouragans. L'incendie dénommé Mendocino Complex dévaste la Californie depuis onze jours et a brûlé cent vingt mille hectares. À la télévision, on diffuse en direct des images nocturnes de routes éclairées par les flammes et occupées par des colonnes de fugitifs qui paralysent toute circulation avec leurs grosses voitures et leurs fourgonnettes, puis poursuivent à pied, chargés de valises, de sacs et de matelas, poussant des voitures d'enfant, contraints de se déplacer comme à l'approche d'une guerre. Le vent sec venu du désert alimente le feu et accélère sa progression. Trente-huit mille personnes ont dû être évacuées. L'an passé, l'incendie Thomas a duré un mois entier. L'incendie Carr a ravagé soixante-six mille hectares en une semaine. Le 26 juillet, un coup de vent de deux cent soixante kilomètres par heure a soulevé une tornade de feu qui a tué sept personnes. Le président Trump a déclaré sur Twitter que les lois de protection de l'environnement sont responsables de cette vague d'incendies en Californie. Sur CNN, les présentateurs parlent de « *megafires* ». Un scientifique affirme, sur un fond de flammes se propageant aux cimes noires d'une forêt de conifères, que c'est l'été le plus chaud jamais enregistré. Les trois autres années les plus chaudes de l'histoire sont les trois précédentes. Des dix-huit années où les températures ont été les plus hautes, dix-sept sont postérieures à 2001. 2017 a battu les records d'émission de dioxyde de carbone dans l'atmosphère, qui n'en a jamais contenu autant au cours des huit cent mille dernières années. Des paysans en chemises blanches coiffés de chapeaux de paille se frayent un passage dans les hautes tiges de maïs. Au Salvador, les récoltes ont été catastrophiques après un mois où les pics de chaleur étaient supérieurs à quarante et un degrés. Des incendies dûment planifiés détruisent des régions entières de la forêt amazonienne. Pour le seul mois de septembre de l'an passé, les satellites artificiels ont détecté cent mille foyers différents en Amazonie. Les feux qui déciment les forêts indonésiennes pour gagner des terres agricoles sont à l'origine de brouillards toxiques ravageant plusieurs mois par an une grande partie de l'Asie du Sud-Est. À cette heure avancée de la nuit, le scientifique interviewé sur CNN allume une cigarette et la regarde se consumer comme s'il étudiait un insecte. « Le feu est une réaction chimique », conclut-il.

23

Je rentre à la maison et Luria n'a pas bougé de l'endroit où elle m'a attendu. Elle n'est jamais devant la porte, s'en éloigne toujours un peu, comme si elle voulait profiter de la vision complète de mon arrivée, postée sur le tapis du salon ou au bout du couloir, en face de la cuisine. Elle est toute droite, bien assise sur ses pattes arrière, dans une parfaite immobilité bouddhiste. J'aimerais savoir à quelle distance j'étais quand elle a compris que j'allais bientôt rentrer. Je suis sûr qu'il est possible d'évaluer à quel niveau de la rue je me trouvais quand elle a été en mesure de flairer mon odeur, d'entendre mes pas sur le trottoir, de les reconnaître et de les suivre à l'oreille tandis qu'ils approchaient. « Tout est extraordinairement spécifique », dit Cecilia. Je me suis rappelé les propos de Montaigne selon lesquels il n'y a pas « deux choses parfaitement identiques ». J'ai la tête pleine de ce que je lis et de ce que Cecilia me raconte. Il y a dans le monde six mille espèces de grenouilles, et chacune d'elles émet un coassement qui la différencie et permet aux femelles et aux mâles de se chercher au milieu de la clameur nocturne d'un marécage. Les moutons reconnaissent les têtes d'autres moutons. Certains corbeaux identifient en vol les visages des scientifiques qui ont réalisé sur eux des expériences, et les attaquent à coups de becs vengeurs. Même les guêpes sociales sont capables de se distinguer grâce à des particularités minimes dans les lignes noires de leurs têtes. Luria connaît bien mieux que moi le bruit de mes pas et pourrait les discerner dans un labyrinthe d'autres pas, sur une place. Je bifurque au coin de la rue et monte la côte, la respiration hachée par l'effort requis dans les collines de Lisbonne, et j'imagine la chienne seule entre nos murs, distraite par quelque chose ou endormie dans la solitude et le silence : elle dresse les oreilles, bouge lentement la queue, soudain lucide et sur ses gardes. Elle se lève, tord sa truffe vers la fenêtre entrouverte du balcon. Sa léthargie a disparu, l'annonce d'un fait imminent a perturbé sa quiétude. Le temps suspendu se change en attente. Identifier mes pas avec précision équivaut pour elle à suivre une piste sans la lâcher. Elle m'a entendu marcher sur les pavés de la rue, puis sur les pierres blanches du trottoir. Dans son immobilité impatiente et parfaite, elle a perçu le cliquètement de la clé deux étages plus bas, le bruit de la porte de l'immeuble qui s'ouvre et son invariable claquement sec quand elle se referme, ses vibrations qui se diffusent jusqu'au parquet où elle est assise et, pour finir, mes pas lourds résonnant sur les marches en bois et ma respiration fatiguée. À un moment donné, elle a sans doute senti l'odeur de mes vêtements et celle de ma sueur après la marche, et peut-être aussi une autre sécrétion qui m'est imperceptible et lui fournit des détails sur mon humeur. Son cœur bat très fort, sa queue balaie le sol quand elle entend enfin la clé tourner dans la serrure de la porte de l'appartement.

Je suis celui qui arrive on ne sait d'où et fait soudain irruption dans un présent qui est le temps immuable de la conscience de Luria, même si je ne suis pas certain que Cecilia m'autoriserait à employer ce terme. Du tapis du salon ou du bout du couloir, elle a regardé la porte encore fermée, puis l'a vue s'ouvrir peu à peu avant que j'apparaisse, bien plus grand depuis le ras du sol que je ne peux l'imaginer, elle a aperçu mes chaussures et le bas de mon pantalon, mes genoux à hauteur de ses yeux, ma tête, toute petite en hauteur, et mes yeux qui la cherchaient car j'ignore toujours d'où elle va surgir. Je la vois et l'appelle, mais elle ne vient pas. À croire qu'elle résiste, se contient pour prolonger l'expectative, le prodige de mon apparition, ou qu'elle a envie que ce soit moi qui vienne à elle. Je m'approche sans hâte et elle reste tendue, tremblant légèrement, sa queue fouettant le plancher, dans un effort suprême d'immobilité, une sorte de dignité ou de majesté canine, mais aussi comme si elle jouait à savoir qui des deux cédera le premier, observant dans ma direction tout en fuyant mes yeux, la tête penchée d'un côté, faisant celle qui ne me voit pas, le regard empreint d'une grande profondeur intérieure, semblable à celui d'une personne très attentive à elle-même qui refuse de se laisser aller à une émotion trop forte. Je n'ai jamais connu quelqu'un vibrant d'une telle intensité dans l'attente, avec une concentration absolue, tout entière absorbée par cette action, le rapprochement lent, la plénitude de l'arrivée. Je lui caresse la tête en disant son nom, Luria, Lurita, ou Lu, le diminutif qu'aime Cecilia, alors elle se retourne et se couche sur le tapis, pattes en l'air, sans plus aucune noblesse, totalement abandonnée, en redressant le dos pour que son ventre se soulève davantage.

24

L'autre jour, à l'heure du petit déjeuner, Alexis s'est présenté sans prévenir. C'est arrivé à d'autres occasions. Si je ne dissimule pas ma surprise, il me donne à entendre que, pour je ne sais quelle raison, c'est moi qui ai oublié notre rendez-vous. Dans ma vie solitaire, que quelqu'un surgisse ainsi de manière imprévue me trouble. Je m'étais levé plus tard que d'habitude car j'ai la manie de regarder les chaînes d'information et de surfer sur les pages web des journaux jusqu'à point d'heure. Je n'avais pas encore débarrassé la table du petit déjeuner. J'aime le prendre dans la fraîcheur de la terrasse, qui n'est pas exposée directement au soleil avant midi. À cette heure-là, la fenêtre grande ouverte fait plus que jamais penser à une maison à la campagne. Certaines plantations, un géranium et un jasmin, commencent à prospérer. J'ai attaché les tiges du jasmin au mur chaulé avec de la ficelle et des crochets. La table indigo se découpe contre le mur blanc. Je répète exactement les mêmes gestes chaque matin. Je commence par servir sa nourriture à Luria dans sa gamelle, et pendant que le café passe, je dispose deux sets de table, deux tasses et deux jeux de couverts. La cafetière que nous avions à New York s'est cassée pendant le voyage. Heureusement, j'ai trouvé la même sur un stand du marché de Campo de Ourique. Cecilia ne s'apercevra de rien. Au milieu de la table, j'aligne les pots de miel et de confiture ainsi que le petit pot de lait chaud. Je sortirai le beurrier en verre à la dernière minute, sans quoi le beurre risquerait de fondre. Si Cecilia s'offre un peu de sommeil un dimanche matin, je la réveillerai en lui apportant un jus d'orange au lit. Dans ce quartier où il y a de tout, j'ai la chance de pouvoir compter sur une boulangerie française. Sa décoration, l'odeur du four chaud, du café et des viennoiseries me rappelle Silver Moon, celle où nous allions à New Nork. Son nom était imprimé en lettres blanches sur un store d'un bleu délavé. Sans m'en rendre compte, je m'exprime au passé, pourtant les lieux ne cessent pas d'exister quand on ne les voit plus.

Je suis sûr que Cecilia va aimer cette boulangerie autant que celle de New York. On y vend ses pains préférés : aux noix, aux graines et aux raisins secs. Je dois bien surveiller les toasts car elle les mange moins grillés que moi. Luria déboule souvent du bout du couloir quand elle entend les croquettes tinter dans sa gamelle, mais il lui arrive aussi de ne montrer aucun intérêt pour sa nourriture et de guetter la rue du haut du balcon, ou de rester dans sa cage de voyage entreposée dans un coin de la remise. C'est pour elle un lieu de retraite mystérieux. Cecilia dit que plus un animal est imprévisible, plus on peut lui attribuer un degré de conscience. Le chien de Pavlov ferait figure de simplet aux yeux de Luria, qui apprécie certaines choses et les dédaigne ensuite pour des raisons que nous ignorons et sommes incapables de prévoir. Sa seule constance est son mépris vis-à-vis de ses congénères et l'enthousiasme qu'elle manifeste en présence des humains, surtout ceux qui viennent à la maison : tous les ouvriers, Cândida, qu'elle admire, mais surtout Alexis, dont le visage présente des particularités délicates et canines – le frémissement de ses narines et ses oreilles fines et écartées comme des membranes translucides captant les ultrasons. Il monte les cinquante marches jusqu'à l'appartement aussi vite que Luria, penché vers l'avant, léger et maigre, à l'image d'un lévrier aux extrémités longues et souples sur le point de se déboîter quand il les tend au maximum. Lui aussi écoute ce qu'on lui dit sans bouger, le regard fixe, les yeux écarquillés dans son visage anguleux. Je m'aperçois que je m'exprime parfois avec trop d'imprécision quand je lui parle de choses techniques, alors il me scrute, peut-être dans l'attente d'obtenir des indices gestuels qui l'aideraient à comprendre ce que je suis incapable d'exprimer avec des mots. L'autre jour, après le petit déjeuner, Luria a disparu dans la solitude de sa cage, puis elle en est sortie brusquement et a traversé le couloir comme une flèche. De la cuisine, je voyais son profil de chien égyptien se dessiner dans le contre-jour du balcon. Quelques secondes plus tard j'ai entendu l'interphone. Alexis a un jeu de clés mais il s'obstine à sonner à la porte de l'immeuble au lieu de se contenter de se manifester devant l'appartement. J'étais trop ensommeillé pour reconnaître sa voix ou appuyer sur le bon bouton. Comme toujours quand je lui ouvre, il se penche avec une politesse toute japonaise et s'essuie les pieds sur le paillasson, même par temps sec. Il se relève, pareil à un jonc ployé qui revient à la verticale, et ne me serre jamais la main si je ne la lui tends pas, me laissant l'initiative d'une marque de confiance qu'il ne se permettrait pas d'instaurer. « *Com licença* », dit-il en se glissant dans l'entrebâillement de la porte pour pénétrer à l'intérieur, où Luria sautille avec souplesse, pose ses pattes sur sa poitrine et lui lèche le visage avant qu'ils roulent tous les deux sur le tapis du salon.

Je me souviens maintenant qu'Alexis venait prendre les mesures pour installer un vélum sur la terrasse. Après avoir chahuté un moment avec Luria et s'être laissé lécher le visage et le crâne sans opposer de résistance, il s'est relevé d'un bond de trapéziste et a répété « *com licença* » avant d'aller dans la cuisine. Ses outils étaient glissés dans les poches de sa ceinture, comme des revolvers et un assortiment d'autres armes. En le suivant je me suis rendu compte que je n'avais pas débarrassé la table. J'avais honte qu'il voie cela, mais je n'ai trouvé sur le moment aucune solution pour l'éviter. Avec une politesse subtile, il se déplace dans l'appartement sans détourner le regard des chantiers en cours. Cette fois, devant la porte qui donne sur la terrasse, il a remarqué ma gêne à l'idée qu'il voie le repas à demi terminé et n'a pas eu le réflexe de l'ignorer. Les deux sets, les deux tasses, les assiettes de toasts, l'une intacte, l'autre tachée de beurre et de confiture ainsi que le couteau.

« Elle est enfin arrivée ! Vous avez bien gardé le secret ! »

Je ne savais pas quoi dire. Je ne sais même plus si j'ai rougi. En voyant tout à coup un sourire égayer son visage, l'éclat vif de ses yeux à la fois globuleux et bridés, l'idée horrible qu'il puisse se moquer de moi m'a traversé l'esprit : lui dans la fleur de l'âge et moi au seuil de la vieillesse, lui agile et moi lent ; lui adroit dans le maniement des appareils mécaniques et numériques et moi presque aussi improductif dans les tâches manuelles qu'en technologie ; lui infatigable et actif, moi plongé dans une confuse oisiveté de retraité ; lui doté d'une vigueur sexuelle égale à celle que j'ai un jour possédée et moi désormais en suspension dans un état léthargique jusqu'à ce que Cecilia soit là et que nous nous abandonnions l'un à l'autre dans la chambre contiguë à la cuisine, celle où Alexis croit ou fait mine de croire qu'elle dort à présent, un lit si semblable au précédent que nous penserons être couchés à New York quand nous nous enlacerons sans préambule quelques minutes après son retour.

Le sourire d'Alexis s'estompait devant moi qui gardais le silence. Nous étions tous deux debout sur le seuil de la terrasse. C'est lui qui a parlé : « Elle vient d'arriver et a dû s'endormir tout de suite après cet excellent petit déjeuner. Elle a passé la nuit dans l'avion. Moi aussi, ces vols transatlantiques m'épuisent. J'espère ne pas l'avoir dérangée, a-t-il repris en baissant la voix. Je ne vais pas être long. Avec votre permission, je prends juste les mesures et je ne vous embêterai plus. Je commande le vélum et vous envoie un SMS. Quel dommage que je n'aie pas eu le temps de l'installer pour aujourd'hui ! » Muni de son mètre extensible, il se hâtait et notait tout dans un carnet minuscule avec un crayon qu'il passait sur sa langue avant de l'utiliser et calait non sans difficulté derrière son oreille avant de s'emparer de son portable pour prendre rapidement des photos. Je n'avais toujours pas touché à la table qu'Alexis regardait du coin de l'œil, glissant aussi des regards du côté de la fenêtre fermée, dans la chambre voisine. J'avais l'impression qu'il observait avec une curiosité excessive la vaisselle et les aliments intacts posés sur un des sets. « Ils sont bons, les croissants français. Madame Cecilia ne pourra pas dire qu'elle a été mal accueillie. » Il a eu une mimique, peut-être un clin d'œil, je n'en suis pas sûr. Il penchait la tête, à l'évidence nerveux, toujours excessivement poli, et écrivait dans son carnet en s'excusant à tout bout de champ de manquer me rentrer dedans sur la petite terrasse. Il exagérait la circonspection de ses mouvements et de ses pas silencieux, pareil à un acteur dans un spectacle de mime. Il a mis un soin extrême à ouvrir la porte sans un bruit, s'est tourné pour regarder un instant au bout du couloir, du côté de la chambre et, une fois sur le palier, il m'a encore fait une courbette en tirant doucement le battant vers lui, jusqu'à ce qu'il se referme en silence, comme actionné par un voleur qui part après avoir commis un cambriolage sans réveiller les occupants de l'appartement.

25

Dans beaucoup de sociétés, disparues ou non, la notion d'heures et de minutes n'existe pas, et les langues de certaines cultures primitives n'ont pas de termes pour mesurer les années. Personne ne connaît son âge. Les Umedas de Paouasie-Nouvelle-Guinée ne tiennent pas compte des mois et ignorent donc combien une année en contient. Ils ont une saison humide et une saison sèche qui se succèdent indéfiniment. La mesure du temps ne comporte qu'un avant et un après immédiat. Ils ont des mots pour exprimer cette réalité : aujourd'hui, hier, avant-hier, le jour qui a précédé avant-hier ; demain, après-demain, le jour qui suit après-demain. Pour eux, la Lune est un tubercule qui grossit ou rétrécit. Dans de nombreuses cultures d'Afrique de l'Est, il y a un présent et un passé mais pas d'avenir. Les Mi'kmaq du Canada ont des mots pour désigner le jour, la nuit, l'aube, le crépuscule, la jeunesse, l'âge adulte ou la vieillesse, mais pas le temps, qui n'a aucune existence en dehors de son incarnation dans la vie des personnes et les cycles de la nature. Pour les Aymaras, le futur est derrière et le passé devant.

Plongé dans un livre, je ne lis que cet ouvrage pendant deux ou trois jours et ne le lâche pas avant de l'avoir terminé. J'ai conscience de me dispenser une éducation. Si je lis deux livres, voire trois en même temps, je passe ou saute d'un monde à l'autre et découvre parfois des liens singuliers. Les arbres d'une forêt communiquent entre eux par le biais des racines. Les neurones envoient leurs impulsions électriques le long des axones et communiquent grâce aux décharges chimiques des neurotransmetteurs. Entre chaque neurone, il y a un espace minuscule que l'électricité ne peut pas franchir toute seule. Des communautés symbiotiques de champignons relient entre elles les racines des arbres. Cecilia dit que les neurones se parlent tout bas dans un langage chimique. À l'intérieur du cerveau vibre un murmure inaudible et continu comparable au bruissement des feuilles des arbres dans les bois. Les arbres s'envoient des signaux d'alarme quand ils sont agressés par des parasites. Ainsi, ceux qui n'ont pas encore été touchés préparent à temps des anticorps constitués de toxines. À l'ouest des États-Unis et du Canada, une espèce de scarabée invasif envahit les forêts sans qu'il soit possible de l'éradiquer. Cet insecte a déjà causé à lui seul la mort de cent trente millions d'arbres. À la fin du XVIe siècle, Montaigne fuit avec sa famille sur les chemins de France dévastés par la peste et la guerre. Je lis une histoire à propos de l'épidémie de variole qui a décimé la plupart des populations indigènes d'Amérique du Nord vers 1600. Les explorateurs suivants ne débarquaient pas sur des rivages déserts et dans des forêts vierges. Ils gagnaient des territoires qui avaient été peuplés et cultivés pendant des siècles et étaient en passe de retourner à l'état sauvage après la disparition d'humains incapables de résister aux épidémies européennes. Le paradis originel que les voyageurs pensaient avoir découvert était le tableau d'une extinction provoquée par leur présence, leurs bactéries et leurs virus, contre lesquels les natifs de ces lieux ne disposaient pas des défenses nécessaires.

Je lève les yeux du livre, Luria me regarde d'un air jovial, dans l'expectative. Elle s'est approchée et s'est assise par terre, devant moi, sans que je m'en rende compte. Elle agite la queue, diffusant ainsi avec plus d'efficacité l'odeur de ses glandes anales. Ça aussi, je l'ai lu dans un livre. Dans cette pièce, je sillonne les forêts de la côte Est des États-Unis que j'ai vues si souvent exploser de couleurs automnales, et Luria vit dans son monde d'impressions visuelles nébuleuses, mais où les sons et les odeurs sont d'une netteté éclatante. Dans cet appartement où nous sommes seuls tous les deux, Luria passe son temps à m'observer, à flairer ma présence et mes empreintes, à m'écouter avec beaucoup d'intérêt lorsque je lui parle alors qu'elle s'est retirée au bout du couloir ou carapatée à l'intérieur de sa cage. Grâce à mes pas et aux bruits que je produis, elle sait tout ce que je fais. Il suffit que j'ouvre la porte du placard où je range ses croquettes ou que je tourne le bouton de la gazinière en y approchant une allumette pour que ce mélange prometteur de senteurs et de sons l'attire dans la cuisine. Hypnotisée, elle observe la flamme de la bougie que j'ai installée dans la salle à manger, à l'heure du dîner, entre l'assiette de Cecilia et la mienne. Elle perçoit mieux que moi l'odeur de Cecilia quand j'ouvre le dressing où sont rangés ses vêtements. J'ai envie de poursuivre ma lecture, mais Luria n'est pas d'accord, elle avance une patte et la pose sur mon genou comme si elle frappait à une porte. Je me rends alors compte du temps que j'ai passé à lire. Le balcon est si peu lumineux que j'ai du mal à distinguer les caractères. Je regarde mieux autour de moi et constate que la pièce est sombre. Luria est impatiente de sortir. Elle ignore quand je l'ai promenée pour la dernière fois mais sait que la nuit tombe et qu'elle a la vessie pleine.

26

Cecilia se livre à des travaux très méticuleux avec des outils minuscules. Munie de pinces miniatures, elle sectionne un fil de cuivre plus fin qu'un cheveu et long de moins d'un demi-centimètre qu'elle introduira ensuite dans une zone spécifique du cerveau d'un rat blanc. Le rouge de ses ongles est visible sous le latex translucide des gants. Ses cheveux tombent d'un côté de son visage concentré. Elle anesthésie le rat sur la table en inox du laboratoire, puis, avec une scie circulaire plus petite qu'une pièce d'un centime, elle coupe la calotte crânienne et y ajuste une sorte de couronne métallique pourvue de deux électrodes. Ces fils en cuivre sont enfoncés profondément dans le cerveau, sur l'amygdale. « En dehors de ses dimensions, l'amygdale d'un rat est la même que celle d'un humain, dit Cecilia. Elle émet les mêmes signaux de peur et d'agression. » Ses mains gantées et son regard attentif derrière ses lunettes suggèrent une grande précision, comme si elle effectuait une tâche de haute horlogerie ou taillait un diamant. Un masque blanc couvre son visage et fait ressortir l'expression de ses yeux. Je lui dis qu'il me fait songer au voile d'une odalisque, mais, plongée dans son travail, elle ne m'entend pas. C'est la première fois qu'elle m'autorise à venir. J'observe tous ses gestes en silence. J'ai moi aussi mis une blouse, un masque, une charlotte, des chaussons en plastique. C'est comme si je n'étais pas là, et le laboratoire n'ayant ni fenêtres ni aucune référence au monde extérieur, on est tenté de croire que le temps n'existe plus ou qu'il est suspendu. Le temps est la durée de chaque tâche ou de l'attente des résultats d'une expérience.

Cecilia est capable de monter et de démonter les pièces d'un microscope. Elle sait aussi couper en sections d'un millimètre le cerveau congelé d'un rat. Son domaine de recherche est la mémoire de la peur ; la façon dont le traumatisme s'inscrit dans les connexions neuronales qui perpétuent l'angoisse et résistent à l'oubli. Au sein du laboratoire, certaines tâches sont d'une extrême sophistication et d'autres consistent en un bricolage improvisé. Cecilia défait un carton qu'elle a ramassé dans la rue pour construire un labyrinthe où se déplaceront les rats pour les besoins d'une expérience. Elle manipule maintenant non plus des électrodes, mais des bouts de carton, des ciseaux, du ruban adhésif, des agrafeuses. Même moi je suis en mesure de l'aider. Elle a placé un distributeur de nourriture dans un coin du labyrinthe, dont les méandres sont occupés par des plaques de métal qui enverront des décharges électriques dès que le rat marchera dessus. Une webcam enregistrera jour et nuit les mouvements du rongeur dans un premier temps terrorisé, ne comprenant pas l'espace dans lequel il s'est tout à coup égaré comme dans un rêve angoissant.

Le labyrinthe est installé dans une sorte de placard à balais. La caméra filme les mouvements et les attitudes du rat, un programme informatique consigne tous ses itinéraires. D'autres capteurs relèvent sa pression sanguine et son rythme cardiaque. La couronne en papier d'aluminium à laquelle sont fixées les électrodes possède un voyant bleu qui permet de suivre ses mouvements dans l'obscurité. À la maison, sur son ordinateur portable, Cecilia regarde les images et consulte les indicateurs en temps réel. À minuit, elle s'est étendue sur le lit, des oreillers et des coussins calés dans le dos, et a posé le portable sur la courtepointe. Elle s'est connectée au laboratoire et voit le rat bouger, effrayé par le labyrinthe, paralysé par une décharge électrique, apprenant à éviter le couloir en carton où il l'a reçue : il lève ses pattes avant tremblantes ; le voyant bleu brille dans ses petits yeux ; il se recroqueville, se retourne. Cecilia presse un bouton pour augmenter le volume et dans notre chambre résonnent de petits coups très vifs, les battements du cœur du rat. Elle veut savoir exactement comment s'imprime la peur dans la mémoire de l'animal, si le traumatisme des décharges électriques est susceptible de s'effacer et quand. Le laboratoire pour lequel elle travaille est financé par le Pentagone, dans le but de déterminer s'il est possible de supprimer des souvenirs atroces de la mémoire de soldats souffrant de stress post-traumatique.

« Mais nous ignorons si ce qui se passe dans le cerveau du rat peut être qualifié de peur », dit Cecilia. Le mot « peur » est devenu un tabou dans les articles qu'elle lit et écrit, de même que dans les congrès auxquels elle assiste. Pour faire allusion à quelque chose que, dans son univers scientifique, tout le monde suppose, elle cite une référence qui déclenche des sourires que j'imite quand nous sommes avec ses amis, un peu comme ceux qu'on esquisse en feignant d'avoir compris un bon mot dans une langue étrangère qu'on ne maîtrise pas. « Personne ne sait quel effet ça fait d'être une chauve-souris. » *What it is like to be a bat*. Le rat se contracte, se recroqueville, les pattes et le museau tremblants, les décharges électriques et chimiques se propagent dans l'amygdale, son cœur bat très vite et de manière irrégulière. Dans l'obscurité du labyrinthe en carton entouré d'un rideau noir, ses yeux rouges ont la brillance métallisée des têtes d'épingles. Le voyant bleu dans son crâne aplani par la chirurgie ressemble à une lampe de mineur. Le laboratoire éclairé par une lampe fluorescente ou plongé dans noir est le seul monde du rat. Allongée sur le lit, son visage insomniaque dans les lueurs de l'écran du portable, Cecilia est une déité dont le rongeur ne peut soupçonner l'existence ; elle décide de son destin, de sa vie et de sa mort. Elle saisira ensuite adroitement le rat pétrifié de peur dans la paume de sa main gauche gantée et, de la droite, piquera une de ses cuisses.

Cecilia dit que c'est une mort douce et rapide. Ce jour-là, au laboratoire, elle a extrait avec des pinces le cerveau du rat qu'elle venait d'éliminer et me l'a tendu en le tenant entre le pouce et l'index. C'était comme l'intérieur d'une noix rose sillonnée des fils rouges des veines, molle au toucher, mais avec une consistance inattendue et encore tiède sous la matière moelleuse. Je ne voyais de Cecilia que ses yeux, encore plus beaux derrière les verres de ses lunettes surmontant la bande blanche du masque. Du bout des doigts, sous les gants en latex, je touchais cette surface visqueuse enveloppant une matière plus dure et tentais en vain de dissimuler mon malaise. Cecilia conserve les cerveaux des rats sur lesquels elle a pratiqué des expériences dans un tube en plastique transparent et y colle une étiquette avec un code-barres, comme pour un échantillon de sang. Elle met ensuite les tubes dans un grand congélateur où ils sont bien alignés : une encyclopédie, une population ordonnée de cerveaux quasiment identiques, des cerveaux congelés marqués par les traces de l'apprentissage, les signes révélant les effets de la peur.

Nous sommes sortis du laboratoire et de la salle où étaient posées sur des étagères métalliques les boîtes contenant les rats destinés aux expériences. Une faible lueur violette baignait les lieux et une odeur pénétrante d'ammoniaque, de matières fécales, d'urine et de croquettes alimentaires planait dans l'air. Les rats plaquaient contre le plastique transparent des boîtes leurs pattes avant à la paume rose et aux doigts minuscules pourvus d'ongles de nouveau-nés, ridés comme des mains humaines. Leurs yeux, effrayés et alarmés, ressemblaient à de toutes petites billes de verre rouge éclairées de l'intérieur. Chaque animal était isolé dans sa boîte, mais tous sentaient et entendaient la présence des autres, émettaient de mystérieux signaux de frayeur ou réclamaient une aide impossible. J'ai constaté qu'il faisait très froid et qu'on percevait le bruit des extracteurs d'air. En quittant le vestiaire, Cecilia était redevenue la femme que je connaissais.

27

Chaque matin je me réveille et trouve incroyable de ne pas être obligé d'aller au bureau, de courir derrière un taxi pour me rendre à l'aéroport ou de passer de longues heures de torture dans une réunion où il faut faire mine de s'intéresser à tout et de comprendre ce qui est expliqué sur plusieurs écrans, dans des dossiers constitués de colonnes de chiffres et de paragraphes surchargés de blabla corporatif. Je m'étonne d'avoir consacré la plus grande partie de ma vie et mes plus belles années à des activités épuisantes qui, au fond, m'ont toujours paru détestables. Je n'ai jamais eu de vocation pour ce genre de métier. En vérité, je n'ai eu aucune vocation, sauf celle de me livrer à mes occupations actuelles, à savoir ne rien faire hormis veiller à ce que l'appartement soit propre, prêt à recevoir Cecilia, sortir Luria plusieurs fois par jour, grignoter un morceau à la maison ou dans un petit bar du quartier, m'octroyer une sieste, lire la presse sur Internet, regarder la télévision portugaise pour habituer mon oreille aux aspects obscurs de cette langue, me coucher à des heures tardives après avoir regardé les émissions d'information de la BBC et l'horrible Fox News, et vu toutes sortes de documentaires sur la nature et l'Histoire, presque toujours alarmants, parfois un peu fous, présentés par des individus déguisés en archéologues qui disent avoir organisé des fouilles pour retrouver les traces de civilisations extraterrestres ayant édifié les pyramides d'Égypte et les mégalithes de Stonehenge. Telle est ma fonction. J'ai mis une vie à m'en rendre compte, ou alors je l'ai su enfant et l'ai oublié à l'âge adulte pour ne m'en souvenir que maintenant. Le matin où j'imaginais qu'on me renverrait, j'étais arrivé mort de peur et, en quittant les lieux, une fois dans la rue, mon sentiment d'humiliation avait brusquement disparu, et avec lui l'angoisse qui pesait sur ma nuque et mon estomac. Je descendais Lexington Avenue du côté ensoleillé et j'avais toute la matinée devant moi. J'avais enlevé ma cravate que j'avais eu envie de jeter dans une poubelle, mais c'était un cadeau de Cecilia et elle était en soie, aussi l'avais-je fourrée dans ma poche. Mon seul chagrin et le regret qui me poursuit aujourd'hui, c'est que l'infamie dont on m'avait frappé, je l'avais infligée à d'autres auparavant, en employant les mêmes mots, honteux au fond de moi mais lâche, bercé par l'espoir sordide qu'en agissant ainsi j'étais tiré d'affaire ou qu'au moins je gagnais du temps.

Je ne pense pas retravailler un jour. Je n'éprouve plus le besoin et encore moins l'envie de posséder la plupart des choses que je m'achetais avec ma paie. Cecilia aura un bon salaire dans le nouvel institut de neurosciences où elle poursuivra ses recherches, cet immeuble blanc au-delà de Belém, près de l'embouchure du fleuve. Nous avons cessé de nous soumettre à l'extorsion permanente qu'est la vie à New York, le prix exorbitant à payer pour la simple vanité de pouvoir dire aux autres qu'on y habite ou de se le dire à soi-même. Je n'ai pas d'enfants à aider ni de parents âgés à entretenir. Je n'ai personne d'autre que Cecilia et il ne me faut personne d'autre. J'ai été expulsé d'un paradis d'oisiveté, de rêveries et de lectures à treize ou quatorze ans, et je n'y reviens que maintenant, après une vie entière en exil. Je n'étais pas né pour devenir adulte de manière aussi irrévocable ni pour gagner mon pain dans des métiers sans cesse agités par des soubresauts de compétitivité et de cruauté. J'étais un garçon pacifique qui obtenait de très bonnes notes grâce à son excellente mémoire et à sa docilité, plutôt enclin à dissimuler ses rébellions. Je n'étais pas fait pour les compétitions brutales des sports masculins, moins encore pour les rivalités de la vie courante, les responsabilités qui oppriment sourdement la poitrine et perturbent le sommeil, ou vous font ouvrir des yeux pleins d'angoisse avant que la sonnerie du réveil ne retentisse. Je n'étais fait ni pour me bagarrer dans la cour de l'école, ni pour lutter autour d'une table de réunion. La seule nouveauté qui m'ait vraiment intéressé dans ma vie de grande personne a été l'amour. Je n'étais fait pour rien de ce à quoi je me suis contraint ou résigné avec plus ou moins de conviction ou d'incrédulité. Ma bonté naturelle ne m'a pas toujours permis de résister à l'avilissement.

Pour être intègre, il m'aurait fallu une force de caractère que j'aurais peut-être eue si la lâcheté ne l'avait pas bridée à des moments cruciaux. J'ai commis des actes indignes pour défendre des intérêts auxquels je ne croyais pas ou toucher des bénéfices supposés qui ne constituaient même pas une généreuse rétribution pour mes bassesses. J'ai vu des hommes accomplis et droits s'effondrer comme des loques quand je leur apprenais qu'ils étaient renvoyés. J'ai bu à Noël un verre avec un subordonné et j'ai trinqué avec lui alors que je connaissais déjà la date exacte de son licenciement au cours de l'année qui s'annonçait. Rien de ce que j'ai fait, organisé et orchestré pendant cette longue période n'a eu la moindre utilité pour personne, hormis pour des cadres qui occupaient des postes bien supérieurs au mien, des actionnaires ou des investisseurs si riches qu'ils ne remarqueraient même pas la part infime de bénéfices que je leur rapportais. J'ai été un rebelle secret, un anarchiste acharné et superflu, un sous-fifre très peu efficace, car l'efficacité est elle aussi une illusion, une banalité corporative. J'ai été licencié avec tout autant de rudesse ou de manière tout aussi prévisible que ceux que j'avais poussés vers la porte de sortie et, dans premier temps, j'ai été frappé de stupeur, d'une sorte d'euphorie inversée, d'une ivresse lugubre. On m'avait tendu tous les pièges légaux envisageables pour m'expulser à moindre coût et me verser un minimum d'indemnités. Celui qui fait la loi élabore aussi le piège. Du jour au lendemain, je me suis retrouvé à la rue. Que je me vante à présent de ne plus jamais vouloir travailler est ridicule. Je suis incapable de rien faire, et en voyant mes cheveux blancs et mon visage, personne ne voudrait m'embaucher. On m'a appliqué avec bien plus d'ingéniosité et bien moins d'égards les calculs auxquels je m'étais livré pour réduire au niveau le plus faible les droits et l'ancienneté de ceux que j'avais renvoyés.

Dans leurs simulacres de malheur ou de bonheur, les gens imitent ce qu'ils ont vu dans des films, des publicités ou des séries. J'avais refusé de quitter le bureau, à l'angle de la 49e Rue et de Lexington Avenue, avec dans un carton mes effets personnels et mes photos encadrées. J'étais parti sans rien, mais je n'avais pas installé grand-chose dans cet endroit infâme. Lorsque j'étais allé effacer la photo de Cecilia en fond d'écran sur mon ordinateur, on avait déjà changé la serrure. J'avais marché dans Lexington Avenue, du côté ensoleillé de l'artère, pourtant j'avais froid car nous étions en novembre. J'avais laissé ma veste au bureau mais je préférais ne pas y retourner. J'avais atteint Madison Square puis Union Square. La marche et le soleil me réchauffaient un peu. Je m'étais assis sur un banc, à côté des fous et des clochards, et j'avais appelé Cecilia. Sans doute occupée par une expérience, elle n'avait pas décroché. Je lui avais laissé un message en lui donnant rendez-vous une heure plus tard à la Gramercy Tavern. Pas au restaurant, qui était et avait toujours été au-dessus de nos moyens, mais au bar, qui proposait une carte plus modeste. D'énormes bouquets de feuilles d'automne rouges et pourpres d'érable et jaunes de ginkgo biloba étaient disposés dans l'entrée et entre les tables. Quand Cecilia arriva, je buvais un dry martini. L'effet de l'alcool n'aurait pas été aussi mémorable sans la beauté de la coupe conique, la double transparence du verre et du gin, les gouttes de condensation glacées le long de la paroi inclinée. Le verre que j'avais à la main, mes yeux brillants, l'absence de cravate un jour de semaine firent soupçonner à Cecilia un événement que je lui proposais de fêter. Elle commanda le même cocktail et un sandwich de pain de seigle au saumon fumé et à la moutarde, moi un *lobster roll*. Les morceaux de homard blancs et juteux étaient mélangés à de la mayonnaise et des feuilles de laitue coupées.

Il y a des détails impossibles à oublier. Cecilia avait relevé ses cheveux n'importe comment, avec des barrettes et des pinces. Son parfum se mêlait aux odeurs de laboratoire et elle s'était taché les doigts avec une solution chimique qu'elle n'avait pas réussi à faire partir. Elle était d'une beauté saisissante. Déjà grisé par quelques gorgées de dry martini et par la saveur délicate du homard, je lui annonçai qu'on m'avait renvoyé et qu'à compter de cet instant je me consacrerais à ne rien faire d'autre que lire, écouter de la musique, regarder des films, me promener, cuisiner pour elle et perfectionner mes pouvoirs télépathiques afin de connaître tous ses désirs ou ses caprices avant même qu'elle se les soit formulés. Ces mots sitôt prononcés, tous les clients se levèrent de leur chaise ou tabouret de bar et se mirent à applaudir, imités par les serveurs. Michelle Obama venait de sortir d'une salle privée et traversait l'établissement avec la majesté d'un voilier, très grande, sa peau d'ébène éclatante, un grand sourire aux lèvres qui n'avait rien d'affecté mais exprimait plutôt sa gêne, sa timidité et son acceptation généreuse et mélancolique de la situation, Trump ayant remporté l'élection présidentielle quelques semaines auparavant. Elle était entourée d'un cortège de costumes masculins sur mesure, de lunettes de marque, du faste de l'aristocratie afro-américaine avec des chevalières d'universités prestigieuses, des sigles de cabinets d'avocats gravés sur des plaques dorées, des épaules carrées, des gardes du corps pourvus d'oreillettes. « Elle aussi va bientôt devoir prendre sa retraite », fit observer Cecilia. Elle consulta son portable et m'annonça qu'il fallait qu'elle retourne au laboratoire. Pendant le déjeuner, il avait vibré plusieurs fois. Quand nous sortîmes du restaurant, l'hiver était tombé brusquement. Dans les fenêtres à l'est de la 18e Rue se reflétait un ciel gris et pâle annonciateur de neige. Je demandai à Cecilia de rentrer avec moi. Nous pouvions prendre un taxi à Park Avenue et être à la maison en moins de vingt minutes. Il neigerait quand nous nous glisserions sous les draps et dans cet appartement à la chaleur suffocante, nous n'aurions pas besoin de nous couvrir. Nous nous endormirions, somnolents sous l'effet du dry martini et de l'amour et, à notre réveil, il ferait déjà nuit. La neige dans la rue serait aussi lumineuse que la pleine lune. De notre lit nous entendrions le raclement des pelles maniées par les concierges pour dégager les trottoirs. Mais Cecilia avait laissé ses rats perdus dans leur labyrinthe en carton, à la merci des décharges électriques, et elle devait poursuivre son observation. « Attends-moi là-bas, je te rejoindrai dans trois heures », me dit-elle après avoir consulté sa montre. À dix-sept heures précises, les phares d'un taxi balayèrent la neige lente et épaisse. Cecilia en descendit et leva les yeux vers la fenêtre derrière laquelle elle savait que je patientais.

(Je me rends compte aujourd'hui que ce déjeuner était déjà une scène d'adieu : les clients new-yorkais bien habillés, bien élevés et bien nourris de la Gramercy Tavern applaudissaient Michelle Obama, mais d'autres personnes moins bien habillées, moins bien élevées et moins bien nourries venaient d'élire Donald Trump à la présidence. Après avoir vécu des années dans ce pays, nous étions devenus plus que jamais des étrangers peu concernés par la honte que cette élection suscitait. Nous nous étions rencontrés pendant le premier mandat de George W. Bush, mais nous n'avions pas envie de rester à New York sous l'ère de Trump. Notre appartement vide nous attendait à Lisbonne, encore plus précieux qu'à l'époque où nous l'avions acheté, prêt à nous accueillir. Cecilia pourrait poursuivre ses recherches dans d'autres laboratoires financés par l'Union européenne, avec autant de moyens que ceux dont elle disposait à New York et moins de compétition. Lors de ses promenades au bord d'un autre fleuve, Luria retrouverait la même brise atlantique. J'avais pris de New York tout ce qu'il y avait de bon et de mauvais. Nous avions vécu trop longtemps trop loin de chez nous.)

28

Sur la BBC passe une interview de l'historien Antony Beevor. C'est une émission d'actualités diffusée depuis Singapour. Derrière le studio excessivement éclairé où parlent les présentateurs, on voit un paysage générique de gratte-ciel dans la nuit. C'est peut-être Singapour, Hong Kong ou n'importe quelle autre grande mégalopole. São Paulo, Houston, Bangkok. Les présentateurs, un homme et une femme, tous deux asiatiques et très maquillés, renvoient un éclat de bonheur robotique, d'insomnie due au jet-lag. Je n'arrive pas à déterminer l'heure qu'il est chez eux. Leurs visages et la lumière du studio suggèrent un réveil inhumain aux aurores. Cecilia dit que le Pentagone s'intéresse à un axe de recherche sur le cerveau visant à supprimer le besoin de sommeil chez les soldats. Antony Beevor a l'air d'un militaire à la retraite, mais encore vigoureux, qui fume la pipe. À New York, Cecilia et moi l'avons vu à la Public Library. Fardé comme il l'est, le mobilier blanc réverbérant la lumière zénithale et violente du studio, j'ai du mal à le reconnaître. Maintenant que j'y pense, pour moi aussi c'est une heure insensée. À deux ou trois heures du matin, la fenêtre du balcon est ouverte et laisse entrer l'air frais, et un silence sépulcral règne dans la rue comme dans les autres pièces. Avec sagesse, Luria s'est retirée il y a déjà longtemps dans un de ses refuges nocturnes. Le trafic aérien ne commence qu'à cinq ou six heures. Avec un détachement d'historien souligné par son accent britannique, Beevor déclare qu'au cours de ce siècle, le changement climatique précipitera la fin des démocraties européennes. Il parle de l'avenir avec autant d'aplomb que pour exposer le passé historique qu'il connaît si bien. Il dit que depuis des années le changement climatique provoque une sécheresse irréversible dans les pays de l'Afrique subsaharienne : le désert s'étend, rendant impossibles l'agriculture et l'élevage, contraignant les populations jeunes à émigrer. On entend sa voix pleine d'objectivité tandis que défilent des images de très jeunes Africains qu'on voit escalader la barrière métallique à la frontière de Melilla. Il y a aujourd'hui cinquante mille Subsahariens dans le nord du Maroc qui attendent de franchir cette clôture ou de trouver des passeurs pour traverser le détroit.

« Vieillissante et effrayée, l'Europe ne voudra pas accepter autant d'immigrants », dit Beevor. Les deux présentateurs de l'émission sourient avec le même contentement ou le même intérêt que s'ils écoutaient une chronique sportive ou mondaine. On voit un grillage de six mètres de haut hérissé d'un enchevêtrement de barbelés. Mais ces hommes jeunes extrêmement fins et agiles grimpent en posant leurs pieds sur les épaules de ceux qui se tiennent en dessous, les doigts crochetés comme des piolets sur les lames métalliques et les mains enveloppées de plastique ou de chiffons, accrochées aux pointes. Ils occupent toute la barrière, les individus déjà en haut poussés par ceux qui arrivent derrière, puis ils se détachent pour passer de l'autre côté. Ils tombent en roulant à terre, les plus adroits ou les plus forts sur leurs jambes fléchies, les vêtements déchirés, les mains en sang sous leurs bandages déchiquetés. Casqués et protégés par des boucliers, les policiers et les gardes civils les affrontent. « Ils jettent de la chaux vive sur les policiers, explique le journaliste. Des cisailles, des bouts de bois, des pierres, toutes sortes d'objets coupants, des excréments humains, des sachets en plastique remplis d'urine. » « Les Européens voteront chaque fois davantage pour des partis politiques racistes, préférant la démagogie de la sécurité et la défense des frontières au mirage discrédité de la démocratie », conclut Beevor. Les présentateurs le remercient avec le sourire et regardent la caméra pour donner avec la même jovialité inexplicable les dernières nouvelles du tsunami en Indonésie.

29

Je te raconterai des choses que tu ne sais pas. Je t'emmènerai dans des endroits où tu n'es jamais allée. Je te montrerai les hauts belvédères et les places cachées, protégées par l'ombre étendue d'un seul acacia, d'un seul jacaranda aux grappes de fleurs pareilles à des tulipes bleues. Je te relaterai les aventures du capitaine Cook dans les îles polynésiennes, celles du capitaine John Franklin, naufragé et perdu dans les glaces du cercle polaire, du baron von Humboldt dans les forêts amazoniennes et sur les versants des volcans andins. Je te ferai découvrir une minuscule taverne dans le quartier de Campo de Ourique où on sert un incomparable riz au poulpe. Je te guiderai jusqu'à perdre haleine dans les rues pentues de Graça pour atteindre le belvédère de Nostra Senhora do Monte, d'où tu verras toute la ville, les toits, les clochers blancs des églises, le fleuve et le pont, le Corcovado faux ou double, l'horizon qui se noie vers le sud-ouest dans la clarté de la mer. Je fermerai pour toi les fenêtres à double vitrage pour étouffer le bruit des avions. À la première heure, dans la fraîcheur du matin, je te presserai les oranges les plus sucrées de l'Algarve, et tu t'étonneras de t'être contentée pendant des années des oranges de Floride sans jus ni saveur. Je te préparerai du café avec celui tout juste moulu que j'ai acheté à un homme qui connaît toutes les variétés et les mélanges, et tient une boutique à un angle de l'Avenida de la República. Je te ferai monter dans le tramway n° 18, qui gravit des côtes et des rues inconnues et dépose ses passagers juste devant la grille du Jardin botanique da Ajuda, et nous prendrons aussi le n° 25 jusqu'au Jardin botanique tropical de Belém. Je mettrai pour toi la même musique que dans l'autre appartement, qui nous rappellera notre vie d'avant, et celle que j'ai découverte ici en t'attendant : la musique africaine et portugaise du Cap-Vert, les polyphonies sobres et solennelles des chœurs de l'Alentejo, aussi exclusivement masculins et endeuillés que ceux des moines du mont Athos. J'aurai récemment tendu dans le lit les draps en lin que tu as hérités de ta mère, brodés de sa main, que Cândida aura lavés et repassés, pliés et rangés dans le placard avec un pain de savon portugais ancien. J'ouvrirai pour toi les portes de la cuisine qui donnent sur la terrasse et je mettrai une nappe sur la table bleue, que tu trouveras dressée à ton réveil avec les tasses et les couverts du petit déjeuner, la confiture, le beurre et le petit pot de lait, autant de produits que j'aurai goûtés à de multiples reprises en ton absence. Il y aura du miel de fleurs de l'Alentejo et un panier d'osier rempli de pain aux noix et aux raisins, ou un pain de mie toasté sur lequel frotter une tomate coupée en deux et verser un filet d'huile d'olive vierge et quelques grains de sel qui exploseront sur le palais dès la première bouchée. De la terrasse, tu verras tôt le matin la brume blanche flotter au-dessus du fleuve. Rien ne presse. Tu seras fatiguée à ton arrivée. Tu auras volé vers l'est toute la nuit à travers l'océan. Tu pourras dormir tout ton soûl car j'ai chargé un des ouvriers d'Alexis d'installer pour toi deux volets à la fenêtre de la chambre, afin d'obtenir une complète obscurité et un silence encore plus absolu qu'avec le double vitrage. Je ne laisserai pas Luria entrer et te réveiller. Le pauvre bébé pleurnichard de l'appartement du dessous se sera tu, au grand soulagement de ses parents exténués, pour que rien ne trouble ton sommeil. Ta tête reposera sur un des oreillers que nous avons fait venir de New York, abandonnée avec une familiarité instinctive et reconnaissante. Ta coiffeuse au miroir ovale sera exactement à la même place, contre le mur de ton côté du lit, près d'une des deux fenêtres qu'il y a dans cet appartement comme dans l'autre. Cândida aura repassé et amidonné les serviettes dans lesquelles tu aimes t'envelopper en sortant de la douche. Mais si tu as envie de t'octroyer un bain après toute cette fatigue, je t'en ferai couler un à la bonne température, pour que tu n'aies plus qu'à t'y plonger. Pour toi la clarté blonde du couchant baignera la chambre si tu te réveilles très tard ou si nous passons la journée au lit et ne nous levons qu'au crépuscule. Quand tu seras étendue à mes côtés, alanguie et satisfaite, je te parlerai des gens de Lisbonne que tu ne connais pas encore, alors qu'ils savent tant de choses sur toi qu'ils t'accepteront sitôt après t'avoir rencontrée. Je m'efforcerai de tout te raconter en apportant à mon récit les détails que tu exiges toujours. Je te parlerai des travaux verticaux d'Alexis, du chat-tigre Amadís, du promoteur immobilier spécialisé dans les abris nucléaires. J'ouvrirai pour toi la bouteille de vin blanc que je conserve au réfrigérateur depuis je ne sais combien de temps. Je remplirai de glace le seau en métal argenté que j'ai acheté pour garder le vin au frais quand nous dînerons. Je te désirerai à tout moment, porterai une attention douloureuse aux moindres détails de ton visage, de ta bouche, de ta voix, de ta silhouette, de ta personne revenue vers moi. Je remarquerai avec gratitude les traits que j'aurai partiellement oubliés et tous les changements : peut-être une nouvelle coupe de cheveux modifiant subtilement ton visage, une problématique qui ne me touche pas vraiment et qui t'obsédera à ce moment-là, une expérience que tu auras à peine commencée sans savoir où elle te mènera ou encore un désastre ou une absurdité politique qui te révolte. Je te montrerai cet appartement qui est le tien et que tu as vu vide jusqu'à présent, dans lequel j'ai disposé à ton intention les plus beaux objets que nous possédions et que tu avais choisis pour notre ancien foyer. Cette première nuit, j'aurai peur que tu sois épuisée et que tu n'aspires qu'à dormir. Tu pourras t'asseoir devant ta coiffeuse pour retirer tes bagues et tes boucles d'oreilles. Tu verras les hirondelles en faïence voler sur le mur peint en bleu, au-dessus du lit. Tu ouvriras les portes et les tiroirs du dressing et trouveras tes vêtements rangés aussi soigneusement que tu l'as toujours fait. Je ne te poserai aucune question. Je t'écouterai tout me dire, longuement, jusqu'à ce que la nuit tombe et que le jour se lève. Alors nous nous tairons et tu t'étonneras du silence ambiant.

30

J'ouvre presque avec crainte le livre de l'amiral Byrd. Personne n'a sans doute jamais été aussi seul au monde que lui. Six longs mois à l'intérieur d'une cabane minuscule creusée dans le sol glacé de l'Antarctique, dont quatre pendant la continuelle nuit polaire. L'abri était pourvu d'une écoutille pour monter à la surface. La neige et la glace la recouvraient et l'amiral redoutait qu'elles durcissent au point qu'il aurait été incapable de les briser et serait resté là, enseveli comme dans une chambre funéraire. Son abri était relié à deux tunnels. Le premier abritait les bidons d'essence qui alimentaient le poêle et les lampes ainsi que le moteur permettant à la radio de fonctionner. L'autre contenait des caisses de vivres. L'amiral disposait d'instruments de précision pour relever tout type de données météorologiques que nul n'avait encore consignées sous ces latitudes extrêmes : température, pression atmosphérique, vitesse des vents.

L'amiral Byrd relate qu'il appréciait cette expérience en solitaire. Non seulement par intérêt scientifique, mais aussi parce qu'il désirait passer quelques mois à l'écart du monde, délivré des obligations et de la vie épuisante qu'il menait en société. C'était un personnage public qui devait mettre sa célébrité à profit pour financer ses aventureuses expéditions scientifiques. Lorsque ses compagnons le laissèrent seul, il passa son équipement en revue et s'aperçut que, malgré tous les préparatifs auxquels il s'était livré, il avait oublié deux choses essentielles : un manuel de cuisine et un réveil. Il avait emporté une petite bibliothèque, un phonographe, des disques. Je m'installe dans le fauteuil de lecture, à côté de la fenêtre, et me plonge dans le livre de Byrd, comme il le faisait avec d'autres ouvrages quand il fermait l'écoutille de sa cabane pour s'abriter des terribles vents glaciaux qui rugissaient souvent sans répit pendant des semaines au-dessus de sa tête. Les jours qui avaient précédé l'arrivée de l'interminable nuit polaire, le soleil avait l'apparence d'un disque aux faibles reflets rougeoyants, voilé par le brouillard et la poudreuse soulevée par le vent. Ne pas avoir de réveil angoissait l'amiral. Il avait perdu son pouvoir d'autosuggestion pour sortir du sommeil à une heure déterminée. Il avait peur que sa montre-bracelet s'abîme, rendant impossible le calcul de l'heure dans la nuit perpétuelle. Il s'efforçait de distinguer les jours en biffant la date sur le calendrier qu'il avait cloué sur un des murs. Par une nuit gelée où le silence sans vent était parfois interrompu par les craquements intenses des blocs de glace, il sortit et vit la pleine lune nimbée d'un arc-en-ciel circulaire. Il vit s'élever devant lui, dans l'étendue blanche, des falaises de glace jaunes et bleues. Il en fut terrifié, ignorant s'il était endormi ou éveillé. Les explosions colorées d'une aurore boréale envahissaient le ciel. Il regagna la cabane et mit sur le phonographe la *Neuvième Symphonie* de Beethoven. En regardant de nouveau, il sentit que la musique et les lumières étaient faites d'une matière identique et se confondaient, que les teintes s'organisaient et traversaient le ciel à mesure que les notes s'égrenaient, et que la partition de Beethoven irradiait les couleurs.

31

Dans le laboratoire de Cecilia, des spécimens de la limace géante *Aplysia*, dont la texture et la couleur rappellent la vase, ont été placés dans des seaux, de vulgaires seaux de ménage, et bougent lentement. Cette bête immergée dans une eau de vaisselle a permis au chef de Cecilia de remporter le Nobel. Les répliques exactes de la médaille et du diplôme du Nobel sont exposées dans une vitrine, à l'entrée du laboratoire, près de l'imposant bureau du lauréat où trône une table immense, couverte de tirages d'articles scientifiques, et dont les deux fenêtres ont vue sur l'ouest de la ville et, surtout, de très haut, sur Washington Square d'où monte une faible rumeur de voix et de musique. Grâce à l'*Aplysia*, un animal limité qui n'a que cinq cents neurones et tout au plus sept mille connexions cérébrales, le Grand Chef du laboratoire de Cecilia a découvert les mécanismes moléculaires de la constitution de la mémoire à court et à long terme. Cecilia m'a appris à accepter les liens qui me rattachent génétiquement aux limaces géantes, aux rats blancs, aux mouches du vinaigre. Dans sa léthargie primitive, l'*Aplysia* réagit à la douleur et tire des leçons des décharges électriques. Je demande à Cecilia ce que ressent la limace à l'instant présent, comment elle perçoit le monde, ce qu'elle voit et entend, si elle a des souvenirs, si elle dort et se réveille, si elle rêve. Les rats rêvent, ça oui, dit-elle, comme nous tous. Et telle que je la connais, je sais qu'en employant ce pluriel elle désigne les mammifères, comme Luria ou les chats qu'on a rendus somnambules en manipulant leur cervelet, et qui chassent et se battent en étant endormis.

Elle s'empresse de me mettre à nouveau en garde contre ce qu'elle appelle l'anthropomorphisme : mieux vaut ne pas parler de « peur » pour décrire ce que ressent ce rat dans le laboratoire. Mais je le vois se blottir dans un coin de sa boîte en plastique quand s'approche la main de Cecilia, gigantesque à ses yeux. Elle m'indique où poser l'index et je sens les battements rapides de son cœur. Elle le dépose dans ma paume en me disant de bien le serrer pour qu'il ne s'échappe pas. J'ai l'impression de tenir le corps diminué et palpitant d'un oiseau. Cecilia pique son ventre rose pendant que je le tiens. Je sens au creux de ma main les pulsations s'affaiblir peu à peu. Les pattes avant ne plantent plus leurs ongles parfaitement dessinés dans le gant en latex. Le rat meurt en quelques secondes. Cecilia l'installe sur un plateau métallique où elle a préparé ses minuscules instruments chirurgicaux. Je lui dis que je vais l'attendre au parc le temps qu'elle finisse de disséquer son cerveau. Soulagé, je jette ma blouse, les chaussons, la charlotte, les gants et le masque dans la poubelle des produits recyclables. Il n'y a de fenêtre ni dans les salles de laboratoire ni dans les couloirs étroits et communicants. Seul le bureau du prix Nobel est spacieux et pourvu d'ouvertures sur l'extérieur. Il sourit dans ce moment d'extase et de gloire sur une photo au cadre doré, au-dessus de la vitrine où se trouve le trophée. Les collègues de Cecilia me connaissent et me saluent de la tête ou m'ignorent. La froideur des rapports au sein du laboratoire équivaut peu ou prou à celle des congélateurs où on conserve les cerveaux des rats. Il est plus difficile de s'orienter dans les couloirs que dans les labyrinthes en carton.

Sur le chemin qui me mène vers la sortie, je pousse une porte qui n'en est pas une et me retrouve dans un corridor qui ressemble à ceux des documentaires sur les prisons : étroit, en matériau préfabriqué avec, d'un côté, une rangée de cellules grillagées. Au bout est fixé un vieux ventilateur bruyant et un téléviseur réglé sur CNN. Les cellules sont disposées sur deux étages. Chacune abrite un singe. Ils ont tous le poil hérissé, les yeux écarquillés, des bracelets d'identification autour du poignet droit. Plusieurs d'entre eux regardent la télévision en passant la tête au travers des barreaux. Une suite de miroirs est fixée sur le mur, face aux cages. Certains singes ont le crâne partiellement rasé, des cicatrices visibles et des bandages. Ceux qui ne s'intéressent pas au petit écran s'observent dans les glaces. D'autres ont le regard perdu, gagnés par l'abattement définitif des détenus. L'un d'eux s'est tourné vers moi. Ses longs doigts préhensiles aux ongles tout à fait humains s'agrippent aux barreaux, à hauteur de sa tête. Il me scrute avec une expression de rancœur et d'ennui, grogne et frappe sa cage. Ses congénères cessent de regarder la télévision pour m'étudier. Le sol est couvert de linoléum. Une odeur d'urine et d'excréments stagne dans l'air. Un employé du laboratoire en blouse de surveillant d'hôpital psychiatrique ouvre la porte et me dit qu'il est interdit de pénétrer dans ce lieu sans autorisation. Les singes sont à nouveau happés par l'écran ou par le vide. Celui qui a remarqué ma présence le premier m'étudie toujours dans le miroir. Il ne me lâche pas des yeux. Je sors dans Washington Square, mais les yeux du singe me poursuivent. Assis sur un banc dans les faibles rayons du soleil, j'attends Cecilia en écoutant des musiciens que j'ai déjà vus ici, un saxophone ténor et un batteur aussi concentrés que s'ils jouaient dans un club, devant un public passionné et respectueux.

32

Je me dirigeais vers le métro dans une neige boueuse à force d'être piétinée, par une matinée au ciel bas avec un vent arctique. Je dévalais l'escalier au risque de glisser, de bousculer quelqu'un et de le faire trébucher sur les marches au nez métallique couvertes de glace ou de la neige sale du trottoir. C'était l'heure de pointe et certaines voitures étaient bondées au point qu'on ne pouvait pas y monter pour s'incruster dans le mur de corps serrés et hostiles. J'avais si peu de place au milieu des autres passagers que je ne pouvais même pas sortir de mon sac le livre que j'avais prévu pour le trajet. À la station où je descendais, je devais jouer des coudes et bousculer les voyageurs pour m'éjecter avant que les portes automatiques se referment. « *Stand clear of the closing doors, please* », répétait inlassablement la voix enregistrée que déversaient les haut-parleurs. Je fendais la foule qui montait jusqu'à la sortie, à l'angle de Lexington Avenue et de la 49e Rue, sous l'une des entrées en brique de l'immeuble General Electric. Une marée humaine me poussait et m'emportait, une ville transportée sur une chaîne de montage, un élan pressant et unanime où il m'arrivait souvent d'oublier qui j'étais, ce que je faisais là. Personne ne m'avait contraint à habiter là. C'est moi qui avais cherché ce travail et l'avait ardemment désiré, comme si mon bonheur et mon avenir en dépendaient. La ville qui m'avait stimulé quand je la visitais m'étourdissait et m'angoissait maintenant que je m'y étais installé. J'allais d'une obligation à l'autre sans trop prêter attention à rien, et la plupart du temps je ne comprenais même pas ce qu'on me disait.

D'un air faussement assuré, je répondais avec aplomb à des questions que je n'avais en partie pas comprises ni même entendues. J'avais eu la vanité de croire que je maîtrisais la langue et me débrouillais pour que les autres le pensent. Dès l'enfance, en bon élève studieux, j'avais tiré parti de ma propension instinctive à faire semblant de posséder plus de connaissances que je n'en avais en réalité. Au travail, pendant les réunions, je m'efforçais d'imiter en vain les grands sourires de mes interlocuteurs. J'allais également jusqu'à évaluer l'instant où je devais me joindre à l'hilarité générale pour saluer un trait d'esprit ou la chute d'une anecdote qui m'échappait. Dès qu'il y avait un peu de soleil, je profitais de la pause déjeuner pour avaler un sandwich et une boisson sur les marches de l'église St. Bart, dans Park Avenue, ou sur un des bancs proches de la tour Willis, édifiée par Mies Van der Rohe en marbre vert sombre. Les appels téléphoniques me terrifiaient. J'avais encore plus de mal à comprendre les gens au bout du fil. Je m'exprimais et on saisissait le sens de mes propos, mais si on me parlait rapidement, j'étais perdu. La vitesse à laquelle tout se déroulait me donnait le vertige et m'épouvantait, de même que l'impatience irritée des serveurs au restaurant et des caissières au supermarché, la façon abrupte dont se terminaient des conversations qui m'avaient jusqu'alors paru détendues, voire cordiales. Sans que personne ait besoin de consulter sa montre, le temps était mesuré au cordeau, à tel point que tout le monde se levait quelques minutes avant que l'heure suivante ait entamé sa course. Quelqu'un se redressait soudainement et il était déjà ailleurs avant d'avoir atteint la porte.

Ce mélange d'amabilité effusive et de dureté inflexible me déconcertait. Les femmes portaient des tailleurs, des chaussures noires à talons et des lunettes en écaille. Elles s'exprimaient avec des accents précis et métalliques. Des ascenseurs, si véloces qu'ils me faisaient mal aux oreilles dès que j'y montais, me propulsaient vers les étages les plus élevés d'immeubles de bureaux aux murs entièrement faits de verre. Dans les rues, le bitume usé et constellé de trous tremblait sous les vibrations du métro, des pelleteuses et des marteaux-piqueurs qui édifiaient des immeubles presque aussi vite qu'ils les avaient détruits. J'entrevoyais derrière les barrières métalliques les excavations des fondations profondes comme des cratères. Je vivais dans la peur qu'on découvre d'un moment à l'autre mon imposture et mon incompétence, et qu'on m'expulse sans prendre de gants. Les matins d'hiver, en semaine, je me réveillais en sursaut dans le noir, bien avant que retentisse la sonnerie du réveil. Par la fenêtre, je voyais se profiler les tours sombres qui commençaient à s'allumer. Le rideau de douche brillait sous une lumière crue, pénitentiaire. Devant moi se dressait l'immense effort que j'allais devoir fournir tout le reste de la journée pour simplement affronter les dimensions et les difficultés pratiques de la ville : les distances, les trains bruyants et bondés, l'obligation constante de me frayer un chemin sans céder un millimètre, le tumulte d'usine incessant du Midtown. Le soir, je regagnais le meublé que j'occupais les premiers mois et m'effondrais sur le canapé, devant la télévision. J'allais à un concert ou au cinéma et m'endormais sur place. J'avais piqué du nez, comme pris de torpeur, à l'Institut Cervantes, pendant une conférence consciencieusement préparée par Cecilia sur ses travaux.

Je m'étais levé à cinq heures, un matin de janvier, pour me rendre en taxi à LaGuardia et prendre un vol de plusieurs heures jusqu'à un autre aéroport, au milieu d'un désert de neige où j'étais resté car la réunion ou le séminaire d'une journée auquel j'assistais se déroulait dans une salle couverte de moquette d'un hôtel proche du terminal. L'air surchauffé sentait le graillon des fast-foods. Au cœur de l'hiver, j'allais travailler avant l'aube, et à trois heures de l'après-midi je regardais la rue par la fenêtre du bureau et constatais qu'il faisait déjà nuit sans que je me rappelle avoir vu la lumière du jour. Le vendredi soir, je quittais les locaux grisé de bonheur, ivre d'avance à la perspective des deux jours entiers de liberté et de paresse qui s'ouvraient devant moi. Ma joie perdurait jusqu'au dimanche, en début d'après-midi. Nous déjeunions au restaurant avec Cecilia dans une lumière matinale et quand nous en sortions, la tristesse du lundi baignait prématurément la rue. Mais le pire, c'était d'aller au cinéma en pleine journée et d'en sortir à la nuit tombée. Je n'avais jamais été aussi morose depuis les dimanches de mon adolescence, à treize ou quatorze ans, quand m'attendait un lundi sordide dans mon collège de curés. Aucune nuit n'était plus ténébreuse que celle du dimanche.

Je lisais le matin, dans le métro, quand je trouvais un siège libre ou si les gens serrés et bourrus qui m'entouraient ne m'empêchaient pas d'accéder à mon sac ou ma poche, en quête de mon livre, pour le parcourir debout, accroché à la barre verticale ou, au pire, une main plaquée au plafond pour garder l'équilibre. Je lisais les poèmes que la chaîne Barnes & Noble publiait à l'époque, au milieu des publicités placardées dans les rames. Je lisais à l'heure du déjeuner, quand je n'avais aucun rendez-vous ou ne retrouvais pas Cecilia. J'étais un boulimique condamné à la frugalité. Lorsque je disposais d'un peu de temps après mon repas, j'allais regarder les livres et les disques chez Barnes & Noble, à l'angle de la 3e et de la 54e Rue. Je lisais en sortant du travail, malgré la fatigue, de retour chez moi. Je lisais des poèmes car le temps qui pressait exigeait de la concision. « *The quick fix of poetry* », de mon ami Dan Morrison, plus expert que moi et bien mieux préparé à la vitesse et aux angoisses professionnelles de Manhattan. Perdu dans l'agitation ambiante, je savourais en secret chaque mot, chaque expression, chaque nouvelle nuance de la langue que j'apprenais peu à peu. Ce « *quick fix* » était plus efficace car compressé, une petite brèche d'air pur et de temps suspendu dans le vertige sans répit des contraintes.

33

La sonnerie du téléphone a retenti comme un coup de feu dans le silence de neuf heures du matin. Au début j'ignorais qui c'était et ne comprenais pas la langue. Le cœur battant, j'ai songé à raccrocher en croyant à une erreur, puis j'ai reconnu la voix qui prononçait mon prénom. C'est Dan Morrison qui m'appelle de l'aéroport. Encore étourdi, je lui demande dans quel aéroport il est, il me répond Lisbonne, il vient d'atterrir, il est de passage et vient nous rendre visite, comme il me l'avait promis l'autre jour. J'acquiesce par politesse, mais je ne me rappelle aucune promesse, ni même d'avoir discuté avec lui dernièrement. L'accent new-yorkais heurte comme un réveil ancien mes oreilles qui ont perdu l'habitude de l'entendre. Dan parle très fort dans le tumulte du hall des arrivées. Ma compréhension est plus lente parce que je n'ai adressé la parole à personne depuis je ne sais combien de jours, d'autant moins à une heure aussi matinale, et que mon cerveau met quelques secondes à s'accoutumer à l'anglais. Dan a un débit rapide, accéléré par sa détermination américaine et new-yorkaise à faire des choses et à les faire exactement comme il le souhaite. Être américain, c'est se promener partout dans le monde sans avoir peur. Quel que soit l'endroit, il y aura toujours des gens pour parler ta langue. Ton passeport bleu frappé de son aigle doré est un sésame grâce auquel tu peux passer n'importe quel poste-frontière sans difficulté ni retard, contrairement à tout étranger cherchant à le faire aux États-Unis, même s'il est en possession de tous types de visas et *green cards*. L'ambassade ou le consulat veilleront officiellement sur toi si tu as le moindre souci. Dans le cas extrême où des hors-la-loi islamistes te séquestreraient, un détachement aérotransporté de Marines viendraient te délivrer en hélicoptère. Dan Morrison est arrivé ce matin de New York et doit poursuivre son voyage ce soir, j'ignore vers quelle destination. Pendant les premières minutes de notre conversation téléphonique, des mots, surtout des noms propres, m'échappent. Il a choisi une escale à Lisbonne pour venir nous voir, ne serait-ce que pour nous embrasser et savoir comment nous allons, « *to check up on you guys* ». Pour finir, il ne pourra pas passer la nuit ici comme il me l'avait promis. Je lui avoue ne pas me souvenir de sa promesse, il me répond qu'il a laissé passer du temps avant d'appeler pour ne pas perturber la paresse européenne que nous avons probablement à nouveau contractée. Encore gauche et mou, dépourvu de tout réflexe, en particulier de ceux qui me permettent de résister à l'hyperactivité new-yorkaise dont je me suis déjà désaccoutumé, je lui propose un déjeuner à l'heure américaine, lui dis que je connais un restaurant de spécialités portugaises qu'il lui plaira sans doute beaucoup. « *No way, man.* » Il n'a pas l'intention d'attendre jusqu'à midi, il a trop envie de nous serrer dans ses bras, moi longuement et Cecilia encore plus. Il ajoute que nous lui manquons depuis que nous avons commis l'erreur impardonnable de quitter New York. Je lui conseille de bien vérifier que le chauffeur connaît l'adresse et qu'il accepte les paiements par carte bancaire avant de monter dans un taxi. « Pas de taxi, tu aurais vu la queue à la sortie de l'aéroport, pire qu'à JFK après le week-end de Thanksgiving. » Pour éviter d'attendre, Dan Morrison a loué une voiture, il est en route.

Être américain, c'est n'avoir peur de rien. Dan m'appelle à présent de l'autoroute. Il roule sur une profusion de voies qu'il n'a jamais empruntées et me téléphone. Il pianote sur l'écran du GPS pour écrire mon adresse, plutôt longue, que je dois lui épeler laborieusement. Ce genre d'aptitude me rend admiratif tout en m'effrayant. En général, les taxis se perdent en venant ici. Dan

Morrison n'est jamais allé à Lisbonne, il a atterri au petit matin après un vol transatlantique, loué une voiture, connecté le GPS, tapé mon adresse sans cesser de conduire et de bavarder avec moi et, en moins d'une demi-heure, il tourne dans ce quartier labyrinthique et surgit tranquillement en haut de ma rue. Il est docteur en physique théorique et a longtemps travaillé comme analyste dans une société d'investissement. Lorsque la crise de 2008 a éclaté, il s'est retrouvé à la rue du jour au lendemain. Il a fondé une petite entreprise d'apiculture urbaine, a installé des ruches sur les terrasses des immeubles et dans des jardins communautaires, s'est occupé de collecter le miel et de transporter les abeilles pour la pollinisation des cultures. Sa passion pour l'apiculture remonte à son enfance, passée dans un milieu rural en Caroline du Nord. Son affaire était florissante mais elle progressait trop lentement, et gérer les alvéoles s'est révélé une tâche plus complexe qu'il ne l'avait cru. « Les abeilles sont elles aussi en voie d'extinction », déclarait-il d'un air mélancolique en évoquant les épidémies bibliques dont le menaçait autrefois son père. Il a fini par vendre sa société en en tirant de bons bénéfices et il est reparti de zéro en devenant agent immobilier. Les Américains n'ont peur de rien.

Le connaissant, je sais que dès son arrivée il inspectera l'appartement dans les moindres recoins. Sans que cela réponde à un besoin quelconque, il ira aux toilettes pour tout examiner. Sur le site de la compagnie immobilière pour laquelle il travaille, Dan sourit comme un bellâtre du petit écran dans les années 1950. À Lisbonne aussi, les agents immobiliers se présentent au travers de photos sur lesquelles ils affichent de grands sourires. Dan m'annonce qu'il a envie de tout laisser tomber – « *Drop out of the rat race* », dit-il – et qu'il admire le courage dont j'ai fait preuve. Je lui rappelle qu'il ne m'a fallu aucun courage parce qu'on m'a mis dehors, mais il ne m'écoute plus. Il change aussi vite de sujet dans une conversation qu'il va d'une pièce à l'autre dans les appartements qu'il fait visiter, s'empressant de dissimuler un détail négatif ou désagréable, fermant une porte qu'il a lui-même commencé à ouvrir et derrière laquelle un élément pourrait inquiéter ou dissuader l'acheteur. Du balcon, je l'ai vu sortir de sa voiture, des lunettes de soleil sur le nez, son portable et un bouquet de fleurs dans les mains. De loin il paraît plus jeune. Luria regarde avec moi. Son enthousiasme pour la nouveauté et surtout pour la présence humaine lui indique que quelque chose est sur le point de survenir. Le destin qui veille sur le bien-être de chaque Américain à l'étranger a ménagé une place devant chez moi afin qu'il puisse se garer sans difficulté. Luria monte déjà la garde devant la porte. Les pas de Dan résonnent sur les premières marches à un rythme cadencé de gymnaste, puis ralentissent. Même la vitalité américaine ne résiste pas aux côtes et aux escaliers raides des immeubles lisboètes dépourvus d'ascenseur. Je suis tellement rompu à la solitude que toute visite me perturbe. Je scrute la porte et mon cœur s'emballe, comme celui de Luria. Pendant que Dan monte, j'inspecte autour de moi afin de m'assurer que tout est en ordre dans l'appartement.

Avec Dan déferlent soudain les mots, les intonations, les tournures, la musique vive de l'anglais new-yorkais, des sons dont j'ignorais combien ils me manquaient. Il me fait deux bises, me donne une accolade à la fois chaleureuse et rigide d'Américain adapté jusqu'à un certain point seulement aux marques d'effusion physiques propres à l'amitié espagnole. Il a un *partner* à Madrid et caresse depuis longtemps le rêve constant mais différé de l'épouser pour s'installer en Espagne et obtenir la nationalité. Il veut que Cecilia soit son témoin de mariage et moi, son parrain dans ses démarches quand il sollicitera la citoyenneté espagnole. Luria lui a sauté dans les bras, il se réjouit qu'elle lui lèche le visage. Il me dit qu'elle, au moins, se souvient de lui, contrairement à nous, Cecilia et moi, qui ne l'avons pas appelé et ne lui avons envoyé aucun message pendant tout ce temps, « *si te he visto no me acuerdo* », ajoute-t-il, heureux d'employer une expression espagnole, « *out of sight, out of mind*[1] ». Je lui demande de me laisser le bouquet, mais il me fait remarquer qu'il est pour Cecilia et qu'il le lui remettra en mains propres. Il a été ému de lire nos noms sur la boîte à lettres. Les gens s'envoient encore des cartes postales dans la vieille Europe ? Je lui dis que Cecilia n'est pas là. Elle est à un congrès à Porto et y passera le week-end. « Elle travaille toujours avec ces rats désagréables ? *Those disgusting little rats ?* Trump traite ses adversaires de rats. De rats et de chiens, *rats and dogs.* » Il me remet enfin le bouquet et reste immobile devant la porte du salon. Son visage et ses expressions sérieuses de *broker* immobilier s'imprègnent parfois, contre toute attente, d'affectations gay d'une autre époque : le visage incliné sur le côté, la main droite qui s'agite, à croire qu'elle prend son envol, et retombe brusquement quand son poignet se plie, apparemment vidé de ses forces. Dans les années 1980, Dan Morrison a survécu au décès de l'homme qu'il évoque encore aujourd'hui comme son grand amour, et à celui de la plupart de ses connaissances. Le Village était un territoire maudit de morts ambulants.

Je vois ce qui s'offre à sa vue en ce moment : les meubles de l'appartement new-yorkais qu'il nous a aidés à trouver, puis à vendre en partie, et parmi lesquels nous l'avons souvent reçu ; les tableaux, les sculptures en bois achetées par Cecilia sur les marchés artisanaux, le tout à présent disposé dans un espace plus diaphane grâce aux deux balcons ouverts à la lumière matinale. Il esquisse le geste d'inspirer profondément, la main droite sur le torse, ferme un instant les yeux puis les rouvre. Il joue un rôle tout en étant sincère. D'autres personnes ne font que jouer. Il dit qu'il a l'impression d'être dans l'autre appartement, pas vraiment complètement à New York mais dans les deux endroits simultanément, avant et maintenant, à New York et à Lisbonne. J'apprécie le fait que, malgré son affectation, il s'intéresse réellement aux choses. Il apprécie

1. « Loin des yeux, loin du cœur. »

la couleur de la peinture des murs, le même bleu ciel que j'ai eu beaucoup de mal à trouver ici. Il gonfle à nouveau ses poumons, bombe son torse musclé en salle de sport. Il dit que depuis qu'il a franchi la porte, il a senti l'odeur, non, pas l'odeur, se corrige-t-il, l'atmosphère de notre ancien logement quand il venait dîner, que Cecilia ou moi lui ouvrions la porte et que Luria sautait souplement vers lui. « *A Proustian moment* », précise-t-il, et il ajoute qu'ici il sent davantage la présence de Cecilia, qu'elle est de ces personnes qui continuent d'habiter les lieux qu'elles viennent de quitter. Où qu'il regarde, il la voit. Il reconnaît un masque africain qu'elle a acheté un dimanche matin, sur un des marchés aux puces organisés dans des garages, aux alentours de la 20e Rue et de la 6e Avenue, avant que tout le quartier soit envahi de tours d'appartements de luxe. « Tu nous avais rejoints, se rappelle-t-il. Nous avions déjeuné au Coffee Shop d'Union Square. » Un restaurant comme les autres, mais avec une décoration extraordinaire et qui n'embauchait que des serveurs magnifiques. Hommes et femmes. Ils portaient les plateaux comme des officiants et des prêtresses, sévères dans leur beauté sans défaut, inaccessibles, mystérieux. Dan avait vu ces belles créatures devenir des spectres en quelques semaines pendant les années atroces de la grande épidémie. Ce matin glacé me revient, l'instant où je suis arrivé et où Cecilia a triomphalement sorti le masque africain d'un sac en plastique. Le soleil semblable à de la poudre en suspension dans l'air gelé ressurgit ainsi que l'orange des citrouilles et des feuilles mortes, les cageots remplis de pommes luisantes, les potirons jaunes et orange empilés sous les bâches des stands des fermiers d'Union Square, dans les premiers jours dorés et froids de la fin d'octobre, la veille de Halloween, il y a si longtemps.

Fort de son expérience professionnelle, Dan Morrison s'ingénie à évaluer correctement l'appartement tout en se plongeant dans la douceur mélancolique de la reconnaissance, ce qu'il appelle « *this déjà-vu thing* ». Il observe en m'écoutant lui parler et en parlant lui aussi, et sa perception de la beauté s'allie à un œil expert de commissaire-priseur. Il dit en se moquant qu'il m'a percé à jour, démasqué ; il pensait que Cecilia et moi étions partis à Lisbonne pour nous retirer du monde, mais maintenant il comprend que nous nous sommes établis dans une capitale du marché immobilier : « *A real estate boom town* », car ce matin, à l'aéroport, en attendant une heure raisonnable pour me téléphoner, il a étudié les prix, les quartiers, l'offre et la demande, et il est désormais capable de calculer la plus-value réalisée sur ce logement depuis que nous l'avons acheté, il y a tout juste quelques années. « *A red-hot market* », conclut-il en allant sur le balcon, estimant d'un simple coup d'œil la surface que je n'ai pas su lui indiquer. Luria le précède dans le couloir, comme pour l'inviter à la suivre avec la magnanimité d'une maîtresse de maison. Il se poste sur la terrasse et regarde la suite de balcons des immeubles voisins, les jardins, les escaliers de secours, le linge pendu sur les fils : d'après lui on dirait un jardin arrière du West Village d'il y a trente ou quarante ans. Il étudie les finitions des éléments en bois de la cuisine, glisse un œil sur son téléphone, qu'il n'a pas lâché, chaque fois qu'il reçoit un message. Il consulte sa montre, attentif à l'heure à laquelle il doit remettre de l'argent dans l'horodateur. Il interprète un personnage, mais avec tant de naturel que ce dernier fait partie de lui. C'est un gay de New York qui préfère oublier son passé dans une famille d'intégristes religieux et l'ennui rural de la Caroline du Nord, un vrai passionné de littérature, d'opéra et de musique classique, un survivant qui, de temps en temps, fond en larmes au souvenir de son grand amour mort dans ses bras, couvert de plaies. Mais c'est aussi un commercial qui doit renvoyer une image de bonheur intense sur son compte Facebook professionnel, et qui fera l'impossible pour empocher une commission. À New York, tout le monde parle et agit en interprétant sa propre vie, son rôle dans la distribution limitée de la ville, tantôt devant les autres, tantôt pour soi-même. Dan Morrison est mon ami et il avait très envie de me voir, mais il a aussi une horloge interne qui le prévient de la fin de chaque rendez-vous, qu'il soit professionnel, amical ou amoureux. Je lui ai fait un café – « *milk, no sugar* », me précise-t-il immédiatement – et nous restons un moment en silence, assis dans le salon en ce milieu de matinée du mois d'août qui s'annonce torride. Je me rends compte que nous occupons les mêmes places que lorsqu'il venait nous voir à New York : lui dans le fauteuil de lecture, moi d'un côté du canapé. Il savoure le café portugais doux et parfumé que je lui ai préparé avec autant de plaisir qu'il goûte le calme de ce logement, de la rue et du quartier. C'est à la fois une interprétation et la réalité. Il dit qu'à New York on n'a jamais un tel silence. Il fait jeune, il a le sérieux d'un cadre supérieur des années 1980 et, avec son polo déboutonné et ses baskets, le naturel estival des bobos gay de Fire Island. En l'observant de plus près, on s'aperçoit qu'il est plus âgé. Il a vieilli depuis la dernière fois que je l'ai vu. Après avoir fouillé dans son sac, il trouve une invitation à une soirée à laquelle il regrette beaucoup de ne pas pouvoir assister. Dans un palais lisboète, un palais du XVIIIe siècle qui a longtemps été fermé, explique-t-il, une preuve supplémentaire que Lisbonne est aujourd'hui la ville qui bouge, « *where the action is* ». Un multimillionnaire qui préfère garder l'anonymat l'a acheté il y a quelques années pour une somme dérisoire. « Le *Financial Times* a publié un reportage sur la restauration du palais », dit Dan, qui est sûr que Cecilia et moi apprécierons la visite. Parfois il l'emmenait dans les appartements en vente de gens richissimes dont on lui avait confié les clés : des cavernes très hautes de plafond avec des colonnes, des escaliers en colimaçon intérieurs dans des immeubles de Park Avenue, des espaces qui occupaient des étages entiers dans les tours les plus exclusives de la 5e Avenue. Certains étaient fermés depuis des années à cause de problèmes de succession. On aurait dit des temples ou des tombeaux égyptiens que Dan Morrison et Cecilia exploraient à la lueur d'une lampe de poche.

Dan me réclame un verre d'eau. Quand je reviens de la cuisine, il me demande si je ne peux pas y ajouter des glaçons. Sa pomme d'Adam bouge beaucoup quand il avale, et bien que le léger courant d'air qu'il y a toujours entre le balcon et la terrasse persiste, il s'évente avec un journal. Il n'a pas dissimulé sa contrariété de vendeur en découvrant que l'appartement n'est pas équipé d'air conditionné. Il n'a pas davantage cessé de me faire remarquer le bruit des avions après un moment de silence. La vie à New York dresse les gens contre toute forme de romantisme, même s'ils se sont installés dans cette ville par romantisme. Hormis en automne, pendant quelques semaines, le climat est impitoyable. Tu as le regard dans le vague sur un quai de métro en rentrant d'un dîner savoureux ou d'un bon concert, et tu aperçois un rat géant sur les voies. Au restaurant, si tu ne laisses pas assez de pourboire, le serveur ou la serveuse qui te souriait quelques instants plus tôt et t'invitait à l'appeler par son prénom te poursuivra furieusement dans la rue, en exigeant une explication et au moins quinze pour cent de la note. Le taxi libre dont tu pensais qu'il roulait docilement vers toi te sera soufflé par une femme qui t'a devancé sur le trottoir. Si tu ne dévales pas l'escalier du métro, quelqu'un de plus pressé que toi te poussera d'un coup de coude. L'œil expert éduqué à New York repère tout de suite la part négative ou mesquine de ce qui est impeccable en apparence. Pendant la demi-heure durant laquelle Dan Morrison s'est extasié sur l'appartement, il a dressé la liste complète de ses inconvénients : pas d'ascenseur ni de climatisation, pas de distributeur de glaçons à foison dans le réfrigérateur, le bruit des avions. Je lis dans ses pensées. Il dit qu'il a peur de continuer à voyager en Europe avec cette vague de chaleur qui vient de commencer, il n'arrête pas de lire des prévisions alarmantes à ce sujet. Dans les couloirs de l'aéroport JFK, des affiches annonçaient la réapparition de la peste à Madagascar. Enfant, il était persuadé que les trompettes du Jugement dernier allaient s'élever d'un moment à l'autre. Quand il y avait des ouragans, son père clouait des planches sur toutes les portes et fenêtres, et Dan imaginait que les coups de marteau sur les clous étaient comme ceux de Noé construisant son arche. La pluie et le vent redoublaient de violence et son père lisait l'Apocalypse à la lueur d'une lampe de poche, entouré de toute la famille. Une des dernières phrases qu'il a prononcées avant de sombrer dans le délire de l'agonie signifiait son refus de voir ce fils aîné à qui il ne pardonnerait jamais de l'avoir déshonoré. Dan était venu de New York et se tenait derrière la porte de sa chambre, à laquelle il ne lui était pas permis d'accéder.

Son compagnon et bientôt son mari, cadre supérieur dans une chaîne hôtelière, est toujours en voyage dans des pays lointains : Singapour, Sydney, Tokyo. Dan passe beaucoup de temps seul à New York. Il cite en plaisantant à moitié un vers de Philip Larkin : « *I work all day and get half drunk at night*[2]. » Il se rappelle son grand amour mort il y a vingt-cinq ans et ses yeux s'emplissent de larmes qui coulent sans retenue sur son âpre visage anglo-saxon. « *The most beautiful man I ever laid eyes on* », dit-il avec toute la poésie objective des expressions, le plus bel homme sur lequel se soient posés ses yeux. Il cherche un mouchoir en papier et se mouche. Sur le tapis, Luria le regarde, condoléante et douce. Ce matin, à Lisbonne, Dan Morrison est l'espace d'un instant un homme âgé et perdu. Il existe peut-être des formes extrêmes de déracinement typiquement américaines. J'ai apporté une grande cruche d'eau dans laquelle j'ai versé une plaque entière de glaçons. Dan s'évente avec le journal, reprend un mouchoir en papier pour s'éponger le visage, ravale sa salive, ce qui fait davantage ressortir sa pomme d'Adam.

Il dit que nous lui manquons beaucoup, que lorsqu'il se promène dans le quartier où nous avons habité tous les trois, nous sommes toujours présents dans son esprit ; il se rappelle les déjeuners du samedi chez Henry's où se produisait un duo de jazz, guitare et contrebasse, le comptoir de la boulangerie Silver Moon,

2. « Tout le jour au travail, et presque ivre la nuit », *in* « Aubade », traduit par Lionel-Édouard Martin.

l'*ají de gallina* et le poulet rôti du sino-péruvien La Flor de Mayo, les stands de livres d'occasion où il nous voyait parfois chiner, la boutique coréenne au coin de notre rue où Cecilia achetait ses fleurs, le bar du japonais bon marché, délicieux et minuscule, qui ressemblait à une grotte peu éclairée. Il dit que quand il passe devant la baie vitrée du Henry's ou de La Flor de Mayo, il a l'impression de nous y voir, Cecilia et moi, comme quand il marchait sur le trottoir et venait nous y rejoindre pour nous saluer et prendre un verre avec nous, ou préférait ne pas nous déranger et poursuivre sa promenade s'il nous sentait trop absorbés par notre conversation. « En vous voyant je pensais à Marty et moi trente ans plus tôt. » Il se rappelle les jours où nous nous croisions par hasard dans le métro. Quelques stations séparaient la sienne de la nôtre, un peu plus au nord. Il montait dans la voiture, distrait ou de mauvaise humeur, baissait la tête dans une attitude de repli sur soi et de défense très new-yorkaise et, en levant les yeux, il nous voyait, Cecilia, moi ou nous deux.

Toutes les cinq secondes, Dan Morrison consulte son téléphone à la dérobée en l'entendant vibrer, puis continue de s'éventer avec le journal en soulevant le col de sa chemise pour se rafraîchir le dos. Il a vraiment chaud et doit manifester sa gêne, exaspéré comme tout New-Yorkais par l'absence d'air conditionné. Lorsque j'étais là-bas, je n'ai pas ressenti le froid le plus extrême en hiver, mais en été, dans les intérieurs réfrigérés qui atteignaient parfois des températures polaires. Il n'y a pas meilleur antidote à la nostalgie de cette ville, « au cas où elle te manquerait », que de penser à l'horreur du métro, à son fonctionnement infâme, pire encore qu'il y a quelques mois, quand nous sommes partis, que nous l'avons abandonné, « *when you guys deserted me* ». La semaine dernière, il était sur le quai d'une station de la ligne C semblable à une grotte, dans le nord de Manhattan, aux carreaux écaillés noirs de crasse, aux haut-parleurs si anciens qu'on n'entend pas les annonces, par une de ces journées nuageuses et moites où l'air des tunnels devient irrespirable, dégoulinant de sueur, en costume-cravate, la chemise collée à la peau. Il y avait beaucoup de monde, une véritable foule car peu de métros circulaient. Un mendiant allongé sur un banc, enveloppé de haillons et de sacs-poubelle, puait l'urine et le vomi, répandant partout son odeur. Une voix est sortie des haut-parleurs déglingués et, un moment plus tard, une rame est entrée dans la station. Tout le monde s'est bousculé pour être le plus près possible des portes dès qu'elles s'ouvriraient. La rame était bondée, c'était à prévoir, et Dan s'est préparé à s'imposer dans le mur compact des corps en sueur. Le métro a freiné dans un crépitement métallique, et les gens qui voulaient monter poussaient le dos de ceux qui les précédaient. Le conducteur avait freiné mais il ne s'était pas arrêté. Des haut-parleurs fusaient des instructions inaudibles. « J'étais tout au bord du quai et la rame passait lentement, on voyait les gens agglutinés à l'intérieur, les corps plaqués aux fenêtres et aux portes, certains visages regardaient au-dehors. » Dan prend une grande gorgée d'eau, déçu de ne plus trouver de glaçons au fond du verre. Il s'évente avec le journal, comme s'il se tenait sur le quai de cette station aux voûtes caverneuses de la ligne C. « J'ai alors eu l'impression de voir Cecilia. Je te jure que j'ai vraiment cru la voir comme je te vois maintenant, elle passait devant moi, le visage tout contre la vitre. Je l'ai même saluée de la main ou j'ai fait un geste dans sa direction. La pauvre femme a dû se dire que j'étais un fou ou un obsédé pour la regarder comme ça. Elle n'avait même pas la coupe ni la couleur de cheveux de Cecilia. Ce n'est pas pour te flatter, mais ta Cecilia est bien plus belle. Le métro est reparti, j'attendais toujours sur le quai, en sueur dans mon costume-cravate, en tenant mon cartable. Toi aussi j'ai parfois l'impression de te voir. Vous me manquez tellement que je vois vos fantômes dans la rue. » Il garde le silence, serre dans sa main le journal dont il a cessé de se servir. Il a pris conscience de quelque chose. Celui qu'il ne voit jamais, pas même en rêve, c'est Marty. Il ignore depuis combien de temps il ne rêve plus de lui.

34

Je m'aperçois à présent que j'aurais dû dresser une liste de dates, tenir une sorte de journal, même sommaire. J'ignore s'il est prudent de me fier à l'ordre successif des jours. Cecilia dit que la conscience qu'on a du passage du temps est très probablement encore un des mirages cognitifs du cerveau, comme la perception des couleurs. Une illusion, dans le sens que ce mot revêt en anglais, à savoir un mensonge. Je relève des dates exactes dans les journaux que j'ai achetés certains après-midi et oublié de jeter, sur les factures reçues par mail que je n'ouvre pas toujours. D'autres factures imprimées que je n'ai pas égarées me fournissent des références indirectes sur des faits associés aux achats que j'ai effectués. J'ai ou dois avoir dans une chemise la date de l'acquisition du téléviseur, par exemple. Je me rappelle parfaitement le magasin où on me l'a vendu et l'installateur aimable, mais pressé, qui est venu le brancher et tester la télécommande avant de se mettre à parler à toute vitesse en portugais, de sorte que je n'ai rien compris. Alexis a vite volé a mon secours. Ses visites pourraient me servir de marqueurs temporels, mais elles étaient si nombreuses au début que je serais incapable de les distinguer les unes des autres. Maintenant il se fait plus rare. Quoi qu'il en soit, je le payais en liquide, ce qui me laisse peu de chances de retrouver des pistes chronologiques de ce côté-là. Je peux évidemment chercher sur mon téléphone les SMS que nous avons échangés, mais ce genre de vérification est au-dessus de mes forces.

Je vois les dates comme les pages d'un agenda restées vierges. Je vois ou me rappelle des choses qui étaient très nettes dans ma mémoire, mais que je suis incapable de situer avec précision dans le temps. Je me souviens des journées pendant la vague de chaleur et de la nuit de l'éclipse de lune. Je me souviens du jour où je suis allé courir sans savoir où se trouvait mon appartement. Je me souviens comme si je l'avais vu du chat-tigre de Cândida, mais j'ignore aujourd'hui quand elle est venue faire le ménage pour la dernière fois. Je n'ai pas entendu depuis longtemps le bébé qui pleurait tous les soirs, inconsolable, dans un logement voisin. J'entends maintenant toutes les nuits les pas lents qui font grincer le sol de l'appartement au-dessus du mien, de ma chambre plus exactement. Ces pieds traînants doivent être ceux d'un homme très âgé. Ils me réveillent parfois à trois ou quatre heures du matin. Je sursaute et, en les entendant, je crois pendant quelques secondes être dans l'autre appartement, car il y avait dans l'immeuble un voisin insomniaque qui perturbait le sommeil déjà léger de Cecilia, et par conséquent le mien. Le réveil, l'obscurité, le silence, les pas. Lorsque les éléments de la réalité se ressemblent autant, il est plus difficile de les replacer dans l'espace et le temps. Cette pensée ne m'appartient pas. C'est un ancien moine qui le dit dans ses Mémoires, un livre que j'ai trouvé sur les rayonnages de la bibliothèque et que je ne me rappelais pas avoir acheté. Heureusement, un reçu de paiement par carte bleue était glissé entre les pages et portait le nom de la librairie Book Culture, dans la 112e Rue, où j'allais très souvent avec Cecilia. Le moine dit que la stricte répétition des tâches quotidiennes dans un lieu clos qui ne change jamais pétrifie le temps au point de le supprimer. Cecilia a sans doute une explication neurologique à cela. L'environnement immuable de la vie monastique et l'ordre rituel de chaque acte de la journée forment une cloche de verre ou un temple, une citadelle isolée du monde extérieur et des réalités fluctuantes. Je lis le livre et suis dans la cellule du moine, de même que j'occupe en d'autres occasions la cabane enterrée dans la glace de l'amiral Byrd et la cabine au plafond bas de l'*Endeavour* au fil de ses traversées dans les mers du Sud, ou celle du *Beagle* longeant les rivages tourmentés et déserts de la Patagonie. Ce que font le capitaine Cook et Charles Darwin dans leur cabine, et l'amiral Byrd dans sa cabane, c'est tenir un journal, consigner chaque jour les données météorologiques, indiquer des positions sur des mappemondes. Cecilia dit que dans la réclusion du laboratoire, la notion du temps disparaît facilement. Je me souviens des rats dormant en plein jour dans leurs boîtes en plastique environnées d'une pénombre aux lueurs infrarouges, des singes prisonniers derrière les barreaux, certains avec la tête bandée après avoir subi des trépanations pour des expériences, tournés vers l'extrémité du couloir carcéral et le téléviseur qui ne s'éteint jamais.

35

La visite du palais avait lieu la nuit de l'éclipse lunaire. Tout est plus simple quand les faits s'enchaînent, de sorte que les labyrinthes de neurones se forment successivement. Des décharges chimiques, des impulsions électriques très faibles, mais dont on entend les claquements secs quand elles sont amplifiées. Je suis sorti de chez moi en fin d'après-midi et il faisait encore très chaud. L'air sans un souffle de vent tremblait comme une nappe de brume torride. J'ai un souvenir très net de ce moment car pour la première fois depuis longtemps, j'avais mis des souliers, un pantalon, une chemise et une veste, renoncé aux T-shirts, aux espadrilles et aux baskets de ma confortable vie de naufragé. J'avais dans une poche le carton d'invitation assez luxueux que m'avait donné Dan Morrison. Traverser le centre de Lisbonne infesté de touristes me donnait l'impression d'être dans une autre ville. Je suis monté vers le quartier de Graça par une rue qui ne m'avait jamais paru aussi raide et étroite. L'endroit regorgeait de boutiques clonées proposant des babioles touristiques : coqs en terre cuite, foulards et serviettes-éponges sur lesquelles étaient imprimés les écussons de clubs de football, tramways miniatures, carreaux aimantés, sardines, Vierges de Fatima alignées par dizaines, chapeaux mexicains en liège. Les trottoirs noirs de monde ne favorisaient pas mon avancée, mais si je marchais sur la chaussée, je courais le risque de me faire renverser par un tramway, une voiture ou un tuk-tuk. Je voyais des gens obèses en T-shirt et bermuda, rouges de sueur, la peau couverte de tatouages. La Praça das Portas do Sol était paralysée par un gros embouteillage, comme ceux d'une capitale très bruyante et humide sur le delta d'un fleuve, Bangkok ou Saïgon, où pétaradent des véhicules à trois roues dans un tumulte de klaxons. Au-delà des terrasses et des rues en pente, la succession d'immenses bateaux de croisière blancs immobilisés sur les quais cachait la ligne d'horizon. La saison touristique était à son comble, de même que la courbe des températures. Les chiffres pour l'une et l'autre s'apparentaient à ceux qui désignent une forte fièvre. Les journalistes de la télévision filmés dans la rue transpiraient sous un soleil vertical. Il n'avait jamais fait aussi chaud et, à l'aéroport de Lisbonne, on n'avait jamais vu autant d'avions et de visiteurs.

Les murs du palais étaient très hauts et sans fenêtres, et le heurtoir du grand portail aux ferrures anciennes paraissait difficile à soulever. C'était une construction à la fois imposante et anonyme. Sur le côté, une simple sonnette et non un interphone permettait d'annoncer sa présence. J'ai pressé le bouton sans rien entendre. La porte était si robuste qu'aucun son ne semblait pouvoir la traverser. J'ai dû me hisser sur la pointe des pieds pour actionner le heurtoir. Le battant s'est ouvert dans un bruit de ressort. Très lourd, il était difficile à pousser. Une immense voûte en berceau s'étendait au-dessus d'un perron de palais italien aux marches de pierre polie larges et basses. D'autres individus que je n'avais pas remarqués auparavant sont entrés derrière moi. Ils bavardaient et riaient avec une pointe de nervosité, s'exprimaient en mélangeant vaguement plusieurs langues, portugais, espagnol, anglais. J'ai beau être fier de vivre comme un naufragé sur une île déserte, j'ai été soulagé de constater qu'ils portaient une tenue discrète et décontractée similaire à la mienne. Ces couples venaient à l'évidence de se rencontrer, mais présentaient les particularités universelles et confuses de ceux qu'on appelle en Espagne les *pijos*, les « BCBG ». Malgré moi, je leur servais de guide. J'ignorais où menait ce grand perron, mais les autres étaient sur mes talons. Une domestique en tablier blanc et en coiffe est apparue en haut des marches et nous a fait signe de la suivre dans une sorte de vestibule, puis elle s'est volatilisée. Un livre de chants grégoriens grand ouvert et éclairé par un spot très puissant trônait sur un lutrin baroque. Un autre projecteur mettait en valeur ce qui s'est peu à peu révélé être une sculpture constituée de plaques de tôle très cabossées, censée représenter un perroquet d'environ deux mètres de haut. Tout le monde avait baissé la voix. Les femmes du groupe avaient le visage et les épaules excessivement bronzés, des cheveux blonds ou des mèches, des bagues imposantes, des bracelets et des boucles d'oreilles dorés. Les hommes, trois ou quatre, portaient des blazers sur des chemises au col ouvert, des pantalons étroits. Ils étaient pieds nus dans leurs chaussures. L'un d'eux s'est exprimé en anglais avec un fort accent espagnol. Un silence s'est installé, puis une voix féminine a déclaré dans je ne sais plus quelle langue : « Mais pourquoi on reste ici ? » C'était une Espagnole aux cheveux teints en blond qui avait une voix rauque de fumeuse et des bracelets cliquetants aux poignets. Elle a franchi une porte au linteau en pierre et nous lui avons tous emboîté le pas.

Un des hommes m'a demandé si j'étais un ami de Bob. Je lui ai répondu que j'étais là parce que je connaissais Dan Morrison. Ayant toujours peur de me faire expulser quand je suis quelque part, j'ai failli tirer mon carton d'invitation de ma poche pour le lui montrer. Je ne savais pas qui était Bob et lui n'avait jamais rencontré Dan Morrison. Personne n'avait l'air au courant de rien. Aucun de ceux qui venaient de pénétrer dans le palais ne l'avait jamais visité auparavant. Les grandes salles se succédaient, plus étendues et plus spacieuses à mesure que nous les traversions. De lugubres tableaux baroques de saints et de martyrs étaient accrochés aux murs, tous de second et même de troisième ordre, des pièces de couvent mises au rebut. Il y avait surtout des sculptures, toutes en tôle martelée peinte de couleurs vives qui rappelaient celles des voitures des années 1950, à mi-chemin entre l'art figuratif et abstrait sans être ni l'un ni l'autre, fixées sur des piédestaux et violemment éclairées. « Chaque pièce vaut un bon million d'euros, a dit une blonde. Il a été exposé à Art Basel et il a tout vendu. » Ce n'était pas la femme qui avait mis fin à notre isolement et rompu l'enchantement du vestibule, mais certaines blondes à la voix éraillée de fumeuses et à la peau halée comme de la terre cuite sont interchangeables. « Il était déjà riche, maintenant il roule sur l'or. Il faut s'inscrire sur une liste d'attente pour s'offrir une de ses sculptures », m'a soufflé à l'oreille un des hommes, que je ne parvenais pas à distinguer. Peu à peu, j'ai compris que cet individu qui « roulait sur l'or », le sculpteur, était aussi le propriétaire du palais. À un autre moment, j'ai entendu les membres du petit groupe parler avec admiration et nostalgie d'une pop star qui avait pris sa retraite très jeune, « au sommet de sa gloire », a dit une des blondes, après avoir gagné dans les années 1980 une fortune colossale qui s'était multipliée sans qu'il fournisse aucun effort, grâce à ses royalties, parce que ses chansons continuaient de passer partout dans le monde, en Espagne, en Amérique, dans une bonne moitié de l'Europe, en Chine, de « véritables hymnes générationnels », a estimé un des invités, mais pas celui qui m'avait demandé avec un brin de suspicion si j'étais l'ami de Bob, mettant instinctivement en cause la légitimité de ma présence dans ce lieu. Et aujourd'hui ce chanteur était encore plus riche, « immensément riche », a précisé quelqu'un d'un air entendu, car sa deuxième carrière avait été couronnée de succès, une deuxième vocation qu'il s'était découverte en renonçant à la musique pour se réinventer en tant que sculpteur. « Ses œuvres se vendent comme des petits pains. À New York, à Moscou, à Shanghai. Il a acheté une ancienne usine de métallurgie à Sheffield et tout un tas d'ouvriers travaillent pour lui. Il ne sait plus où donner de la tête. »

Au fil de notre promenade dans le palais, les couloirs et les salles devenaient plus vastes et notre groupe grossissait. Nous étions arrivés dans une salle à manger aux dimensions féodales, avec une cheminée en pierre sculptée et une très longue table couverte d'une nappe et déjà dressée sous un lustre en fer forgé. L'ambiance était elle aussi médiévale, les ampoules artistement cachées sous des imitations en plastique de bougies à demi consumées. En voyant les verres et les assiettes, je me suis rendu compte que j'avais faim et très soif après avoir traversé la ville sous une chaleur torride. L'*Adagio* d'Albinoni s'élevait. Au fond de la salle était exposée une autre sculpture de même dimension que les précédentes, en céramique et en métal, qui représentait à l'évidence une de ces armures effrayantes (et fausses) qu'on s'attend à trouver dans ce genre d'endroit. J'espérais que d'un moment à l'autre les serveurs en uniforme surgiraient chargés de plateaux de boissons et de petites bouchées apéritives haut de gamme, et nous tendraient des serviettes encore plus minuscules, pliées à la perfection. On ne m'avait demandé ni mon nom ni mon carton d'invitation.

Deux portes-fenêtres de la salle à manger s'ouvraient sur un jardin géométrique en terrasses avec des bassins et des statues, du gazon et des arbres taillés à la française. Un jardin suspendu au-dessus de la rue pentue qu'empruntaient les tramways, insignifiants à cette hauteur, les tuk-tuks et les groupes de touristes en file indienne sur les trottoirs. Au-delà des murs s'étendaient les toits du quartier de Graça, dominés par le clocher en pierre blanche d'une église, et ce panorama incluait l'amplitude du fleuve et de l'horizon dans la brume d'un crépuscule brûlant et sans vent. Entre les arbres, les carrés d'herbe et les gloriettes couvertes de lierre s'éparpillaient des groupes d'invités, certains en tenue de soirée, costumes noirs et nœuds papillon pour les hommes, longues robes échancrées dans le dos pour les femmes dont les très hauts talons s'enfonçaient dans les gravillons. Au loin et dans cette perspective linéaire, ils étaient uniformes, plus petits. J'allais de-ci de-là, à la recherche des serveurs qui ne manqueraient pas d'apparaître bientôt, sans les trouver. « C'est la nuit de l'éclipse. La nuit de la lune de sang », m'a annoncé une des convives blondes, qui avait allumé une cigarette en cachette et tirait avidement dessus. Elle m'a montré un télescope installé sur le point le plus haut de la terrasse. Des insectes à élytres vibraient au-dessus d'un bassin d'eau sombre et verdâtre où je distinguais de grands poissons immobiles. Le soleil déclinant teintait de feu les fenêtres des étages les plus élevés, un gros disque rouge suspendu dans l'horizon brumeux. J'aurais donné n'importe quoi pour une bière bien fraîche, un verre de vin blanc ou même d'eau, une poignée de cacahuètes ou autre chose. L'ancien chanteur pop, propriétaire et sculpteur triomphal, venait d'arriver dans le jardin comme un monarque distrait et saluait les invités qui s'avançaient vers lui, ou plutôt se laissait saluer par eux. Certains, certaines, ne pouvaient résister à la tentation et se plaçaient à côté de lui pour faire des selfies.

Je ne lui avais jamais prêté attention pendant ses années de gloire, mais je l'ai reconnu aussitôt. Je ne m'étais guère intéressé à ses chansons non plus, et pourtant j'en connais un bon nombre par cœur. Dans la vie réelle, le temps présent, il était plus chétif que sur le petit écran ou les couvertures de magazines d'il y avait vingt ou trente ans, mais pas moins jeune. Il avait conservé sa jeunesse tout en vieillissant : la même coupe que dans les années 1980, sauf qu'il avait maintenant des cheveux blancs, un diadème qui dégageait son front à l'expression renfrognée. Quand il était encore une idole des jeunes, il caressait sensuellement de ses très longs doigts sa guitare ou les touches d'un synthétiseur en chantant en play-back. J'ai remarqué que ses mains s'étaient élargies et avaient gagné en robustesse à force de manier des marteaux et des burins et de frapper du métal, aussi abîmées par le travail que la salopette bleue qu'il portait. « Qu'il soit si près, qu'on puisse le toucher, je n'y crois pas ! » s'exclama à côté de moi une Espagnole qui, trente ans plus tôt, avait certainement crié à ses concerts et allumé son briquet sur ses slows. L'idole regardait autour d'elle, à croire qu'elle n'était pas familiarisée avec les détails de son propre palais. Elle écoutait distraitement ce qui se disait, se grattait le crâne ou la barbe qu'elle lissait ensuite avec soin, ayant peut-être la peau irritée. À proximité mais pas trop, un mètre environ, comme son ombre, se tenait un homme discret qui portait un costume très cintré, une cravate au nœud bien serré. Sa tête dégarnie faisait songer à une ampoule sur un corps menu. Il avait des lunettes aux verres épais, le cheveu rare, et un reste ou un simulacre de frange lui barrait le front en diagonale. Un des invités m'a sans doute confondu avec quelqu'un d'autre, car il s'est adressé à moi en anglais, d'un ton obséquieux, pour m'expliquer que cet homme était le conseiller immobilier de l'ancien chanteur et s'était occupé de la vente du palais, « *a real estate wizard* ».

Que personne dans cette assemblée n'ait un verre à la main me faisait l'effet d'une retouche numérique de l'image, comme lorsqu'on efface les cigarettes des acteurs sur la pellicule d'un film en noir et blanc des années 1940. L'invité qui s'était adressé à moi en anglais m'a demandé où je travaillais, et le nom de l'entreprise de Dan Morrison m'est revenu : à New York, chez Stribling & Company. Il a été beaucoup plus impressionné que je ne l'aurais cru, m'a présenté sa femme, à qui il a immédiatement transmis l'information. Il prononçait l'anglais avec une politesse toute portugaise. Puis il s'est écarté, soulagé ou peut-être troublé, je l'ignore. Son épouse et moi nous sommes regardés un instant en silence. Rester si longtemps seul avait nui à ma sociabilité déjà mise à mal. Une mouette s'est posée sur le bord de la balustrade, devant nous, les ailes immobiles. Comme pour se raccrocher à une bouée de sauvetage, la pauvre femme m'a dit que les mouettes étaient ce qu'elle appréciait le plus à Lisbonne. Cela m'a rappelé un documentaire que j'avais vu un soir sur National Geographic. Je lui ai raconté qu'à Rome, bien que la ville soit à trente kilomètres de la mer, la population de mouettes a augmenté ces dernières années au point qu'elle s'élève aujourd'hui à plusieurs dizaines de milliers de spécimens. Les mouettes sont plus grosses car les touristes les nourrissent de bonne grâce avec de la malbouffe qu'elles trouvent aussi en fouillant dans les poubelles, quand elles n'arrachent pas des mains de gens effrayés la part de pizza ou le hamburger qu'ils s'apprêtent à engloutir dans la rue. Guetter les poissons dans la mer est une perte de temps pour les mouettes romaines. Elles s'installent sur les toits, les terrasses des hôtels et des luxueux penthouses, dans les clochers et les ruines antiques, si bruyantes qu'elles empêchent les gens de dormir. Elles attaquent les rats et même les chats du Colisée. Elles ont appris à déchirer de leurs becs terrifiants le plastique des sacs-poubelle et à soulever les couvercles des bennes à ordures. La femme me regarde sans rien dire, son grand sourire du début désormais à peine esquissé. Je me souviens brusquement du détail le plus croustillant de l'histoire : quand le pape se met au balcon, place Saint-Pierre, et lâche une colombe en signe de paix, les mouettes qui montent la garde sur les corniches se précipitent sur elle pour la déchiqueter.

J'étais de nouveau seul et avais la bouche sèche à force de parler, or je ne voyais toujours pas l'ombre d'un serveur. À la fin de mon récit sur la colombe du pape, l'invitée m'avait dit qu'elle allait chercher à boire et me rapporterait un verre, mais je ne l'avais pas revue. Cela m'est souvent arrivé au cours des innombrables soirées américaines auxquelles j'ai assisté. Je n'ai jamais eu l'aisance nécessaire pour passer avec fluidité d'un groupe à l'autre. Je ne sais pas davantage rester debout avec un verre et une assiette, manger et boire en même temps. Soit j'étais seul, soit je tombais sous la coupe d'un convive décati qui ne s'arrêtait jamais de parler et me retenait pendant des heures, rapprochait son visage du mien en me crachant des restes de nourriture à la figure. Fatigué d'être planté là, dans le jardin de ce palais, sous une chaleur qui ne faiblissait toujours pas à la tombée de la nuit, la bouche asséchée et le ventre vide, affligé parmi ces gens étranges, je songeais avec remords à Luria restée seule dans l'appartement silencieux et déjà sombre ; plein de remords mais également jaloux, j'imaginais le calme qui l'environnait pendant qu'elle s'endormait, étendue là où passait un souffle d'air, une légère brise à peine perceptible entre le balcon et la terrasse. Dans ma quête vaine d'un liquide quelconque, j'étais retourné dans la salle à manger et, de là, je pouvais apprécier la totalité du jardin où des lumières commençaient à briller. Du bord du bassin, à côté d'une nymphe dodue en marbre sur laquelle se posaient les derniers rayons de la journée, un couple m'observait. En un dixième de seconde, je suis passé de l'ignorance à la surprise avant de trembler sous l'effet de l'incrédulité, le temps d'une pulsation contenant les unités de temps infinitésimales que mesurent les scientifiques. L'homme était Alexis, vêtu d'un smoking avec un nœud papillon, et la femme, Cecilia.

36

Un instant plus tard, seule une moitié du mirage perdurait. L'homme était toujours Alexis. Pendant toute la durée de l'illusion, la présence de Cecilia avait été totale, indubitable, sans les inexactitudes de la mémoire ni la fragilité des rêves. J'avais vu son profil, songeur et égyptien, la mèche tombant d'un côté du front, le nouveau visage qu'elle avait soudain eu quand elle avait changé de coiffure et s'était teint les cheveux en noir, quelques mois auparavant. Dans ce laps de temps, ces millièmes de secondes qu'elle chronomètre au cours de ses expériences, l'invraisemblance s'était estompée et je débordais de bonheur, dépassé par l'étrangeté, la gratitude, une effusion qui faisait flageoler mes jambes et montait dans ma gorge comme un sanglot qui enfle. J'avais vu Cecilia comme je la vois en rêve, lorsqu'elle tourne la tête dans ma direction sans me voir, pivote et disparaît ou m'observe et me sourit avec une douceur inacceptable car empreinte de pitié. La femme s'est avancée et a souri un moment en passant près de moi. Ce n'était pas Cecilia, pourtant certaines similitudes continuaient de m'attirer, quelque chose dans la ligne de ses sourcils, dans sa façon de regarder sans vraiment regarder, la tête penchée, le menton qui me rappelait un détail du profil de Cecilia que ma mémoire infidèle n'avait pas conservé avec toute l'exactitude requise. L'improbable Alexis que je suivais sans m'y habituer – le smoking, le nœud papillon et même une cigarette tenue avec une certaine élégance – n'est redevenu pleinement identifiable qu'en s'inclinant devant moi avec sa politesse cérémonieuse. « Avouez que vous avez été effrayé de me voir. Vous ne savez plus comment vous débarrasser de moi. » Les ailes du nœud d'Alexis se déployaient autour de son cou avec la même ampleur que ses oreilles de chaque côté de son crâne rasé. Ses manières étaient plus irréprochables que jamais : une main dans la poche de son pantalon, l'autre s'agitait tandis qu'il parlait, la cigarette au bout des doigts, le creux de la main exercé à accueillir le verre que personne ne lui avait proposé. Ses chaussures avaient un éclat de cuir verni que la poussière et les gravillons du jardin n'avaient pas terni. Classique, son smoking était coupé dans un tissu léger qui n'était pas trop chaud et ne gênait en rien la fluidité de ses mouvements. Il avait l'apparence d'un voleur en gants blancs incrusté dans une fête, sur la Côte d'Azur, qui à la moindre inattention de ses hôtes, tombés sous son charme, déroberait tous leurs bijoux, puis s'échapperait par les toits sans aucune difficulté, avec son nœud papillon et son smoking, avant de glisser silencieusement vers la rue le long d'une corde en soie, fort de son expérience en travaux verticaux. Tout en discutant avec moi il a fait signe à quelqu'un à qui il a adressé un bref sourire : c'était Cândida, la femme de ménage, encore plus méconnaissable que lui avec son chignon haut perché, une robe décolletée, des lunettes retenues par une chaînette. Elle m'a salué et a détourné le regard pour s'unir au groupe qui entourait la pop star. J'étudiais à présent les convives, gagné par l'inquiétude et le léger vertige qu'on éprouve en identifiant des visages qu'on ne s'attend pas à croiser.

Un mouvement général s'opérait du jardin vers l'intérieur du palais. Alexis m'accompagnait. Il me parlait à voix basse mais gardait toujours un œil sur les invités, souriait à d'autres personnes en les saluant de la tête. Le groupe de convives, désormais plus compact, répandait une odeur collective composée de différents parfums et types de sueur. L'arrivée des serveurs devait être imminente, de même que l'apparition des plateaux, des serveuses en uniforme et en coiffe, des boissons, de grands verres étroits remplis de bière couronnée de mousse, des flûtes de champagne, du vin blanc frappé, de savoureux canapés à engloutir en une bouchée, saumon, caviar, langouste, chips, Cheetos, tout ferait l'affaire. Puisque nous entrions dans la salle à manger féodale, chacun allait sans aucun doute s'installer autour de la table et le dîner commencerait. « Intégral, c'est le mot clé, *the keyword*, pour ainsi dire. Service intégral, m'expliquait Alexis sur le ton de la confidence. Vous arrivez à Lisbonne avec une liste de besoins et nous nous occupons de les satisfaire. Intégralement. Service premium. Vous achetez un palais où vous n'avez jamais mis les pieds et nous nous chargeons de toutes les démarches et installations nécessaires, et nous faisons également en sorte que, quelques jours après votre arrivée, vous puissiez donner une fête avec des invités triés sur le volet. Vous êtes une célébrité internationale et vous avez envie d'avoir votre havre de paix à Lisbonne, vous voulez que votre intimité soit respectée mais qu'on sache que vous êtes là. Vous venez ici, vous achetez une propriété et vous faites une déclaration d'intention. Nous disposons d'une équipe de jardiniers pour embellir votre parc, d'un *staff* de serveurs et de cuisiniers, nous approvisionnons votre remise et votre cave en vins et en alcools de première qualité, y compris des grands crus légendaires couverts de toiles d'araignée et de poussière. Et si d'aventure vous ne connaissez pas assez de monde parce que vous ne maîtrisez pas encore le *who's who* de la ville ou que vous craignez qu'il n'y ait pas suffisamment de gens dans un espace aussi grand, nous vous fournissons les convives qui vous manquent pour arriver à un nombre optimal. » Je l'écoutais en jetant des coups d'œil autour de moi, dans l'espoir de revoir la femme qui ressemblait à Cecilia, effrayé à l'idée que le mirage partiel ne se renouvelle pas. « Et peut-on savoir combien d'invités vous avez fait venir ce soir, Alexis ? À moins qu'il ne soit préférable de parler de figurants. J'ai vu Cândida et il me semble maintenant reconnaître le menuisier. » Alexis a tendu démesurément le cou par-dessus son nœud papillon, la tête dressée comme un périscope. « Si monsieur le permet, cela fait partie du secret professionnel. – Mais puisque vous êtes si efficaces, pourquoi n'a-t-on pas encore servi à boire, aucun apéritif, rien du tout ? Je meurs de faim, Alexis. Et je meurs de soif. – Avec votre permission, moi aussi. Malheureusement, cette fois nous n'avons pas pu nous occuper directement du catering. On ne peut pas tout faire. *Com licença.* »

En un clin d'œil Alexis avait disparu. Mais le cortège d'invités ne s'est pas arrêté pas dans la salle à manger, où la table était restée telle que nous l'avions vue en entrant. On aurait dit des assiettes, couverts, verres et nappes disposés pour les besoins d'une représentation théâtrale. Après nous être engagés dans un couloir sombre qui débutait derrière un épais rideau de velours rouge, nous avons atteint une autre enfilade de salles. Devant moi, j'ai aperçu la femme que je cherchais. Il m'était facile d'imaginer que c'était bien elle et d'attendre qu'elle se tourne en m'offrant son profil. J'ai songé à demander à Alexis s'il s'agissait d'une de ses figurantes. Je distinguais sa tête en forme de périscope aux oreilles décollées. Il ouvrait la marche, poussait de très hautes portes aux reliefs dorés. Ce qui était auparavant une grande demeure aux murs blancs étayés par des linteaux de pierre était devenu un palais français du Second Empire avec d'immenses miroirs démultipliant le corridor et l'éclat des dorures. Nous étions des groupes d'ombres en mouvement d'où s'élevaient des bribes de conversations sur l'immobilier en différentes langues, avec des accents différents. La voix musicale de la pop star se détachait des autres par la netteté de sa diction et le silence qui se faisait autour d'elle. « Comme à Paris et à Londres, les gens se plaignent que les logements ont augmenté. Là-bas aussi j'entends toujours la même histoire. Mais ils sont les premiers à vendre, et avec l'argent qu'ils ont gagné, ils envoient leurs enfants à l'université et il leur reste encore de quoi prendre leur retraite sur la Costa del Sol. » « Le problème, ce ne sont pas les prix exorbitants. C'est le marché qui les fixe, pas nous. Le problème, c'est que les salaires sont bas et nous ne sommes pas responsables de cela. »

Alexis formulait certaines de ces affirmations. Il changeait de ton aussi facilement qu'il changeait de langue. Sa volubilité incessante multipliait le nombre d'invités presque aussi efficacement que les miroirs, sans coût additionnel. Près de moi, une voix féminine a dit quelque chose en portugais, mais il m'a semblé que j'étais le seul à l'entendre : « On chasse les vieux des endroits où ils ont toujours vécu. On provoque des pannes, on leur coupe l'eau et l'électricité. On enlève les rampes des escaliers, alors ils n'osent plus sortir ou ils tombent. » La femme m'a souri en voyant que je m'intéressais à ses propos. De face, c'étaient ses sourcils qui me faisaient songer à Cecilia. Ses lunettes aussi, avec leur monture noire au-dessus des pommettes. Elle avait pratiquement la même taille et avait l'air elle aussi d'apprécier les tenues discrètes mais légèrement excentriques. Parmi les invités, ces silhouettes et ces voix dans une pénombre qu'aucune lumière ne venait dissiper, l'absence de Cecilia m'a alors frappé de plein fouet comme une tristesse sans remède, une maladie qui m'affaiblissait de jour en jour, plus violemment encore dans ce lieu où je ne connaissais personne réellement et ne risquais pas de faire de rencontres.

Un seul groupe occupait à présent le centre de la salle, comme une sorte de bouillonnement autour d'une table. Je me suis difficilement frayé un passage jusqu'à elle. Les invités qui avaient manqué de défaillir se jetaient sans plus de manières sur les premiers plats et boissons, singulièrement austères : assiettes de chips, olives, bocks de bière triste et sans mousse, vin rouge tiède comme un bouillon. Les mains avides pillaient les cacahuètes. D'un geste assuré, parfaitement maître de lui, Alexis a tendu un de ses longs bras souples pour m'offrir une bière et un ramequin de chips. Une voûte reliait ce salon à un autre, tout aussi grand, éclairé comme à l'opéra par des lustres en cristal. Au fond, on avait installé une estrade assez basse sur laquelle des instruments de musique attendaient manifestement l'arrivée d'un groupe composé de nombreux membres : un piano à queue, plusieurs guitares électriques, des saxophones, des congas, une batterie, des claviers électriques, des écrans, des micros. Désespéré, je me suis rendu compte que nous allions devoir assister à un concert le ventre vide. Un des convives s'était constitué une provision de chips et de cacahuètes qu'il sortait subrepticement de sa poche. L'homme que j'avais confondu avec le menuisier s'est assis au piano. Debout au milieu de l'estrade, la pop star se gargarisait avec une bouteille d'eau en attendant avec impatience que les gens s'écartent de la table, où ils grappillaient encore quelques restes et vidaient leurs verres, pour venir écouter la musique.

37

Je la cherchais sans la trouver. Peut-être avait-elle quitté cette fête insupportable sans que je m'en aperçoive. Je l'ai finalement aperçue au fond de la salle, les bras croisés, adossée contre une colonne, la tête à demi tournée, une position qui la rendait encore plus séduisante et accentuait sa ressemblance avec Cecilia. Je voulais identifier et isoler les traits précis qu'elles avaient en commun pour me concentrer davantage dessus. Cecilia dit qu'un petit nombre d'environ deux cents neurones, dans une zone du cortex cérébral dont j'ai oublié le nom, permet la reconnaissance faciale. Ceux grâce auxquels je venais d'identifier le visage de cette femme s'activaient partiellement et j'avais envie de les pousser à convoquer la présence de Cecilia. Mais si j'insistais trop, la ressemblance disparaissait, comme lorsqu'on se réveille après s'être efforcé de prolonger un rêve. De loin, l'illusion était moins fuyante. Il y avait maintenant beaucoup de monde dans la salle et peu de sièges, tous disparates : fauteuils semblables à des trônes tapissés de velours rouge, pliants de plage, tabourets en plastique comme on en trouve dans les salles de bains, hamacs. Manquant de réflexes, j'ai dû rester debout. Les invités s'étaient précipités sur les sièges libres avec autant d'impolitesse et de vacarme que lorsqu'ils avaient dévalisé le buffet, me rappelant les passagers qui veulent s'asseoir dans le métro de New York. J'étais resté en arrière non par délicatesse mais par manque d'entrain. Le chanteur était toujours debout sur l'estrade, les jambes écartées, le menton relevé, le torse bombé sous son bleu de travail de faux métallurgiste. Il grimaçait, faisait clapper sa langue, se frottait les mains, le regard vague, affichant une expression douloureuse et contrariée pour souligner son extrême sensibilité acoustique dès qu'un invité faisait du bruit en s'installant. Il tendait le cou vers un horizon rempli de spectateurs, à croire qu'il se produisait dans un stade de foot aux gradins bondés ou dans une arène lors des étés glorieux des années 1980. Alexis s'était assis par terre, le dos bien droit, dans une parfaite position du lotus. J'ai regardé au fond de la salle et vu la femme m'observer, le visage penché. Plongée dans une zone d'ombre, elle ressemblait davantage à Cecilia.

Dans le silence qui s'était si longtemps fait désirer, le pianiste a joué quelques notes. Plutôt qu'entonner un de ses célèbres hymnes générationnels, le chanteur avait préféré un air d'opéra et sa tessiture de ténor, qui requérait toute la force de ses poumons, a envahi les lieux. Il s'agissait d'un morceau très connu de Puccini dont j'avais oublié le titre. Sa voix était si puissante que son visage déformé par l'effort rougissait tandis que les veines de son cou se gonflaient, me rappelant celles d'un cheval. Immobiles, les invités étaient sous le charme, impressionnés par le volume de cette voix qui résonnait dans ce salon comme dans la concavité d'un grand théâtre.

Et c'est alors que le chanteur a fait un couac, mais il a continué à chanter. Personne ne paraissait s'être rendu compte de rien. Puis il y en a eu un autre et il s'est obstiné, mais les fausses notes se sont succédé, une vraie calamité dès qu'il était dans les aigus et reprenait son souffle en tendant une main, comme pour faire des adieux en grande pompe. La dernière fausse note s'est fondue dans les applaudissements qui s'étaient déchaînés quelques secondes avant la fin du concert. Les convives frappaient dans leurs mains avec une ferveur d'autant plus intense qu'elle était feinte et exprimait surtout leur soulagement. Sans cesser d'applaudir en séparant exagérément les mains pour que ce soit plus retentissant, Alexis se tournait de tous côtés et inspectait la salle comme s'il dirigeait la claque. Croyant déceler dans son regard une lueur de réprobation, j'ai mis plus d'ardeur dans mon geste. Au fond, la femme applaudissait doucement, les yeux posés sur moi. Fatigué d'être ainsi forcé d'acclamer sans pouvoir m'asseoir, je redoutais que le spectacle s'éternise, j'avais faim, je sentais mes forces me lâcher. Le chanteur faisait de grands gestes des mains, invitant l'auditoire à se taire. Il avait l'air insatisfait, agacé, torturé par ses démons artistiques intérieurs, comme sur les photos promotionnelles de sa jeunesse. Il a bu un peu d'eau et repris ses gargarismes en déclarant qu'il ne s'était peut-être pas assez chauffé la voix. Sur un signe de lui, le pianiste a joué un autre morceau. Étant déjà allé à l'opéra, je me disais que ce concert n'en finirait jamais. Il a de nouveau écarté les jambes en se frottant les mains, à l'image d'un malabar qui s'apprête à soulever des poids, en fixant un point lointain. Pour la première et dernière fois de ma vie, son regard a croisé le mien. Alors que le prochain couac s'annonçait inexorablement, le visage de la femme, qui ne ressemblait plus guère à Cecilia, s'est crispé dans le genre de rictus douloureux qu'on esquisse avant une piqûre. Sentant mon regard sur elle, elle a cessé de grimacer pour m'adresser un sourire affable dans lequel on devinait sa résignation culturelle.

38

Elle s'appelait – elle s'appelle – Ana Paula. Elle m'a dit qu'elle travaillait dans un magasin d'antiquités du quartier de São Bento ; elle se rappelait m'avoir vu y entrer un jour, pour examiner un globe terrestre de l'époque de l'Empire austro-hongrois et repartir sans lever les yeux. Mais cela, elle me l'a raconté plus tard. J'étais assis à côté d'elle pendant le dîner, tous deux confinés à un bout de la table. Elle ne connaissait personne. Son patron lui avait demandé d'assister à cette soirée à sa place. Elle aimait parler espagnol et se débrouillait très bien. Quand je voulais qu'elle s'exprime en portugais, je devais le lui demander. De temps en temps, elle se tournait poliment vers l'invité assis à sa droite. Une des blondes à la voix et à la peau de fumeuse s'était installée à ma gauche, une Espagnole originaire de Madrid, architecte. Elle avait cessé de travailler dans son cabinet à cause de la crise. « Pour descendre dans l'arène, comme je dis toujours. » Elle avait donc retroussé ses manches, mis le turbo et quitté sa tour d'ivoire, comme elle disait toujours, et avait fini par se lancer dans l'immobilier à Lisbonne. D'après elle, la chance ne vous sourit qu'une seule fois dans la vie et il faut la saisir. C'était le genre de personne assez invraisemblable qui semble employer toute son énergie à incarner au plus près un stéréotype de classe. Elle avait la peau très bronzée, un peu asséchée par le tabac et trop d'exposition au soleil. Elle agitait beaucoup les mains en parlant, écartait démesurément ses doigts toujours en mouvement, des gestes véhéments qui sont monnaie courante de nos jours. Ses bracelets s'entrechoquaient comme des cymbales sur ses poignets. Quelqu'un venait de lui dire que j'exerçais le même métier qu'elle à New York, de sorte qu'elle me considérait avec respect, mais aussi en se montrant légèrement méfiante. Puisque je travaillais à Manhattan, je connaissais probablement le petit pianiste qui, dans quelques minutes, à la fin du dîner, allait prononcer un discours que tout le monde était impatient d'entendre. Je lui ai répondu par l'affirmative : nous nous étions rencontrés à un congrès d'agents immobiliers en Floride. Étourdi et nauséeux, j'avais lâché la première chose qui m'était passée par la tête. Le dîner était à la hauteur de mon appétit dévorant. Sans cérémonie, des serveurs sans uniforme ont distribué des bols en plastique débordants de spaghettis à la sauce tomate. Très loin, à l'autre bout de la table féodale, sous son armure en tôle multicolore, le chanteur mangeait sans entrain, picorait du bout de sa fourchette d'un air songeur et blasé, comme s'il n'était pas le maître de maison, peut-être contrarié par l'acquisition de ce palais ou par les couacs qu'il nous avait infligés un moment plus tôt et qui s'étaient conclus sur de chaleureuses salves d'applaudissements et même une demande de bis que, fort heureusement, il n'avait pas satisfaite. À sa droite, le gourou du *real estate* consultait tour à tour un iPhone et une Apple Watch.

Je profitais de la moindre pause dans la conversation avec la blonde pour me tourner vers Ana Paula. Selon ses gestes ou l'endroit où elle orientait son regard, elle ressemblait ou non à Cecilia. Il s'agissait de certains traits, des particularités objectives comme les sourcils, le menton, sa coupe de cheveux avec une mèche sur le côté, ses poignets, ses mains ; davantage des instants que des formes, des mouvements fluides, des contours ou des postures dessinées dans l'espace qui apparaissaient et disparaissaient, s'effaçaient presque entièrement quand elle me regardait de face et me parlait, même s'il y avait aussi quelque chose dans sa voix, pas le timbre mais les intonations, une façon de prononcer les mots. Discuter avec elle équivalait à pratiquer une langue qu'on n'a pas utilisée depuis longtemps : parler à voix haute, s'adresser à quelqu'un de présent et non à la solitude ou à un téléphone, face à un écran ou encore à Luria, raconter des anecdotes de sa propre vie à un inconnu, les inventer. Ana Paula voulait savoir comment c'était de vivre à Lisbonne après avoir habité des années à New York. Je lui ai répondu qu'il s'agissait de deux villes atlantiques, avec chacune un grand fleuve et des ponts admirables. Je m'apercevais que ma vie dans l'autre ville me dotait d'un prestige immérité à ses yeux, elle qui avait pourtant passé deux ans à Londres quand elle faisait sa maîtrise d'histoire de l'art, tirait le diable par la queue, dépensait la moitié de sa bourse dans la location d'une cave humide couverte de vieille moquette. Nous avons aussitôt enchaîné sur les Tintoret et les Caravage de la National Gallery, que nous adorions tous les deux, et sur la nudité blanche et rosée de la Vénus de Velázquez, plus lumineuse quand le soleil presque toujours pâle brillait davantage à travers les hauts puits de lumière du musée.

Sans l'avoir décidé, j'évitais ainsi de lui parler de Cecilia. J'ai failli dire à Ana Paula que je m'étais installé à Lisbonne parce que le laboratoire de neurosciences de la fondation Champalimaud avait proposé un travail à ma femme, dans son bel immeuble blanc aux abords de Belém, vers l'embouchure du Tage. Je me suis entendu lui raconter que je faisais des recherches sur les mécanismes neuronaux de la mémoire et de la peur. Très attentive à mes propos, elle me regardait de face tout en glissant un œil sur le côté, et nous étions isolés des conversations et des rires qui fusaient autour de nous. Je lui ai demandé comment c'était d'être originaire de Lisbonne et d'assister à l'impressionnante transformation de la ville. Elle écoutait chacune de mes questions d'un air pensif, s'efforçant de dissocier du bruit ambiant les mots que je prononçais dans une autre langue que la sienne. Elle gardait un moment le silence, puis me répondait en espagnol, même si je lui demandais de me parler en portugais, en partie parce que le naturel de la voix accentuait sa douceur. Elle s'irritait parfois, ne reconnaissant pas sa ville dans cette nouvelle Lisbonne touristique envahie d'investisseurs de tous pays et objet d'une spéculation féroce, mais elle l'appréciait aussi, peut-être plus que jamais, car elle était moins détériorée, moins crasseuse et décrépite depuis que des étrangers qui l'aimaient vraiment choisissaient de s'y installer, comme je l'avais fait. Mais nul ne savait ce qui arriverait si tout prenait fin, si cette mode, ce tourbillon, s'interrompait du jour au lendemain comme elle avait commencé : les avions descendant en permanence sur Campo de Ourique, le bruit des roulettes des valises dans les rues vidées de leurs anciens habitants, le vacarme des marteaux-piqueurs et des scies dans les immeubles en cours de rénovation, les interminables queues de touristes aux stations de taxis ou dans le hall des arrivées de l'aéroport, si petit et débordé qu'il n'y avait plus de place pour aucun vol ni davantage de voyageurs, dont le nombre continuait cependant d'augmenter. « Il y a des gagnants et des perdants, m'a-t-elle dit. Et il y a ceux qui gagnent et perdent en même temps. Il y a des vieux et des pauvres qu'on chasse de chez eux et des travailleurs qui subsistent grâce au tourisme et à la construction, mais ne peuvent plus payer un loyer en ville. » Ana Paula avait gagné et également perdu. Gagné parce que le magasin d'antiquités où elle travaillait vendait beaucoup aux clients étrangers. Perdu parce qu'elle n'avait jamais pu se faire embaucher nulle part en tant qu'historienne de l'art. Elle n'avait plus été en mesure de régler le loyer de son appartement à Arroios et avait dû partir vivre plus loin. C'était le seul moyen pour que ses enfants aient une chambre correcte. Jusqu'alors, j'ignorais qu'elle avait des enfants. Je ne l'avais pas interrogée sur sa vie privée et elle s'était gardée d'en savoir davantage sur la mienne. Ses enfants ne devaient pas être grands puisqu'ils n'avaient besoin que d'une seule chambre. La conversation était dominée par une véhémence sans objet, un tâtonnement mutuel et prudent dans des espaces vides.

39

Pendant que nous parlions, concentrés sur nous-mêmes, les serveurs avaient débarrassé les restes du dîner et retiré les nappes. La très longue table entourée de gens ressemblait à présent à celle d'une salle de réunion au sein d'une entreprise. L'implacable réitération de l'*Adagio* d'Albinoni s'était interrompue brutalement. Au bout de la table, on avait installé un écran. Avec beaucoup de professionnalisme, Alexis aidait à mettre un projecteur en marche ou à régler une difficulté inattendue dans le fonctionnement des appareils. Les serveurs disposaient à côté de chaque ancien convive de petites bouteilles d'eau et un dossier bleu. Debout devant l'écran, la pop star murmurait. J'ai redouté un moment qu'elle se remette à chanter. Elle se grattait le cou et la barbe, aussi blasée qu'auparavant, et désignait le gourou immobilier qui, près de lui, acquiesçait à ses paroles en tapant à toute vitesse sur le clavier de son téléphone. Le murmure de la pop star était une présentation entrecoupée de plaisanteries que je n'entendais pas, mais qui déclenchaient les rires serviles des personnes attablées à proximité. Le chanteur a déclaré que l'invité de la soirée n'avait pas besoin d'être présenté. Il s'est écarté et les applaudissements ont retenti. Le gourou a incliné sa petite tête vers lui, puis en direction du public. Alexis avait habilement ajusté à hauteur de sa bouche un minuscule micro qui lui donnait l'apparence d'un pilote ou d'un présentateur de télévision. Il s'est exprimé dans un anglais clair et abstrait, dépouillé de tout accent ou intonation, une sorte de langue interplanétaire. La blonde assise à ma droite m'a susurré à l'oreille, sur le ton de la confidence, qu'il avait établi son quartier général à Singapour.

Les lumières se sont atténuées ainsi que les murmures, et le silence s'est installé. Je regardais à la dérobée Ana Paula dans la pénombre. Cecilia penche elle aussi légèrement la tête quand elle s'apprête à écouter quelque chose attentivement. Ce geste m'est revenu très nettement, comme si je l'avais sous les yeux. Elle dit que lorsqu'on se rappelle ou qu'on imagine quelque chose, on active les mêmes circuits neuronaux que si on le voyait ou le revivait en rêve. Quand un rat dort, les connexions qui se sont formées pendant qu'il parcourait le labyrinthe en carton quelques heures auparavant se déclenchent dans son cerveau. J'avais dû mal à suivre l'exposé du gourou en regardant les images sur l'écran : photos publicitaires aux couleurs criardes, fragments de journaux télévisés ou de documentaires, tableaux de statistiques qui défilaient trop vite par rapport à la voix et ne correspondaient pas toujours aux explications. Le micro directionnel cessait par instants de fonctionner, créant un vide sonore avec une voix lointaine qui se rapprochait ensuite et envahissait les lieux de sa gigantesque présence. Au-delà des portes de la salle à manger, la nuit prenait possession du jardin.

Sur l'écran s'affichait au premier plan la silhouette d'un homme jouant au golf et, derrière lui, les flammes d'un incendie de forêt. Une caméra embarquée à bord d'un hélicoptère captait le moment où une énorme vague soulevait du rivage un bateau couché qui semblait voguer sur sa crête et finissait par se briser contre une rangée de maisons fragiles détruites par le vent. Une colonne de fugitifs ou de réfugiés occupait toute la largeur d'une route dans la jungle d'un pays probablement situé en Amérique centrale : devant eux, une barrière de policiers revêtus d'uniformes anti-émeutes installaient des barbelés. Le gourou parlait d'un monde global plein de dangers mais également prometteur ; de nouveaux horizons pour les investissements et des modèles significatifs, des mouvements sur le marché des capitaux, aussi révélateurs que les courants et les données météorologiques indiquant les températures et les degrés d'humidité qui permettent de prévoir l'évolution climatique. Il employait des termes que je n'avais pas entendus depuis longtemps : « *challenge* », « *disruption* », « *innovation* », « *opportunity* », « *leadership* ». J'avais l'impression de faire un cauchemar, j'étais de nouveau en réunion dans mon ancien travail. Sans la moindre nécessité, des circuits neuronaux jusqu'alors non sollicités se réactivaient dans ma tête.

Le gourou a marqué une pause et dit qu'il allait poser une question à l'assistance. « Savez-vous dans quoi investissent aujourd'hui cinq sur dix des hommes les plus riches du monde ? » En prononçant les chiffres « cinq » et « dix », il a montré de manière pédagogique les doigts d'une de ses mains, puis a levé les deux, qu'il agitait comme s'il servait la messe ou traduisait ses propos en langue des signes. À côté de moi, les multiples bracelets de la blonde avaient cessé de cliqueter. Sur l'écran, un avion de ligne décollait et explosait dans une déflagration assourdissante, puis une caméra s'approchait en piqué de la côte arborée d'un îlot corallien où s'élevait une grande maison entourée de palmiers. « Dans les anciens bunkers », a répondu le gourou après s'être complu à garder le silence. « Des abris antiatomiques. » Il a regardé autour de lui avant d'ajouter : « Des îles. » Sur l'écran s'est affichée longuement la photo de milliers de personnes en maillot de bain amoncelées dans une piscine olympique chinoise ou coréenne. « La moitié des hommes les plus riches, les plus puissants et les plus influents du monde investissent dans des bunkers, des silos à missiles vides, des abris antinucléaires de l'époque de la guerre froide. Dans des îles aussi. Des îles désertes ou très difficiles à localiser du Pacifique ou de l'Atlantique Nord, bien entendu. *Off the beaten track*, "hors des sentiers battus". Des terres vierges et peu accessibles, en Islande ou en Nouvelle-Zélande. »

À présent les images et les mots étaient plus synchrones. Le gourou a pris la parole pour énoncer ce qui, d'après le ton, avait tout l'air d'une plaisanterie : « Vous comprendrez que je ne divulgue pas où se trouvent ces lieux. » Dans la pénombre, des rires étouffés ont accueilli son bon mot. Des franges d'écume blanche déferlaient au ralenti sur une plage ombragée par des palmiers. Une caméra placée dans un tunnel en ciment débouchait sur l'immense hall d'un hôtel de luxe surchargé de décorations pseudo-islamiques. « Ces dirigeants connaissent mieux que personne la fragilité de la situation dans notre monde global hyperconnecté. La théorie du chaos est plus que jamais à l'ordre du jour. Des altérations a priori mineures et locales peuvent générer une boucle de rétroaction aux conséquences imprévisibles. » Une fois traduits en anglais, les mots qu'il employait semblaient moins relever d'un vocabulaire propre à la sorcellerie : « *Hyperconnected* », « *feedback loop* », « *chaos theory* », « *critical mass* ». Il agitait ses petits doigts avec la même fluidité liturgique pour énumérer d'éventuelles catastrophes : désastres climatiques d'une extrême violence, perturbations des courants marins à l'échelle planétaire, ouragans de plus en plus nombreux au potentiel de plus en plus destructeur, sans parler des dangers consécutifs au maniement de l'arme nucléaire par un mouvement terroriste, ou du sabotage des réseaux de communication ou d'énergie par des hackers au service de gouvernements hostiles. « Il se passe là-bas des choses dont nous n'avons pas idée. » Il a dit « *out there* », comme un acteur dans un film. Il baissait la voix en prenant des mines de conspirateur, ou alors le micro se déconnectait et on cessait de l'entendre. Il possédait une terminologie variée pour désigner les riches – « *extreme billionaire* », « *the megarich* », « *the ultrarich* » –, actionnait la télécommande pour faire se succéder sur l'écran des gros plans de Warren Buffett, Bill Gates, Jeff

Bezos, Mark Zuckerberg et d'autres que je ne connaissais pas et dont la fortune était peut-être encore plus colossale que celle des précédents. « *Tech Types. High finance types.* »

C'étaient ces gens-là qui ouvraient la voie et menaient la grande révolution immobilière du XXIe siècle. Ils savaient mieux que quiconque les dangers qui guettaient. Ils n'investissaient plus dans des châteaux, des yachts, des villas sur des plages privées condamnées sous peu à être submergées par la montée des eaux. « Ils font des investissements sûrs, a dit le gourou. Dans une perspective de survie à moyen terme. Les opportunités sont aussi illimitées que les défis. » « *Challenge* » et « *unlimited* » comptaient parmi ses termes préférés. Il fallait à ces personnes des abris inviolables afin qu'elles réchappent au désastre dans les meilleures conditions possibles. Il fallait acquérir des armes plus efficaces et apprendre à les manier pour faire face à une urgence ou résister à une attaque ; acheter des hélicoptères et des canots rapides afin de fuir au plus vite des situations catastrophiques et la virulence révolutionnaire destructive ; des motoneiges, des véhicules tout-terrain blindés. Sur l'écran apparaissait l'image d'un désert rougeâtre. Le gourou a signalé avec son pointeur laser ce qui, en regardant de plus près, constituait l'accès camouflé à une construction basse en béton. Ont défilé ensuite de larges couloirs couverts de moquette, ornés de tentures et de candélabres de palais baroques, de grandes baies vitrées donnant sur des paysages forestiers, des horizons maritimes au coucher du soleil, des chutes d'eau émeraude. « Le SCP », a-t-il déclaré en prononçant lentement ces lettres, les mêmes que celles qui étaient inscrites sur les dossiers posés sur la table. Survival Condo Project. « *Hottest piece of real estate on the whole planet Earth*[1], a-t-il ajouté en détachant méticuleusement chaque syllabe. Encore plus convoité qu'un appartement de luxe à Lisbonne. »

1. « Le bien immobilier le plus convoité de toute la planète. »

« Ce bâtiment se trouve quelque part dans le désert du Nevada, a-t-il murmuré comme s'il nous confiait un secret. Pendant des années, il a servi de silo à missiles nucléaires et de base de lancement, mais il ne reste plus aucune pièce sombre et profonde ni aucun couloir en béton taché d'humidité, a-t-il ajouté en faisant un signe de négation de la tête. Le SCP remplit toutes les conditions d'un complexe résidentiel de grand luxe : fenêtres lumineuses LED, afin de choisir sans limite et d'avoir toujours sous les yeux des paysages très détaillés, en bien meilleure résolution que les vrais ; des installations permettant d'épurer indéfiniment l'eau et l'air, si jamais on est totalement isolé de l'extérieur ; des terrains de golf virtuels, des parcs d'attractions interactifs pour les plus petits, des espaces où pratiquer l'agriculture hydroponique et aquaponique. » Le gourou prononçait les mots les plus complexes avec une infaillible précision. D'après lui, « *a new exciting frontier* » s'ouvrait dans le monde entier : des abris antiatomiques creusés trente mètres sous terre dans les quartiers les plus chers, au cœur des capitales, pour y loger les gouvernements en cas de conflit nucléaire ; d'anciennes bases sous-marines dans les îles du Pacifique. On pouvait au minimum espérer une survie confortable pendant cinq ans, a-t-il expliqué en écartant les doigts de sa main droite, comme pour esquisser un geste de paix. Il n'était pas nécessaire de débourser la même somme qu'un mégamillionnaire pour obtenir un excellent contrat. Le marché des équipements d'urgence immédiate, ce qu'il fallait avoir à portée de main, était tout aussi excitant, non seulement les armes d'attaque et de défense, mais également les motos, les canots rapides, les véhicules à quatre roues motrices. D'une pochette en tissu posée sur la table, il a tiré avec mille précautions un appareil qui ressemblait à un sinistre masque à gaz dont le tube en caoutchouc pendait comme une trachée. Il l'a soulevé et tourné lentement en prononçant un terme technique composé de lettres et de chiffres auxquels je ne comprenais rien. Il a fait signe à Alexis de lui retirer le micro, puis il a pris le masque avec cérémonie et l'a mis un instant. On aurait dit une tête d'éléphant à la trompe ballante ou d'un de ces insectes géants qu'on voit dans les vieux films, fruits d'une mutation monstrueuse provoquée par des radiations nucléaires. Il a retiré le masque pour continuer de parler, mais a dû se taire le temps qu'Alexis réinstalle le micro, après quoi il a expliqué que ce filtre était si puissant qu'il permettait de respirer sans danger après une attaque nucléaire ou biologique. Son prix actuel s'élevait à six mille quatre cent quarante-neuf dollars. Il se complaisait à nous gargariser de noms longs et compliqués et à nous donner des chiffres exacts. Dans la pochette, nous trouverions une liste complète d'articles disponibles en ligne, en plus d'une sélection de PLSP (« *Premium Longterm Survival Properties* », a-t-il spécifié) situées en Europe et en Amérique. Il a reposé le masque sur la table avec autant de précaution que s'il s'était agi d'un ancien et précieux buste en bronze, puis il a penché la tête, observant un silence qui a été suivi des applaudissements timides des invités. Quelqu'un posté devant la porte du jardin a annoncé le début de l'éclipse.

40

Je me rappelle les faits déconnectés les uns des autres. Ils sont très clairs pris isolément, mais ce qui les relie de manière temporelle ou causale s'efface. Il se peut que j'en aie oublié et n'aie pas conscience de l'espace désormais vide qu'ils occupaient. Je sais que certains se sont déroulés ce soir-là car ils sont associés à l'éclipse, à la chaleur incessante, à l'air statique et brûlant. La grande lune rousse a émergé au-dessus des toits et de la ligne d'horizon du fleuve. Ana Paula dit qu'on l'appelle la lune de sang. Dans le jardin du palais, les gens faisaient la queue devant le télescope pour l'admirer. Ana Paula et moi sommes partis sans que personne le remarque et sans prendre congé. La lune se trouvait juste entre les deux tours de São Vicente de Fora. Il ne m'est pas difficile de reconnaître ou me rappeler les lieux concrets, mais très souvent je suis incapable de les situer sur une carte. C'est la syntaxe de la ville qui devient floue. Ana Paula a proposé de me raccompagner dans sa voiture, une Mini rouge. Comme elle va au-delà de Belém, elle passera devant mon immeuble. Une gêne s'installe entre nous lorsque nous nous retrouvons seuls et descendons la rue pentue jusqu'à sa voiture. Il paraît que l'éclipse a commencé, mais on distingue à peine un contour sombre autour de la rondeur rouge de la lune qui jaunit peu à peu. Le fleuve s'étend dans toute son ampleur au bout de la rue. J'ai l'impression de regarder les rues transversales du côté ouest de Manhattan et d'apercevoir l'espace dégagé et lumineux de l'Hudson.

J'ignore depuis combien d'années je ne me suis pas promené de nuit avec une autre femme que Cecilia. J'ai du mal à m'adapter à une stature et à un pas différents. Garder le silence est embarrassant, mais je ne suis pas doué pour entretenir sans effort une conversation. Ce qui nous unit maintenant est l'étrangeté de la soirée à laquelle nous venons s'assister, conscients qu'il est difficile de raconter à des tiers ce que nous venons de voir et d'entendre, des propos qui deviennent déjà improbables dans notre souvenir. Nous nous taisons, hésitant à nous confier les pensées que nous inspirent les moments et les scènes auxquelles nous avons assisté dans le palais. L'ironie est une complicité que nous ne nous décidons pas à reconnaître ouvertement. Nous roulons à présent le long du fleuve et des quais. Des guirlandes lumineuses éclairent les bateaux de croisière, d'immenses grues oscillent au-dessus des montagnes de conteneurs empilés. Je regarde Ana Paula conduire et elle regarde devant elle. Son profil droit et sérieux traverse rapidement des zones de clarté et d'ombre. Les lumières extérieures se reflètent dans les verres de ses lunettes. N'ayant pas l'habitude de circuler en voiture dans Lisbonne, j'ai l'impression que la ville se déroule devant moi sous la forme de séquences cinématographiques discontinues. L'air chaud et la rumeur des promeneurs ou des gens installés aux terrasses entrent par la fenêtre, des rafales de musique africaine rythmée et une voix du Cap-Vert à la fois triste et gaie. Des couples dansent sous un vélum près du rivage. Leurs silhouettes se découpent contre le fond argenté du fleuve et la brume tiède où la lune brille comme sur une étendue de soie. Être seuls et ensemble dans la pénombre de la voiture nous confère une intimité involontaire et favorable, troublée dans mon cas par une pointe de culpabilité.

La voix d'Ana Paula est maintenant différente, plus proche, plus feutrée. Elle veille à s'exprimer lentement pour que je comprenne chacun de ses mots. Elle dit qu'en voyant les images des bunkers aménagés en résidences de luxe post-apocalyptiques, elle s'est souvenue d'un film qu'elle avait beaucoup aimé à l'adolescence. Elle m'en révèle le titre dont le sens m'échappe. Elle le répète : « *Super-homem.* » Je mets un moment à me rendre compte qu'elle parle de *Superman*. Les convergences entre l'espagnol et le portugais sont toujours pleines de pièges. Elle se rappelle le somptueux palais que Lex Luthor possède dans le sous-sol de New York, sous les tunnels du métro, Gene Hackman et sa tête rasée de méchant mégalomaniaque, sa perruque jaune, une prophétie de Donald Trump. Je lui explique que ce n'est pas le métro, que ces voûtes et ces arcades de marbre bien poli sont celles de Grand Central Station. Elle déclare que si je me souviens de tous ces détails, c'est que moi aussi j'ai aimé ce film. Elle aurait voulu être une journaliste intrépide comme Lois Lane, une femme audacieuse et obsessionnelle dans le monde d'hommes frustes des années 1970, avec leurs grands cols, leurs pattes, leur haleine empestant le tabac et le whisky. Mais elle ajoute qu'elle ne se serait pas laissé berner une seconde par la gaucherie et les lunettes de Clark Kent. Et elle se demande où il se changerait s'il revenait aujourd'hui, car il n'y a plus aucune cabine téléphonique.

Nous arrivons près de mon immeuble, dans mon quartier, mais je ne lui demande pas de s'arrêter. J'aime entendre dans sa voix la musique des mots portugais et j'aime me laisser conduire en voiture pour contempler la ville, le perron du musée national des Arts anciens, les successions de fenêtres éclairées des trains, sur les voies parallèles à la route, les constructions portuaires, les quais, le pont qui se rapproche, les piliers qui s'élèvent au-dessus des toits d'Alcântara. C'est comme si nous laissions le hasard nous mener, sans hâte ; comme si nous partagions un moment tout en le voyant dans un rêve qui ne nous engage à rien. Nous avons laissé derrière nous le grand bloc éclairé du musée de l'Orient et le passage surélevé au-dessus de la route et des voies de chemin de fer que j'emprunte presque tous les jours quand je vais courir ou promener Luria au bord du fleuve. Les marches métalliques l'effraient et je dois la porter. Ana Paula me dit que je ne dois pas habiter loin. Je prononce le nom de ma rue discrète en supposant qu'elle ne la connaît pas, mais elle me répond qu'elle y passait souvent quand elle était petite, en allant chez sa grand-mère, une habitante de ce quartier qui comptait de nombreux commerces et de petits ateliers, des familles bruyantes, des enfants qui jouaient dans la rue. Aujourd'hui, tout est silencieux et un peu fantomatique dans cette partie de la ville où je me suis installé, comme beaucoup d'étrangers venus passer leur retraite ou se réfugier à Lisbonne. Elle me révèle l'existence d'un quai secret que je ne connais sans doute pas, un lieu unique d'où regarder le pont et le fleuve et, ce soir, observer l'éclipse de lune « bien mieux que si on était dans le jardin de ce palais ».

Ana Paula donne un coup de volant pour s'engager sur une rampe latérale qui débouche dans une zone sombre d'entrepôts ou de hangars manifestement abandonnés. Les pneus rebondissent et crissent sur les pavés. Ça sent la mer, le poisson pourri, les algues. Des grues en mouvement et des falaises de conteneurs jaillissent de l'obscurité dans les faisceaux de lumière électrique. Un petit parc sombre nous sépare du passage menant à la rangée de restaurants très éclairés des docks de Santo Amaro, aux clameurs festives et aux décorations de bals populaires. Le quai où m'a conduit Ana Paula est un lieu isolé et pourtant voisin de cet endroit populeux et bruyant qui me semble maintenant infiniment loin, dans un autre monde. Mon existence habituelle est tout aussi lointaine, un foyer dont je me serais absenté. Et mon propre appartement, juste à côté et à des lieues d'ici, les clés au fond de ma poche. La mer est basse et se pencher du haut de la paroi verticale du quai donne le vertige. De là on entend parfaitement les bruits du pont si proche et si éloigné, si haut sur le fleuve, sa double passerelle inaccessible dans la nuit, le défilé rapide des lumières d'un train déchirant le silence, la vibration des nervures d'acier, le fracas des voitures et des camions. Sur l'autre berge, à l'extrémité du pont et au-dessus du Christ aux bras ouverts, apparaissent les lumières d'un avion encore muet, mais qui va bientôt résonner sur nos têtes, un appareil conçu pour traverser l'Atlantique, aux moteurs si puissants qu'ils étouffent le vacarme du trafic sur le pont.

Ma voix intérieure, toujours prête à raconter ce qui m'arrive à Cecilia, garde maintenant le silence. Je ne fais que regarder et écouter, assis au bord du quai, si près d'Ana Paula que je peux déceler son parfum parmi les odeurs de la nuit, du fleuve et du limon, de l'air statique et chaud, même ici, au bord de l'eau, et l'odeur délicate de la cigarette qu'elle vient d'allumer de manière inattendue. J'ignorais qu'elle fumait. Je n'avais pas remarqué qu'elle sentait le tabac. Elle n'a pas la peau sèche des fumeuses. Cecilia passe des semaines ou des mois sans prendre une cigarette et, un soir, elle dit tout à coup qu'elle s'en fumerait volontiers une, à un dîner entre amis ou quand nous sommes tous les deux à la maison, tard, ou que nous sortons d'un restaurant. « J'aimerais bien une petite cigarette », déclare-t-elle. Et comme je sais qu'un jour ou l'autre, tôt ou tard, elle en aura envie, j'ai toujours un paquet sur moi, qui n'ai pourtant jamais fumé, et quand ça la prend, je suis là pour exaucer son souhait. J'ai même un briquet que je peux ne pas allumer pendant des semaines ou des mois, mais qui fonctionne toujours lorsque j'en ai besoin. Ce n'est pas qu'Ana Paula me rappelle Cecilia, mais elle a des gestes qui m'évoquent soudain des comportements de cette dernière que j'ai été incapable de garder en mémoire. Elle fume par exemple avec la maladresse de ceux qui n'en ont pas l'habitude, tenant sa cigarette très haut, tout près des ongles, entre l'index et le majeur, de manière instable, à croire qu'elle va lui échapper d'un instant à l'autre. Je regarde Ana Paula fumer, si occupé à me remémorer Cecilia – ce n'est pas un souvenir contrôlé et stérile mais un autre, subit et traître, qui m'affaiblit et m'angoisse – que j'en oublie d'apprécier l'éclipse. « *Fuck the eclipse* », dirait Dan Morrison.

L'ombre recouvre déjà la moitié de la lune. La courbe de la terre sur le disque jaune et contre le ciel bleu marine progresse lentement, très noire, dans la nuit brûlante de la vague de chaleur, voilée de brume. Ana Paula ne la regarde pas. Elle a retiré ses sandales, tend vers le fleuve ses jambes nues et ses pieds fins aux ongles vernis de bleu, comme ceux de ses mains. Un souffle de brise tiède fait trembler le bas de sa robe sur ses genoux. Elle s'adresse à moi mais parle également comme si personne ne se trouvait à ses côtés. Elle écarte ses cheveux de son visage, voulant peut-être bénéficier d'un peu d'air frais qui n'arrive pas, et parle de choses qu'elle aime, désire ou regrette, pas de sa vraie vie, de même que je ne lui confie rien de la mienne, sauf ce que j'invente.

Nous sommes assis au bord du quai, suspendus au-dessus de l'eau et très près tout en étant très loin des restaurants des docks de Santo Amaro, dépouillés sans effort et sans trop de remords de nos deux existences. Nous ne parlons pas de ce que nous sommes mais de ce que nous désirons, inventons ou corrigeons au fil de notre récit, l'adaptant à ce moment précis sans demain ni hier, un pur présent qui fait irruption à tâtons. Le jaune de la lune se devine sous la tache ronde et obscure qui la recouvre. Il y a une immobilité dans l'éclipse et dans l'air nocturne, dans la surface lisse du fleuve aussi calme qu'un lac, tout comme l'Hudson paraissait calme et sur le point de déborder au moment où la marée était la plus haute, paisible et enflé, bombé comme le gros ventre d'une femme enceinte prête à accoucher, dans les nuits de chaleur tropicale où volaient les lucioles.

Tout est en suspens, et pendant une bonne minute, aucun avion n'a surgi à l'horizon, au-dessus de la statue du Christ. Dans la noirceur presque totale du quai, je vois un éclat humide noyer les yeux d'Ana Paula. Elle parle plus bas et je dois dresser davantage l'oreille pour la comprendre. Elle parle d'une émotion soudaine qu'elle ressent parfois et ne peut réfréner : angoisse et joie au même instant, qui ne sont motivées ni l'une ni l'autre par des raisons précises, une sorte de promesse qu'elle aurait le pouvoir de réaliser, mais qui en même temps disparaîtrait sans qu'elle sache pourquoi. Ce trouble la gagne quand elle regarde et touche pour la première fois un objet ancien qui vient d'arriver au magasin ; ou ce soir, en respirant l'air brûlant sur la berge du fleuve ; elle s'émerveille également d'avoir une vraie conversation avec quelqu'un qu'elle vient à peine de rencontrer. Elle parle du bonheur de voir grandir ses enfants et de la peur de les perdre quand ils seront adultes. Elle me regarde et il n'est pas nécessaire de lui préciser que je n'ai pas d'enfants pour qu'elle constate que le sentiment qu'elle vient de décrire m'est étranger, alors elle se rétracte un instant. Son visage est maintenant résolument celui d'une inconnue, plus attirante mais plus distante bien qu'elle soit tout près, et désirable quand elle se tourne vers moi. Éprouver après tant d'années un désir qui ne m'est pas inspiré par Cecilia m'enveloppe d'un sentiment d'étrangeté par rapport à moi-même et à l'instant présent. Je me vois de l'extérieur, accompagné d'Ana Paula, comme nous verrait quelqu'un qui s'approcherait par-derrière, depuis la zone éclairée. Elle a enlevé ses lunettes et ses yeux renvoient une impression de nudité et de vulnérabilité. Elle me dit qu'elle jalouse les gens tels que moi et je tarde à comprendre ce qu'elle entend par là : « Ceux qui ont une profession ou une vocation qui remplit leur vie, leur donne une direction, leur permet une progression qui peut s'évaluer de manière objective, comme c'est le cas de la science pour toi », explique-t-elle, et je regrette de lui avoir menti tout en craignant d'être découvert. Elle s'imagine toujours retourner à l'université et reprendre sa thèse d'histoire de l'art, qu'elle a interrompue pour élever ses enfants, et n'a jamais poursuivie car elle devait gagner sa vie. Elle va au musée des Arts anciens et étudie de près le triptyque de *La Tentation de saint Antoine*. Elle se rappelle toutes ses lectures et toutes ses notes sur Jérôme Bosch : une vraie recherche, précise-t-elle, tout à coup énergique, aussi rigoureuse que celles que je peux faire dans mon laboratoire, un catalogue de chaque motif symbolique, qui ne sont pas des hallucinations capricieuses mais des éléments iconographiques dont la codification s'apparente à celle des mots d'une langue, reconnaissables par les contemporains du peintre, qui vivaient immergés dans le même quotidien de croyances et d'images.

C'est la ferveur d'Ana Paula qui me renvoie de nouveau à Cecilia. Elle s'exprime ainsi quand elle est transportée, qu'une idée d'expérience lui vient ou qu'elle est excitée, incrédule, devant des premiers résultats qui semblent confirmer une hypothèse. Dans ces moments-là, elle me regarde fixement mais elle ne me voit pas. L'intelligence illumine la beauté de l'intérieur. Ana Paula sourit et me dit qu'elle ne m'a pas tout raconté. Elle m'a déjà vu, au musée justement, dans la salle où sont exposées les œuvres de Jérôme Bosch, il y a deux ou trois semaines. Le musée venait d'ouvrir et il était désert. Elle était allée livrer une pièce chez un client étranger, dans le quartier de Lapa. Ayant un peu de temps devant elle, elle avait décidé d'aller regarder le triptyque. Pour ne pas se fatiguer les yeux, elle avait traversé le musée sans s'arrêter dans aucune salle avant d'avoir atteint la dernière. Un visiteur était assis devant l'œuvre. Il ne s'était pas retourné à l'approche de ses pas. C'était moi, dit-elle. Ce soir, elle m'a reconnu dès qu'elle m'a vu dans le jardin du palais, et m'a trouvé aussi solitaire parmi les gens que ce jour-là, dans le musée désert, où à aucun moment je ne m'étais tourné vers elle ni ne l'avais regardée. D'après elle, je n'avais pas l'air d'observer le triptyque. « Tu étais dans un autre monde. Comme maintenant. » Elle aime utiliser l'expression espagnole « *En qué mundo vives*[1] ».

1. « Mais dans quel monde tu vis ? »

Elle garde le silence et me regarde droit dans les yeux et non à la dérobée, un côté de son visage éclairé par les lueurs lunaires, par l'éclat huileux du fleuve, avec une attention pleine de sévérité et de douceur. Il n'y a plus trace de Cecilia dans ses traits. Hormis Cecilia, aucune autre femme n'a été aussi proche de moi depuis des années, dans l'espace restreint de l'odeur et du toucher, d'abord le frôlement de sa peau et de ses cheveux, puis son haleine délicate et la saveur soudaine et charnelle des lèvres et de la langue que je suis incapable de rejoindre, car tous mes gestes sont modelés à partir des baisers de Cecilia. Elle m'embrasse la bouche ouverte, les yeux clos.

Elle les rouvre et retrouve les miens, que je n'ai pas pu fermer. Ce qui avait jailli se dissipe peu à peu quand elle s'écarte sans cesser de me regarder. En quelques secondes, ce qui aurait pu être n'est plus. Des gens invisibles nous observent tous les deux : des noms que nous n'avons pas prononcés. Nous ne nous en sommes pas rendu compte mais l'éclipse est finie. La pleine lune s'est déplacée vers l'ouest, diminuée, inchangée. Un avion passe au-dessus de nos têtes, produisant un vacarme en accord avec son immense envergure. Il entame sa descente après une traversée de l'Atlantique. Je dis à Ana Paula que ma femme arrive ce matin à bord d'un de ces vols. Nous regagnons ensuite sa voiture en silence. Elle propose de me raccompagner chez moi mais je lui réponds que ce n'est pas nécessaire, que j'habite tout près. Elle m'a demandé comment s'appelle mon épouse. « Cecilia », dis-je, et cela me paraît étrange, ou alors c'est ma voix que je ne reconnais plus à cet instant, sur le quai isolé et pourtant très proche du pont, du bruit et des lumières des restaurants. J'ai prononcé ce prénom si bas qu'Ana Paula n'a pas entendu, je dois le répéter. « Cecilia. » Elle a déposé un baiser sur ma bouche avant de monter dans sa voiture. Je la vois partir, sa frange droite et son profil égyptien dans l'encadrement de la vitre baissée. Elle me regarde du coin de l'œil en esquissant un salut de la main. Je vois les lumières rouges des feux stop, puis la voiture s'éloigne le long de la rampe et je ne vois plus rien d'autre.

41

J'ai longé un moment le quai en m'éloignant du pont. L'air est calme mais les cliquètements secs des mâts et des appareils des yachts amarrés résonnent sur la berge. Je cherche le passage au-dessus de la route et des voies, calcule le nombre d'heures où j'ai laissé Luria toute seule. J'ai quitté l'appartement quand il faisait encore jour et oublié d'allumer une lampe. Elle doit être immobile dans l'obscurité et le silence, à attendre sans aucune notion du temps, allongée sur le tapis ou dans le canapé, la mâchoire entre les pattes, le regard peut-être tourné vers la clarté provenant de la rue, à moins qu'elle ne soit sur le balcon, guettant le moindre souffle de vent, les pas ou les voix qui s'approchent, le moteur d'une voiture, la porte de l'immeuble qui s'ouvre et les marches grinçant sous le poids d'un individu qui les gravit et dont elle sait que ce n'est pas moi. Le passage surélevé étant assez loin, j'ai choisi d'emprunter le tunnel sous la route et les voies de chemin de fer. Il relie également une gare souterraine où s'arrêtent les trains. J'ai déjà vu l'entrée mais je n'y suis jamais allé. On descend par un escalier mécanique en mauvais état. La lumière est fluorescente et blafarde. Mes pas sonnent creux sur les degrés métalliques. Les miens ou ceux de gens que je ne vois pas se multiplient dans les couloirs bas de plafond et pleins de résonances. On entend avec une netteté extraordinaire des gouttes qui semblent tomber à l'intérieur d'une grotte profonde.

Des images peintes ou des graffiti recouvrent l'espace des murs au plafond. Des vues de la ville écaillées ou délavées par l'humidité s'étendent partout, enrichies de gribouillis et de dessins : gigantesques portraits, mots dépourvus de sens, calligraphies globulaires, empreintes de mains aux doigts écartés, silhouettes d'animaux ou de monstres, messages écrits en italique, exclamations, malédictions. Chaque espace libre a été utilisé : les portes fermées, les colonnes, les voûtes, le sol, les recoins empestant l'urine et même certaines parties des fresques qu'on a barbouillées. Les fuites forment des flaques d'eau sale dans lesquelles je dois marcher pour continuer d'avancer. Le sol est un dépotoir jonché de tessons de bouteilles, de sacs en plastique, de restes de nourriture piétinés, de nappes de vomi. Devant moi un vieil homme en haillons titube en fouillant dans un tas d'ordures. Sur le côté, un petit passage permet d'abriter des matelas avachis, des couches et des cloisons en carton, des visages aux yeux alcoolisés qui luisent dans le noir, lentes silhouettes de zombies. Les tunnels ne comportent guère de signalisation, ou alors celle que je cherche a disparu sous une couche de graffiti. Lors de mon premier séjour à New York, dans les années 1980, je m'étais trompé d'arrêt et m'étais retrouvé dans une station de métro aux sorties bloquées par des détritus et des décombres, quelque part dans Alphabet City.

Croyant sortir, je tourne dans un couloir et me retrouve devant un mur et une porte métallique fermée. Les lieux sont très peu éclairés car les néons du plafond ont été détériorés par des coups ou des pierres. Maintenant j'ai peur. Je pourrais être dans le métro de New York, en 1984. Un gros rat mouillé passe sans hâte devant moi et dévore une part de pizza. Soudain j'entends avec soulagement les éclats de rire d'un groupe de touristes scandinaves ivres aussi perdus que moi. Des trompettes de supporteurs résonnent dans les couloirs aux plafonds bas. L'escalier mécanique de la sortie est également défectueux. Je regagne l'air libre en me demandant où je suis. Je ne reconnais pas la rue où j'ai émergé, ni les voies de circulation qui s'élèvent au-dessus, ni les constructions, des blocs massifs d'entrepôts désaffectés portant des noms d'entreprises commerciales écrits dans une typographie d'un autre siècle. Les pavés luisent, comme enduits de graisse, sous les réverbères ternes.

La même obscurité régnait dans le quartier de Cecilia à New York, les nuits de septembre et d'octobre, quand l'air sentait encore la cendre humide et la matière organique brûlée, et que nous devions contourner les rues principales, bloquées par les barrages de contrôle avec leurs lumières rouges et bleues, les voitures de police et les gardes nationaux en uniformes de guerre. Le bruit et les vibrations des générateurs électriques installés sur les trottoirs faisaient trembler le sol sous nos pieds. Presque toutes les fenêtres des très hauts immeubles aux façades de brique austères étaient plongées dans le noir. Tous les restaurants et les magasins étaient fermés. Un hélicoptère volait à proximité, mais le grand nuage sombre qui continuait de s'élever des ruines nous empêchait de le voir. Poussée par l'impatience de savoir ce qu'il est advenu de son immeuble et de son appartement, Cecilia m'a devancé en tournant à un coin et je l'ai perdue de vue. Dans ces rues au tracé confus du sud de Canal Street, il est très facile de s'égarer la nuit. Une matière glissante et visqueuse brille sur les pavés irréguliers, comme dans le Meatpacking District, à l'époque où il regorgeait d'entrepôts frigorifiques et d'usines de conditionnement de viande. La même odeur de viande pourrie et brûlée règne ici. C'est Cecilia qui a la lampe de poche. J'ai l'impression de voir son faisceau dans la vitrine d'une boutique fermée, au bout de la rue. Un avion qui amorce sa descente vole au-dessus de moi. Le pont que je distingue au fond de la perspective sombre des entrepôts n'est ni le Manhattan ni le George Washington, mais le pont du 25 de Abril.

Aujourd'hui m'est devenu lointain. Le passé de l'époque a une consistance plus puissante que le présent. Les pavés, l'odeur de mer et de matière putréfiée, les murs très hauts des entrepôts plongés dans l'obscurité. J'entends non pas les hélices d'un hélicoptère mais des moteurs d'avions et le fracas d'un vieux train qui s'approche, ses voitures couvertes de gribouillages et de graffiti, comme ceux du métro de New York il y a des années. Entre les blocs de brique et les fenêtres condamnées s'étendent des terrains protégés par des barrières métalliques couronnées d'un enchevêtrement de barbelés. Je presse le pas et trébuche sur le sol accidenté, marche sur des emballages en plastique et des éclats de verre. C'est une nuit d'été. Une éclipse de lune vient d'avoir lieu. J'ai entendu ou lu qu'on l'appelle la lune de sang. J'arrive à présent dans une rue qui ressemble à celle d'un village, accueillante, avec des maisons basses et chaulées, une place au milieu de laquelle trône une fontaine sous un grand acacia, un petit restaurant dans un angle. Un serveur a fini de débarrasser et éteint les lumières. Je cherche mon chemin comme dans les espaces incongrus d'un rêve. Non loin de là une église sonne l'heure du même son léger que toutes les cloches de Lisbonne. Il est à peine minuit. Je consulte l'heure, le jour, le mois, l'année, des données que j'ai oubliées pendant quelques minutes, comme la localisation et le nom de la ville où je me trouve. Je monte les marches, puis la côte qui mène à ma rue. Dans le silence ambiant, Luria a certainement déjà entendu et identifié mes pas.

42

L'amiral Byrd chauffait sa cabane avec un poêle à essence grossier et difficile à mettre en marche. 1933, c'est le paléolithique de la technologie. Comme pour d'autres détails, il n'avait pas prévu lors de ses préparatifs les émanations de monoxyde de carbone de cet appareil. Pour éviter d'être intoxiqué, il devait l'arrêter de temps en temps ou laisser passer un peu d'air à travers l'écoutille. Le prix à payer pour ne pas mourir asphyxié était de courir le risque de succomber peu à peu au froid. Dans la nuit polaire, les températures descendaient jusqu'à soixante ou soixante-dix degrés en dessous de zéro. L'amiral voyait progressivement se former une plaque de glace sur les murs et le sol de son abri. Les cristaux se propageaient, semblables à des plantes grimpantes ou à des lichens. L'encre gelait dans l'encrier. Armé d'un crayon, les doigts engourdis par le froid dans ses gants en peau de renne, il tenait régulièrement son journal et relevait les données météorologiques sur ses instruments. Il sortait respirer l'air pur et faire un peu d'exercice, mais il lui suffisait de s'éloigner de quelques pas pour se perdre dans l'obscurité, au milieu de la neige tourbillonnante et aveuglante poussée par le vent. La neige et le brouillard étaient si denses qu'à plusieurs mètres de la cabane il ne distinguait plus les antennes ni les anémomètres de son poste d'observation. Il avait tracé un sentier en plantant une double rangée de bambous que la neige recouvrait quand le vent ne les arrachait pas. Il craignait qu'une couche de neige glacée l'empêche d'ouvrir son écoutille de l'intérieur, redoutait de rester prisonnier de la cabane dans un sarcophage de gel dur comme du basalte. Un jour, en rentrant d'une de ses courtes promenades, il découvrit qu'il ne pouvait plus ouvrir l'écoutille, scellée par la glace en un rien de temps. Sa panique à l'idée d'être enterré vivant fut remplacée par la terreur de demeurer à l'extérieur et de mourir gelé. Il tirait à deux mains sur l'anneau, sans parvenir à soulever le battant, puis fut renversé par le vent, incapable de retrouver la poignée et les contours de l'accès, la vue brouillée par les violentes rafales de neige. Parvenu à ce point, je dois cesser de lire. Il est tard, le téléphone a sonné. Je regarde autour de moi comme si je venais de sortir d'un sommeil très profond.

43

Cela arrive une fois et de nombreuses autres fois. Les dates changent, de même que la lumière des saisons, les états d'âme, mais la scène est immuable. La fenêtre, la rue sous les arbres tantôt feuillus, tantôt nus, de jeunes feuilles ivres de chlorophylle ou jaunes en automne, le soleil couchant sur les façades et les corniches des immeubles d'en face, son déclin doré et rougeoyant, les fenêtres qui s'éclairent ensuite à mesure que la nuit tombe, et moi qui ne cesse de regarder les trottoirs, les feux d'un taxi, les voyants rouges, des braises dans le noir. La mémoire ne conserve guère les faits singuliers, elle privilégie des séquences réitérées, des patrons, des modèles, des concentrés d'expérience qui aident à prédire des répétitions à venir.

J'ignore combien de variantes de l'attente sont résumées dans mon modèle de souvenir. Cecilia va rentrer de voyage. J'ai fini de tout préparer et peux maintenant me consacrer exclusivement à attendre. Je sais à quelle heure a décollé son avion et je connais la durée du vol. Depuis que je me suis levé, j'ai vécu entre l'heure d'ici et celle de la ville, presque toujours en Europe, d'où Cecilia s'apprête à partir, à moins qu'elle ne soit déjà en train de voler. Son absence change d'intensité ou de degré. Jusqu'à hier, elle était absolue : elle se trouvait dans une ville, moi dans une autre et nous vivions dans des temps distincts, avec un décalage de six ou sept heures. Maintenant elle n'est pas encore là mais elle arrive. Nos deux vies sont reliées comme les particules qui s'harmonisent et s'influencent entre elles malgré la grande distance qui les sépare. Je me suis levé de mon côté du lit à New York, Cecilia prend un taxi pour se rendre à l'aéroport, en dehors de Madrid, de Paris ou de Berlin. Les intervenants à des congrès scientifiques vont d'une cité à l'autre et forment des nuées d'oiseaux migrateurs. Cecilia attend dans la queue pour l'enregistrement et en profite pour consulter ses SMS sur son portable. Je prépare mon petit déjeuner en solitaire et écoute le journal du matin sur la BBC. Je regarde par la fenêtre, concentré sur le trottoir d'en face où défilent des enfants avec leur sac à dos, dans leur uniforme d'écoles privées. Cecilia doit en ce moment contempler une zone antarctique de nuages blancs depuis le hublot de l'avion.

Je passe la journée dans mon système horaire et dans le sien, troublé, dédoublé. À chaque fois que je consulte l'heure, je calcule le décalage et le temps de trajet que Cecilia a encore à faire. Entre l'absence et la présence, les niveaux d'estimation deviennent plus complexes et plus subtils à mesure que l'heure de son arrivée approche. À un moment donné, l'attente acquiert une sorte de pureté chimique : quand je m'assois devant la fenêtre et ne fais rien d'autre que patienter. J'ai déjà préparé le dîner, mis la nappe, les couverts, les serviettes, les verres. J'aime disposer ces objets deux par deux après avoir passé plusieurs jours seul. J'ai allumé deux des bougies italiennes au parfum de figuier. J'ai mis dans le réfrigérateur une bouteille du vin blanc que Cecilia apprécie. Il y a aussi de la bière glacée au cas où elle aurait soif, une cruche d'eau froide avec une rondelle de citron. Le dîner résistera à l'attente et ne sera pas perdu si je le mets au frais. Poissons fumés, salami et jambon italien, du saumon au four, une salade toute simple de tomates mexicaines rouges et charnues que j'assaisonnerai au dernier moment. J'ai inspecté la chambre, la salle de bains, le bureau de Cecilia, laissé les fenêtres ouvertes le matin malgré le froid. Maintenant tout est prêt et je peux me concentrer uniquement sur l'attente.

C'est un art que j'ai perfectionné au fil des années et des voyages professionnels de plus en plus fréquents de Cecilia. J'ai franchi un cap définitif en perdant mon travail. Le lieu idéal pour attendre est le fauteuil de lecture, à côté de la fenêtre du salon. De là je vois l'endroit exact où s'arrêtera le taxi. Très peu de voitures circulent dans cette rue hormis celles des habitants du quartier et les taxis. Je me suis installé là pour patienter, il fait encore jour. Le soleil éclaire la moitié de la façade de l'immeuble d'en face. Parfois, en hiver, quand le temps est neigeux, la lumière grise et statique s'estompe très vite. À l'aéroport JFK, les avions ont souvent du retard. Le trajet jusqu'à la ville peut durer une heure. Lorsqu'il fait nuit et que mon attente s'éternise, j'ai plus de mal à l'évaluer. J'ignore si l'avion a atterri ou non, s'il tournera une demi-heure le temps qu'on l'autorise à se poser, si Cecilia restera debout dans un des couloirs des services de l'immigration tristes comme des garages, bondés de passagers débarqués des vols de l'après-midi et disposés à subir calmement les humiliations que leur infligeront les fonctionnaires. L'incertitude se concentre alors dans l'attente. Après l'atterrissage, le contrôle des passeports, la récupération des bagages, le passage à la douane, Cecilia doit encore faire la queue pour prendre un taxi et rouler vers Manhattan sur une voie toujours engorgée ou bloquée par des travaux de plus en plus importants. S'ajoute à cela la menace d'une tempête de neige en hiver et de la queue d'un ouragan en été. Il fait toujours nuit quand son arrivée, l'apparition du taxi au bout de la rue, semble imminente. Les phares du véhicule qui s'approche tranchent dans la lueur diffuse des réverbères. Lorsque la fenêtre est ouverte, l'été, j'entends la mélodie du camion de glaces. L'air sent le pollen et la sève, et les ordures brûlantes contenues dans les sacs noirs sur les trottoirs empestent.

Ce sont des détails secondaires, des distractions dues à l'attente. La mémoire anxieuse emmagasine sans raison des informations superflues. Oublier, dit Cecilia, c'est se débarrasser de la charge gênante de ce qui n'est pas nécessaire. Le cœur de l'attente est toujours identique, suivant toujours le même modèle, à l'image d'un de ces photogrammes aux formes très pures de film en noir et blanc. Je suis assis devant la fenêtre et regarde la rue sur laquelle la nuit tombe peu à peu. Luria est allongée à côté de moi. Le moteur d'une voiture, puis ses phares donnent l'alerte. Si ce sont les feux de la voiture d'un particulier, la tension se dissipe aussitôt. S'il s'agit d'un taxi, je ne peux plus en détourner les yeux. Il s'arrête et, sur le toit, l'enseigne où s'affiche son matricule s'illumine. Le chauffeur allume la lumière de l'habitacle, mais du troisième étage je ne distingue rien. Les portières sont fermées car le client est en train de payer. Celle du conducteur, devant mon immeuble, s'ouvre en premier. Le passager sortira par la porte du côté du trottoir. Quand il fait très sombre, j'ai du mal à voir si la personne qui descend de voiture est un homme ou une femme. Il ou elle referme la portière arrière et s'approche du coffre que le taxi a ouvert. Parfois le battant dissimule le passager. Luria s'installe devant notre porte pour monter la garde. Elle a entendu le coffre claquer. Le véhicule est vieux et fait un bruit de tôle. Il démarre, me permettant de voir Cecilia sur le trottoir, la main sur la poignée extensible de sa valise. Je m'étonne qu'elle ne lève pas les yeux vers la fenêtre derrière laquelle elle sait que je guette. Elle marche dans une autre direction, ce n'est pas Cecilia. La rue est de nouveau sombre et déserte. Dépourvues de lumières, les bicyclettes des livreurs de repas y passent ainsi que les habitants du quartier qui promènent leurs chiens du côté de Riverside Park. Le bruit d'un train roulant vers le nord résonne, il vient de sortir du tunnel situé au-delà de la 125e Rue. L'attente impose le silence dans l'appartement. Je ne songe même pas à mettre de musique. Sur le qui-vive, comme moi, Luria est gagnée par mon immobilité. Je pourrais me servir un whisky ou un verre de vin pour calmer ma nervosité, mais je ne veux pas m'éloigner de la fenêtre, à croire que l'intensité de l'attente est susceptible de favoriser l'arrivée de Cecilia, de l'avancer, de la rendre possible, comme un aimant puissant qui l'attirerait jusqu'à moi et cet appartement hospitalier, cosy, où tout est prêt pour l'accueillir. Tout peut arriver sur cette terre au climat extrême. Pour une raison ou pour une autre, elle a peut-être été retenue au contrôle des passeports et patiente dans le bureau sordide où on conduit les suspects sans jamais les regarder droit dans les yeux, pas même pour leur rendre leurs papiers après s'être assuré qu'ils sont en règle.

Mon anxiété augmente au fil des heures. Je pourrais consulter le site de la compagnie aérienne, mais l'angoisse me paralyse toujours. Cecilia dit que cette propension est une stratégie évolutive. Une proie en mouvement stimule le prédateur. Rester immobile peut rendre invisible, surtout la nuit, à l'heure où chassent les animaux. D'autres phares éclairent la rue. Ceux, très hauts et puissants, d'un SUV noir, peut-être un Uber. Même si ce n'est pas un taxi jaune, il est possible que Cecilia en sorte. Un taxi s'arrête mais personne n'en descend. Il attend quelqu'un. Un soir, le faisceau des phares est constellé de flocons. Une portière s'ouvre devant Cecilia. Surprise par le froid, elle remonte les revers de sa veste trop légère, et dès qu'elle pose le pied dans la rue saupoudrée de blanc, elle regarde vers la fenêtre, y repère ma silhouette, agite une main dans ma direction, martèle le sol de ses talons, frigorifiée et impatiente.

Je collectionne les arrivées comme des photographies. Un autre soir, j'ai vu un taxi s'arrêter et, là encore, une personne qui n'était pas Cecilia en est descendue. J'ai eu peur qu'il lui soit arrivé quelque chose. J'ai consulté ma montre, incapable d'évaluer le temps que j'avais passé à attendre et quelles étaient les chances qu'elle puisse arriver dans la nuit. J'étais si concentré sur la rue, si absorbé que je n'ai pas entendu l'ascenseur ni la porte s'ouvrir, ni les grognements insistants de Luria. Cecilia vient de sortir du seul taxi que je n'ai pas vu. Elle a surgi brusquement, sans se faire annoncer, sur le seuil, les joues rougies par le contraste entre le froid qui règne dans la rue et la chaleur de l'appartement.

Quelqu'un avec qui elle a discuté pendant le vol vit dans notre quartier et lui a proposé – c'est fréquent à New York – de partager son taxi. Je ne l'ai pas vue parce que le chauffeur l'a laissée au coin de Broadway et que, de là, elle a marché. Elle pénètre dans l'appartement et compense son absence par de multiples et tourbillonnantes versions de sa personne, comme une lune offrant simultanément ses quatre phases. Le silence est brisé par le débit rapide de sa voix aiguë, sonore, enrichie d'autres tonalités grâce à son talent inné pour le mimétisme. Entre ces murs, pendant ces journées d'absence et d'attente, aucune autre voix ne s'est manifestée, hormis la mienne quand je m'adressais à Luria, celles de la radio ou des messages publicitaires laissés sur le répondeur. Et voilà que tout s'anime et que Cecilia joint le geste à la parole en me racontant des anecdotes liées aux personnes qu'elle a rencontrées tout en sortant des objets de sa valise, des livres qu'elle rapporte, des dossiers et des publications de ses congrès, une bouteille d'huile, une figurine en céramique qu'elle a vue dans la vitrine d'un antiquaire, un whisky pur malt qu'elle m'a acheté au duty free. Affamée, elle est ravie de soulever un couvercle et de découvrir une tortilla de pomme de terre ronde comme la pleine lune. La fatigue ne lui coupe ni l'appétit ni l'envie de bavarder, de raconter et de s'indigner des désastres politiques dont elle a été informée dans la presse. Elle me dit qu'elle a rencontré des collègues idiots et prétentieux qui l'ont fait sortir de ses gonds, parodie les intonations grandiloquentes d'un scientifique qu'on voit beaucoup à la télévision et qui est un charlatan à ses yeux, se met en colère en apprenant les dernières nouvelles à propos du gouvernement obscurantiste de Trump et son allégeance honteuse aux compagnies pétrolières. Elle doit absolument me faire écouter sur son iPhone une chanson d'un vieux Caribéen, Walter Ferguson. Elle s'énerve en évoquant la conduite insolente des fonctionnaires des services de l'immigration, enhardis par la xénophobie de Trump. Celui qui a contrôlé son passeport et sa *green card* aujourd'hui l'a dévisagée longuement, comme pour démasquer une hors-la-loi ou une envoyée de l'État islamique, puis, très impoliment, a voulu savoir pourquoi, après avoir résidé aux États-Unis pendant plus de dix ans, elle n'a pas demandé la nationalité américaine. Elle remarque les fleurs, les grosses bougies qui sentent le figuier, la nappe, les serviettes et les verres et approuve tout cela. Comme un contrebandier, elle se jette sur sa valise et en tire un paquet de jambon ibérique sous vide. Je constate que ses lèvres brillent : je sais qu'elle s'est remis du rouge avant de pousser la porte de l'appartement. Sa pâleur et son épuisement après un si long voyage n'enlèvent rien à son charme. Sa vitalité jaillit avec force pour vaincre la fatigue et le manque de sommeil. Elle arrive de Copenhague, de Madrid, de Prague ou d'une ville encore plus lointaine. Je verse dans deux verres le contenu d'une bouteille bien fraîche d'Indian Pale. Elle boit avidement, sa bouche se couvre de mousse. Sur le bord du verre de bière ou de vin, j'aime voir la trace carmin de son rouge à lèvres.

Elle s'assoit ensuite sur le lit, tanguant de sommeil et de fatigue. Elle me dit qu'elle est si épuisée qu'elle n'a pas le courage de retirer ses vêtements et ses bottes. C'est moi qui la déshabille lentement alors qu'elle est allongée sur le lit, tendant d'abord une jambe, puis l'autre pour que j'enlève ses bottes et les socquettes enfantines qu'elle aime porter. La bière et le vin blanc ont intensifié l'alanguissement du voyage. Dans le miroir du dressing, je me vois penché au-dessus d'elle, discret, après quoi je m'étends à ses côtés, gagné par son somnambulisme, la douceur sensuelle qu'elle renvoie, à la lisière de l'endormissement, le sourire placide, les yeux clos, les mains qui tâtonnent comme si elle me cherchait dans le noir, la pâmoison dont je garderai une image très nette le lendemain matin alors qu'elle l'aura chassée de sa mémoire, des circuits neuronaux qui se forment un instant et disparaissent sans parvenir à établir de connexions durables.

44

Je dois faire très attention aux choses qui se ressemblent beaucoup pour être capable de les différencier. C'est un effort souvent épuisant. Certaines personnes, après une altération minime du cortex visuel cérébral, ne reconnaissent pas les visages et ne peuvent les distinguer les uns des autres. Cecilia m'explique ces bizarreries ou maladies du cerveau dont j'essaie de retenir les noms, par exemple la « prosopagnosie ». Parfois les jours sont tous identiques à mes yeux, surtout les matins où je dispose les mêmes assiettes, couverts et tasses après avoir préparé le même petit déjeuner. Comment savoir quel jour précis je remplis le réservoir de la cafetière et compte les cuillères de café que je mets dans le filtre, presse les oranges au jus si sucré ou verse la même quantité de lait chaud dans le petit pot ? Je me promène dans la rue en observant les mosaïques de minuscules pierres blanches du trottoir, toutes pareilles à Lisbonne, semblables et pourtant changeantes, comme les écailles des poissons ou les millions de feuilles d'un arbre. J'étudie les brins d'herbe bien verte dans les interstices des allées. Il me faut différencier les feuilles de chaque espèce d'arbre maintenant qu'elles commencent à tomber. Celles d'un même spécimen ne sont pas identiques. Avec beaucoup de mal, j'identifie le modèle d'un avion en descente au-dessus de la terrasse et, en me concentrant sur son fuselage, je discerne son logo et le nom de la compagnie aérienne. Mais la silhouette qui surgit au loin, sur la ligne d'horizon du fleuve, est toujours la même, le bruit des turbines aussi, sauf quand un avion qui a traversé l'Atlantique vole plus bas que d'habitude et fait trembler quelques secondes toute l'étendue du ciel sur ma tête. Luria connaît le sexe et la particularité de tous les chiens ayant uriné ou crotté dans la rue. Elle s'intéresse patiemment à chaque déjection et ne poursuit sa promenade qu'une fois sa curiosité satisfaite. Elle reconnaît bien avant moi les pas de Cecilia lorsqu'elle arrive.

Selon Montaigne, toute ressemblance exacte est le fruit d'une distraction, il n'y a pas deux choses parfaitement identiques. Cecilia dit que tous les rats blancs du laboratoire sont différents à un degré minime mais significatif. La différence génétique entre les humains est elle aussi infime. Cecilia dit que les humains se ressemblent bien plus entre eux que les chimpanzés : nous descendons tous d'une population très réduite d'hommes qui étaient sur le point de s'éteindre dans un goulot démographique. Je me rappelle le jeu des sept erreurs qui figurait dans les pages loisirs des journaux : deux dessins apparemment identiques, l'un à côté de l'autre. C'était un mystère, une frustration, un défi qui m'agaçait dans un premier temps. Mais si je m'obstinais et persévérais, je trouvais une première erreur, puis une autre et encore une autre, et quelques minutes plus tard, ce qui m'avait paru impossible à résoudre était devenu une évidence qui sautait aux yeux, sauf quand je baissais les bras, découragé ou paresseux.

Je pense maintenant souvent à ce jeu, à ces mots de Montaigne, dont j'ai toujours l'œuvre à portée de la main, lui dans sa tour et moi dans mon appartement de Lisbonne, ouvrant au hasard ce livre sobre et savoureux que sa couverture rigide leste d'un poids noble, la date et la signature de Cecilia sous sa dédicace. Je regarde le revêtement des trottoirs, les toits des immeubles, les linteaux de pierre blanche des portes et des fenêtres. Je pratique l'exercice qui consiste à regarder ce logement comme le fera Cecilia, à évaluer ce qui le rapproche de celui de New York au point qu'il est presque identique, et ce qui l'en différencie. Je suis surpris par la rapidité de l'oubli : j'observe le plancher et ne peux guère le comparer, car je ne suis pas certain de me souvenir du sol de l'appartement new-yorkais. J'inspecte les tableaux, les photos encadrées, les objets que nous avons fait venir ici, que j'ai déballés un à un en les sortant des cartons, extraits de leurs emballages compacts en papier bulle, carton, ruban adhésif, réalisés par les employés de l'entreprise de déménagement américaine. Ils apparaissaient telles des pièces fragiles chargées d'histoire, des découvertes lors de fouilles : maquettes de voiliers, celle d'un bateau à aube du Mississippi, le masque africain avec des traces de peinture blanche, l'ours en bois sculpté par un bûcheron ou un fermier il y a plus d'un siècle, le globe terrestre où figure encore la carte de l'Empire austro-hongrois et un espace vide au cœur de l'Afrique. Même le téléphone fixe que nous avions là-bas est arrivé ici, inutile, protégé comme un trésor archéologique.

Mais il faut être extrêmement prudent. Au microscope, Cecilia décèle immédiatement la différence entre deux sections de cerveaux de rat d'une épaisseur millimétrique. Nous n'avions pas de globe terrestre dans l'appartement new-yorkais, ou en tout cas pas le même qu'ici. L'ancien est tombé et s'est cassé. Il me semble encore entendre le bruit qu'il a fait en se brisant. Luria avait eu peur et s'était mise à aboyer. La carte anachronique du vieux globe était celle de l'URSS. Ce globe-ci, je l'ai acheté à Lisbonne. Après l'avoir vu dans une vitrine, j'ai pensé qu'il plairait à Cecilia. Je croyais qu'il était pareil au précédent mais je n'avais pas regardé la carte de l'Empire austro-hongrois. C'était chez un antiquaire, près de la rue São Bento. Je ne sais plus s'il s'agissait du magasin où Ana Paula m'avait dit qu'elle travaillait.

Je pense au visage d'Ana Paula sans trop me le rappeler. Elle m'a envoyé un message auquel je n'ai pas répondu. Je ne me souviens pas de lui avoir donné mon numéro. Je me concentre et les traits que je distingue dans le flou douloureux de mon imagination sont ceux de Cecilia. Quand elle arrivera, elle s'étonnera de voir son schéma du cerveau humain et son portrait de Cajal accrochés dans son bureau, aux mêmes emplacements que là où elle travaillait à New York, et sera également surprise que la lumière pénètre dans la pièce par une fenêtre située à gauche de la table. Elle remarquera aussi que le téléphone fixe est identique, même si, à présent, je me rends compte qu'il n'en est rien. L'autre combiné était plus grand, un modèle ancien. Celui-ci est sans fil. J'ignore si je l'ai un jour entendu sonner, pourtant je me rappelle parfaitement avoir déballé le vieux combiné. J'ai demandé de l'aide à Alexis pour le brancher. Il a éclaté de rire en me disant qu'il croyait que c'était une antiquité décorative, que je ferais mieux de le vendre au marché aux puces de Ladra. Je sais que je l'ai vu récemment mais j'ai oublié où. Je suis certain qu'il a sonné. Quand le répondeur se déclenche, on entend à un volume considérable une voix éloquente en anglais, masculine, encourageante, presque joviale. « *We are not available now. Please leave your message after the beep. We will return your call.* » La sonnerie du téléphone retentissait de temps en temps mais nous évitions de décrocher pour échapper aux messages publicitaires, aux voix des quémandeurs, des vendeurs pathétiques d'objets dont plus personne ne voulait, des voix américaines à l'enthousiasme débordant, ou de téléopérateurs travaillant pour rien, douze heures d'affilée dans des hangars surchauffés de capitales asiatiques. Les appels redoublaient à l'époque des grandes tempêtes de neige, quand les gens étaient contraints de rester chez eux. Lorsque nous rentrions à la maison après être sortis ou partis en voyage, Cecilia s'empressait d'appuyer sur le bouton du répondeur pour écouter les messages qui s'étaient accumulés en notre absence. Entre chaque mot, la voix marquait une courte pause robotique. « *You. Have. Ten. New. Messages.* » À la fin elle concluait : « *No. New. Messages.* » En l'absence de Cecilia, je faisais défiler la cassette dans l'espoir d'entendre sa voix me parler depuis un lieu lointain.

45

Je me donne régulièrement des instructions à moi-même. Je dois redoubler de prudence. Quand je sors, je me concentre sur des détails particuliers pour ne pas me perdre. Au laboratoire de Cecilia, les électrodes fixées dans une zone du cerveau des rats appelée l'hippocampe dessinent la carte des connexions neuronales qui s'établissent à mesure que l'animal retient son itinéraire à travers le labyrinthe. Quand il s'endort, le schéma neuronal se répète. Cecilia dit que l'apprentissage se consolide dans le sommeil. Le rat rêve peut-être qu'il refait le même parcours, raison pour laquelle il est capable de mieux s'en souvenir. Les rats rêvent. Les chats, les chevaux, les chiens, les singes aussi. Des chats auxquels on a supprimé une partie du cerveau pour les besoins d'une expérience deviennent des chasseurs somnambules qui courent et sautent les yeux fermés en poursuivant des proies invisibles. Peut-être faut-il d'abord rêver les choses afin qu'elles se gravent ensuite dans la mémoire. Moi, il m'arrive de me réveiller sans savoir qui je suis ni où je me trouve, incapable de me rappeler à quelle époque on est. Je rêve que je suis à New York, mais cette certitude ne correspond en rien à ce que je vois. Je me surprends dans certains quartiers de Lisbonne, or j'ignore comment j'y suis parvenu.

Je suis assis sur un banc en bois, devant le triptyque de *La Tentation de saint Antoine*. Je vois des créatures semblables à des batraciens pulluler sur le sol, des démons volants, un ciel bleu aussi limpide que celui qui s'étend au-dessus du fleuve, un horizon infernal de massacres et d'incendies. Je suis arrivé là en marchant longtemps sur un quai, jusqu'au bout, pour me retrouver devant une barrière m'interdisant d'aller plus loin. Les mâts, les anneaux d'ancrage, les gréements métalliques des yachts amarrés s'entrechoquent sous l'effet du vent et composent une polyphonie riche et insistante qui me rappelle ces ensembles de musique indonésienne appelés gamelan. Un soir d'été, Cecilia et moi étions allés écouter un de ces orchestres à Central Park. La musique semblait se répandre tout naturellement dans l'air, les arbres et l'obscurité tiède sillonnée par le vol des lucioles. Derrière la barrière en barbelés, un bateau est affaissé contre le quai, sa coque noire écaillée par le mauvais temps et la rouille, et son nom figure en lettres blanches près de la proue : *Seabird*. J'ai déjà vu ce nom sur la berge de ce fleuve ou de l'autre, et le vent contre lequel il est difficile d'avancer les rend très similaires. Il frise l'eau en petites vagues couronnées d'écume, le vent atlantique qui monte le long du lit de l'Hudson ou descend des plaines du Canada et du cercle polaire, charriant en automne des millions de feuilles violettes, rouges, jaunes, des poutres d'immeubles engloutis, des troncs d'arbres entiers.

Si les rues ne se ressemblaient pas autant, il n'y aurait pas besoin de leur donner de noms pour éviter de les confondre. Comment trouver mon chemin sans difficulté si ce mur rose sur lequel se déverse une bougainvillée qui parsème le trottoir de pétales fanés est pareil à tant d'autres dans ce quartier et dans toute la ville ? Partout on tombe sur ces escaliers avec une rampe au milieu pour en faciliter la montée, et en haut un arbre si vieux que ses racines ondulantes soulèvent le revêtement du sol. Comment savoir sans hésiter où je me trouve à un moment donné, et si l'endroit que je cherche est au prochain coin de rue ou à l'angle suivant, rigoureusement identique au précédent ? Le fleuve s'étend au fond, tout en bas, au bout des rues pentues et au-delà des toits, des terrasses où le vent fait claquer le linge étendu et les hautes cimes des palmiers. Il est visible depuis ce lieu proche de chez moi où je me suis arrêté pour reprendre mon souffle, mais on le voit aussi du jardin du palais de la pop star où j'ai passé une soirée je ne sais plus trop quand, il y a longtemps ou récemment, quelques jours ou des mois.

Le GPS est utile, bien entendu, mais jusqu'à un certain point seulement. Sur l'écran battent les pulsations du cercle bleu qui m'indique où je suis, mais très souvent le tracé du plan tout autour ne m'évoque rien, des noms de rues et de places où je ne suis jamais allé ou que je suis incapable de situer par rapport à celles qui me sont familières. Je vois la flèche se déplacer dans le labyrinthe miniature du portable, sans rapport à mes yeux avec l'espace complexe et réel qui se déploie devant moi. Je marche dans un souterrain aux murs et aux plafonds couverts de graffiti et tout vibre ou résonne quand passe un train que je ne vois pas. Je sors dans la lumière du jour comme si j'émergeais soudain d'une eau trouble. J'ai atteint un quai isolé très proche du pont. Le soleil du matin donne au fleuve ridé par le vent un éclat de mercure instable. J'ai l'impression d'être sur le point de me rappeler un rêve que j'ai oublié au réveil. Je me souviens d'avoir vu la ligne noire glisser sur la pleine lune tandis que mon ombre masquait le visage d'Ana Paula lorsqu'elle se penchait vers moi en fermant les yeux. Je monte et descends des côtes depuis un moment et me retrouve sur une place inattendue, très accueillante, au centre de laquelle s'élève un immense acacia et, sous son feuillage ombragé, un banc entoure son tronc. Derrière, un palais inhabité et devant, un belvédère avec vue sur les toits et le fleuve, les clochers des églises, les mâts aux pavillons rouges et verts, les coupoles de style oriental en fer et en verre.

Épuisé, je m'assois sur le banc, prends le livre de l'amiral Byrd et entame ma lecture. Le froid extrême, le silence, le monoxyde de carbone le plongeaient dans un engourdissement et une faiblesse qui le vidaient de ses forces, de sorte qu'il ne s'alimentait plus et avait cessé de biffer les jours sur le calendrier. Tandis que je parcours ces lignes, une incertitude grandit et m'empêche de me concentrer. J'ai déjà été sur cette place ou sur une autre, très semblable, près d'ici ou à l'extrême opposé de la ville. Un événement que je devrais me rappeler est peut-être survenu ici. Cecilia et moi avons découvert cette place lors de notre premier séjour, mais je n'en suis pas sûr. Je regarde autour de moi dans l'espoir de voir apparaître une plaque avec un nom. Je la découvre après avoir inspecté en vain plusieurs côtés, mais le nom ne me dit rien. Mon seul point de repère fiable est le fleuve, couvert ce matin d'une brume qui le fait se confondre avec l'horizon nuageux. Je vois des toits, des coupoles, des murs roses ou jaunes, des terrasses avec des bougainvillées, les clochers blancs des églises. À Lisbonne tous les clochers se ressemblent, sauf les tours carrées de la cathédrale. Je ne vois pas le pont. Faute de soleil, je ne peux pas m'orienter. Je me mets à marcher sans but précis et, au moment où je crois m'être vraiment perdu, j'arrive au bout d'une rue qui débouche sur le Chiado. En un instant se recomposent dans mon esprit la carte complète de la ville et les points cardinaux.

46

Je crois que pour le moment il est préférable de ne pas m'éloigner et de limiter les sorties aux trois promenades quotidiennes de Luria. J'imagine avec effarement que, dans un moment d'inattention, je me fais renverser par une voiture dans cette ville à la circulation infernale, et que Luria reste seule. Il serait prudent de sortir le plus possible avec elle. J'ai l'impression que la solitude la perturbe plus qu'avant. Elle tremble parfois quand elle me voit partir, je l'entends aboyer lorsque je descends l'escalier. J'ai rêvé que je la perdais, que je la distinguais au loin, mais c'était un autre chien de la même race et non elle. Je ne veux même pas songer à la réaction de Cecilia si elle me retrouve sans la chienne. Lorsque je déjeune à l'extérieur, ce qui m'arrive de plus en plus rarement, je m'installe dans un des restaurants bon marché du quartier avec des tables en terrasse pour qu'elle soit à mes côtés, confortablement installée sous ma chaise, sa truffe posée sur une de mes chaussures. Je ne suis pas allé courir depuis des semaines, et quand je vais me promener avec Luria au bord du fleuve, sur les quais, je veille à ne pas trop m'éloigner et à ne jamais perdre de vue le repère très fiable du passage au-dessus de la route et des voies ferrées.

Je bénéficie sur la terrasse de toute l'exposition au soleil et à l'air libre dont j'ai besoin, d'autant plus maintenant que la chaleur n'est plus aussi forte et que les plantes ont poussé. Je n'ai pas encore installé le vélum, qui ne sera pas indispensable avant l'année prochaine. Je me méfie d'Alexis et n'ai pas envie qu'il vienne fouiner ici. Je me rappelle comment il lorgnait vers la chambre, le jour où il est venu prendre les mesures. Sans le lui dire, j'ai fait changer la serrure. Un artisan du quartier m'en a installé une neuve en très peu de temps. J'ai des appels en absence et des SMS d'Alexis, mais je ne réponds pas. Moyennant un petit effort, faire le ménage et ranger l'appartement est une distraction salutaire. Je n'ai plus besoin de Cândida, du moins pas tant que Cecilia n'est pas là. L'économie n'est pas immense mais appréciable. J'ai stocké des aliments non périssables : riz, légumineuses, sucre, conserves, pâtes, charcuterie, vin, lait, bière, café, raisins et autres fruits secs, morue. J'ai tout entreposé sur les rayonnages en bois de la cuisine, qui ressemble à présent à une ancienne épicerie, et dans la remise, où le menuisier d'Alexis m'a également installé des étagères. J'ai aussi des bougies, des piles, de grandes boîtes d'allumettes, des croquettes pour Luria, des bouteilles d'eau minérale. De la cuisine et de la remise monte à présent l'odeur agréable d'un magasin d'alimentation. Je me ferai une joie d'aller faire les courses le matin sur le marché de Campo de Ourique avec Cecilia, comme quand nous allions à notre Farmer's Market de New York le dimanche, mais faire les commissions tout seul est ennuyeux et triste. Je commande à présent en ligne la plupart des denrées que j'achetais auparavant dans les commerces du quartier et dont je chargeais mon sac à dos avant de gravir les rues. Parfois les colis arrivent vite, mais en d'autres occasions et pour des raisons lisboètes qui m'échappent, on met des jours à me livrer. Je dois dire que rien ne presse. J'ai assez de sources de divertissement, de livres et de vivres. Dès que j'aurai terminé la deuxième lecture hypnotique des Mémoires de l'amiral Byrd, j'entamerai les six volumes de l'*Histoire de la décadence et de la chute de l'Empire romain* d'Edward Gibbon, qui m'occuperont probablement plusieurs mois. Presque sans m'en rendre compte, j'ai perdu l'habitude de boire du whisky pur malt et de lire des journaux imprimés. Cependant, ouvrir la porte et découvrir chaque matin sur le paillasson mon exemplaire du *New York Times* avant de le parcourir dans le fauteuil de lecture près de la fenêtre me manque. Au moins j'ai encore le fauteuil et une fenêtre très similaire d'où observer la rue, à hauteur du coin où tournent les rares voitures qui viennent jusqu'ici.

Les nouvelles de la fin du monde m'arrivent ponctuellement par Internet et les innombrables chaînes de télévision qui me font veiller toutes les nuits et perdre de précieuses heures de lecture et de sommeil, Luria à côté de moi sur le canapé, la télécommande et un verre de vin à portée de la main, devant la même table basse et à la lueur de la même lampe que celle que nous avions à New York. Satrapes de l'armement nucléaire, apprentis dictateurs avec des penchants au génocide, pourvoyeurs de corruption et de haine, héritiers apocalyptiques de Lex Luthor et du Dr No. Je regarde des images d'ouragans dévastateurs et d'îles du Pacifique englouties par la montée des eaux. Je vois marcher des milliards de fugitifs qui envahissent les routes et engorgent les postes-frontières pour pénétrer aux États-Unis comme des pèlerins ayant traversé le désert. Je vois de jeunes cerfs des forêts d'Amérique chanceler et tomber au sol, agonisants, vidés de leur sang par cinquante mille tiques qui se multiplient à loisir au cours d'hivers trop chauds pour les éradiquer. Je vois des fonds sous-marins dépouillés par les crabes verts, des créatures aussi résistantes et fécondes que les tiques, les « cafards de la mer », dit un commentateur qui vient de sortir de l'eau en retirant son masque de plongée. Ils sont si endurants qu'ils peuvent tenir jusqu'à une heure sans oxygène. Ce sont des prédateurs voraces à qui les conditions néfastes aux autres espèces profitent : les températures plus élevées de la mer, le manque d'oxygène. Ils ouvrent avec leurs pinces les valves calcaires des huîtres, se groupent pour attaquer des langoustes bien plus grandes qu'eux. Quand ils ont fini de manger leurs proies, ils s'entredévorent. Je zappe et tombe sur une chaîne d'actualités turque en anglais où on explique que les tueurs à la solde du gouvernement saoudien chargés d'exécuter le journaliste Jamal Khashoggi l'ont découpé à la tronçonneuse alors qu'il était encore en vie.

Je suis un adepte de Montaigne, de Robinson Crusoé et du capitaine Nemo et mon lieu de retraite est agrémenté d'une excellente bibliothèque, équipé d'une connexion wifi, d'un ordinateur portable et d'une smart TV. Je ferme ma porte tous les soirs, en rentrant de ma promenade avec Luria, rassuré que personne d'autre que moi n'ait les clés, comme Nemo fermait l'écoutille de son sous-marin et l'amiral Byrd celle de sa cabane enterrée dans la glace. Après minuit, quand les derniers avions sont passés, un silence arctique s'abat sur ce quartier. Les projecteurs qui éclairent le Christ se sont éteints et il ne reste sur sa tête que les voyants rouges, semblables à ceux qui clignotaient au sommet des tours jumelles. À la place des écrans géants de réalité virtuelle que doivent posséder les mégamillionnaires dans leurs abris antiatomiques, j'ai à ma disposition des balcons et des fenêtres qui donnent sur les toits de Lisbonne, les terrasses des logements voisins avec leurs plantes et leurs cordes à linge qui flottent au vent, les nuages vagabonds qui viennent de la mer, chargés de pluie, l'horizon du fleuve et des collines couvertes d'arbres de l'autre berge. Les avions passent en grondant dans le ciel, épouvantent les oiseaux et déchargent dans l'air pur leurs tonnes de CO2. Il arrive qu'on les entende sans les voir quand ils traversent les nuages. Je profite de mes promenades nocturnes avec Luria pour inspecter les rebuts que les gens jettent sans scrupule dans la rue. Une série de caisses de différentes tailles en parfait état ramassées récemment me serviront de jardinières que je remplirai de terreau quand viendra la saison de planter des légumes sur la terrasse. J'ai pour le moment recyclé un récipient métallique avec un couvercle ajustable dont j'ai fait un composteur. Les déchets organiques seront l'engrais de nos futurs aliments. J'y verse du marc de café, des moitiés d'oranges pressées, des pelures de pommes de terre et de tomates, des coquilles d'œuf, les feuilles les plus vertes des laitues, les bouts durs des asperges. Quand je soulève le couvercle, une odeur intense de terre labourée et de forêt monte du fond du compost.

J'ai considérablement réduit mes dépenses. Je cuisine pour plusieurs jours, stocke les rations individuelles destinées à la congélation dans des briques de lait coupées en deux moitiés qui s'encastrent l'une dans l'autre et que je réutilise après les avoir lavées. La seule folie que je me permets tous les trois ou quatre jours sont les bouquets de fleurs fraîches qui doivent être là au cas où Cecilia arriverait à l'improviste. J'ai installé dans la cuisine un double distributeur d'eau et de croquettes pour Luria. Si je me perds ou s'il m'arrive quelque chose, elle aura de quoi tenir le temps que je regagne l'appartement ou me débrouille pour qu'on vienne la secourir. Pour l'instant je ne peux compter que sur mes propres forces. Robinson Crusoé regardait l'horizon en espérant voir apparaître une voile. De toutes les villes où j'ai vécu, celle-ci me semble la mieux équipée pour l'attente. Pendant des siècles, les gens se sont postés sur des quais, des belvédères et derrière des fenêtres, autant de lieux orientés vers l'embouchure du fleuve par où rentrent les bateaux. Moi je m'installe sur la terrasse et distingue les avions qui empruntent le même couloir aérien, projetant leur ombre sur le Tage dans les matins ensoleillés. À l'aube, après un silence de quatre ou cinq heures, j'entends dans mon sommeil le grondement de ceux qui ont traversé l'Atlantique.

47

Je me suis réveillé en sursaut dans un grand silence. J'ai l'impression d'avoir entendu le téléphone sonner, puis le message en anglais sur le répondeur automatique. Je suis sorti d'un rêve où quelqu'un me disait une chose essentielle pour ma vie, qui s'est effacé dès que j'ai ouvert les yeux. J'ignore si j'ai été réveillé par le téléphone, si la sonnerie s'inscrivait dans le rêve ou la réalité, ou si c'est le silence qui m'a tiré du sommeil. À New York, ce silence ne s'installait que pendant les tempêtes de neige. Il ressemblait à celui que l'amiral Byrd disait avoir entendu quand les tourbillons de neige et de vent qui avaient rugi sans répit pendant plusieurs jours s'étaient enfin calmés. À son réveil il n'y avait plus que le silence. Lorsque j'ai ouvert les yeux, la lampe de ma table de chevet était allumée. Luria a aussitôt levé le nez. Je me suis peut-être endormi très vite, sans avoir eu le temps de l'éteindre. Le côté de Cecilia était allumé. Une idée impérieuse m'a réveillé, une clarté décisive qui s'est effacée en même temps que le rêve en me laissant pourtant la trace d'une intuition.

L'idée que je me suis trompé quelque part. Je me suis laissé distraire ; j'ai tout préparé méticuleusement, mais il y a quelque chose que je n'ai pas fait ou mal fait, par négligence, sans m'en apercevoir. Malgré ses minutieux préparatifs en vue des six mois d'isolement et d'observation qu'il allait passer dans sa cabane en Antarctique, l'amiral Byrd avait oublié d'emporter un réveil.

Il n'avait pas davantage envisagé que l'évacuation du monoxyde de carbone de son poêle à pétrole serait problématique. Pour ma part, j'ai dû et dois encore régler trop de détails. À cause de mon manque de sens pratique ou d'expérience, des tâches simples qui auraient en principe requis moins d'efforts et moins d'attention se révèlent épuisantes. La fatigue, l'impatience et les insomnies m'empêchent d'être pleinement lucide et de me relâcher sans que cela représente un danger. Les facultés cognitives humaines sont bien plus limitées et retorses qu'il n'y paraît, dit Cecilia. Nous nous reposons trop sur notre capacité de raisonner, sur la fiabilité de la mémoire et des sens. Nous attribuons à l'intelligence plus d'acuité qu'elle n'en possède en réalité. Comment peut-on se fier à un esprit qui, en sommeil, tient pour vraies et sans s'en étonner les fantasmagories débridées des rêves ?

Je me suis réveillé avec la sensation pressante d'une erreur ou d'un malentendu que je n'ai pas su identifier à temps et qui, dès le début, a sapé mon projet. Je me suis appliqué à tout installer dans cet appartement en prévision de notre nouvelle vie ici, de l'arrivée de Cecilia, pour attendre la fin du monde imminente de la manière la plus agréable possible et faire en sorte que notre éventuelle survie après la catastrophe soit heureuse. J'ai lu des livres, regardé des documentaires, consulté des catalogues sur Internet. J'ai pu compter un temps sur la collaboration d'Alexis, l'ancien funambule, que je croyais efficace et loyal, mais qui est sans doute un imposteur. J'ai été conscient de mes limites ou essayé de l'être, comme de ma tendance à la distraction, à l'ennui, au laisser-aller. J'ai tenté de m'éduquer pour compenser des années de travail et de passe-temps stériles, contenir mon penchant à la solitude et à la paresse et, surtout, corriger dans la mesure du possible mon ignorance des connaissances scientifiques dans lesquelles baigne Cecilia, parfois au point de ne rien voir d'autre que ce qui se trouve sous la lentille de son microscope ou à l'intérieur des petites boîtes où s'agitent les rats affolés qu'elle utilise pour ses expériences, dans son laboratoire sans horloge fixée au mur, où perdre la notion du temps est facile. J'ai étudié chaque objet, chaque recoin de l'appartement en tenant compte de chaque moment, en tâchant de les apprécier dans toute leur singularité, sans les déformer par mes préjugés ou mon étourdissement, sans les confondre dans des séquences de monotonie égalisatrices. Quand j'ai rencontré Cecilia, je dressais des listes où figuraient les dates et les lieux de nos rendez-vous, les nuits que nous avions passées ensemble, les fois où nous avions fait l'amour, les films que nous avions vus, les concerts auxquels elle m'emmenait, le livre qu'elle m'offrait ou me conseillait de lire. Je voulais que rien de précieux et d'unique ne sombre dans l'oubli. J'ai voulu reconstituer notre logement à New York entre ces murs à Lisbonne. J'ai voulu établir en quoi ils se ressemblaient et ce qui les différenciait en m'amusant au jeu pour enfants des sept erreurs : pour me situer moi-même dans l'espace et le temps, dans une ville et non dans l'autre, maintenant et non autrefois, mais un maintenant où l'autrefois serait préservé, aussi intact que possible, habité par Cecilia, moi et même Luria, qui a un comportement de plus en plus étrange et solitaire quand l'un de nous deux n'est pas là, davantage sensible au silence lorsque aucune voix n'est susceptible de le briser.

Et malgré tout, je me rends compte que je me suis trompé, bien que je ne sache pas en quoi et que j'ignore si cette négligence est irréparable. Maintenant je dois tout passer en revue, même ce que je tenais pour acquis, pour détecter la ou les erreurs, celles que j'ai commises et celles que je risque de commettre encore. J'ai fait quelque chose que je n'aurais pas dû faire, une chose que j'ai omise et pour laquelle il n'y a désormais peut-être pas de solution. En entendant s'éloigner lentement dans la neige le véhicule qui emmenait ses compagnons d'expédition, l'amiral Byrd savait que la nuit antarctique n'allait pas tarder à tomber et qu'il y demeurerait seul pendant six mois, sans l'aide de quiconque. Je dois surveiller chacune de mes actions. Me remémorer tous mes faits et gestes à compter de maintenant. Tout peut dépendre d'un détail insignifiant en apparence. Cecilia dit que dans la nature les processus ne sont presque jamais linéaires. Une légère altération ou irrégularité des conditions de départ risque de s'aggraver jusqu'à mener à une situation insolite et catastrophique. Le déclin d'une population qui décroît petit à petit s'accélère soudainement et atteint un stade critique à partir duquel son extinction est inévitable. On représente graphiquement les calamités par une courbe qui descend ou monte de manière vertigineuse.

Je sais que je ne peux pas me fier à mes facultés mentales. J'oublie des faits cruciaux du présent et perds mon temps et la mémoire en m'ancrant dans des souvenirs inutiles et anciens, ou des histoires lues dans les livres. Je cherche quelque chose et ne le trouve pas là où il devrait être. Je m'apprête à sortir, cherche les clés, mon portefeuille ou mon portable, et le temps passe pendant que j'inspecte tous les endroits où j'aurais pu les laisser. On dirait que les objets se cachent de moi dans des recoins imprévisibles et parfois inaccessibles. Immobile, Luria me voit farfouiller. J'écris sur des papiers que je fixe avec du ruban adhésif à des emplacements faciles à voir : « Ne pas oublier les clés » est collé sur la porte, à la hauteur de mon regard ; « Éteindre le gaz » est placardé au-dessus de la cuisinière. J'ai programmé sur le téléphone trois alarmes par jour pour me rappeler les promenades de Luria. Il m'arrive de ne plus la voir. Je crains alors qu'elle se soit échappée à cause d'une inattention de ma part. Je l'appelle, elle ne vient pas. Elle est moins obéissante qu'un chat. J'agite sa gamelle de croquettes sans obtenir de sa part la moindre réaction instinctive. Elle sait sans doute que je la cherche. Elle dresse l'oreille en silence, le cœur battant, comme un enfant qui joue à cache-cache. Je tarde à la trouver car elle ne choisit jamais le même refuge. Elle vit dans un labyrinthe exclusivement à elle de zones d'ombre très basses de plafond, protectrices et abritées, des surfaces agréables de bois poli qui vibrent lorsque des pas s'approchent : sous le lit ou le canapé du salon ou, plus étroit encore, sous celui du bureau de Cecilia. Elle se cloître aussi dans la boîte où nous la transportions quand nous partions en voyage et qu'elle endurait dans la soute d'un avion de longues heures de solitude inexplicable et certainement effrayante pendant les vols transatlantiques.

Cette nuit je me suis réveillé à quatre heures en entendant la pluie tambouriner. Luria n'était pas sur le tapis au pied du lit. Je suis parti à sa recherche, en vain. J'étais bêtement angoissé à l'idée qu'elle n'apparaisse pas. Bien sûr, la porte était fermée et je me rappelais lui avoir caressé la tête avant de m'endormir, pendant que je lisais au lit. Dans le bureau de Cecilia, la lumière était allumée. Je m'installe à sa table de travail pour prendre des notes sur mes lectures. Luria n'était ni sous le canapé ni dans l'autre cachette qu'elle apprécie, entre le meuble de classement et la porte entrebâillée. J'ai parcouru toutes les pièces en l'appelant à mi-voix, sans faire de bruit en marchant. J'avais déjà inspecté la remise, mais j'y suis retourné après avoir ratissé tout l'appartement. Elle s'était blottie dans un carton où restaient quelques objets du déménagement. Je l'ai prise dans mes bras, elle avait le cœur battant. Au fond du carton, de vieux chargeurs, des babioles inutiles, des CD, des dossiers et le téléphone fixe que nous avions à New York.

48

Il a plu toute la nuit. Maintenant les gouttes tombent en silence. J'ai ouvert les volets de toutes les fenêtres pour que la lumière pénètre dans les pièces. Seul le couloir où se trouve la bibliothèque est resté dans la pénombre. Le vert mouillé des plantes luit sur la terrasse. Une clarté grisâtre persiste au fil de la journée. C'est une lumière sans indication de temps. Même avec les fenêtres ouvertes, j'ai l'impression qu'elle traverse une vitre dépolie. Elle est par instants plus intense et projette même des ombres timides, puis s'atténue et l'intérieur de l'appartement s'assombrit. J'apprécie le contact d'un pull en laine que je viens de sortir du dressing, la chaleur des radiateurs que j'ai allumés pour la première fois. Le téléphone a sonné à plusieurs reprises et s'est tu. Le nom d'Alexis est apparu sur l'écran, suivi du signal qui m'indique qu'il a laissé des messages. J'ai été troublé par la sonnerie du fixe que je ne me souvenais pas d'avoir entendue auparavant. J'ai entamé ma lecture près de la fenêtre. J'ai reçu un SMS d'Ana Paula que je n'ai pas encore lu. Les avions rugissent, invisibles, en traversant les nuages bas. Je lis un ouvrage que Cecilia m'a offert il y a longtemps, à propos d'un homme appelé le patient H.M. Dans le brouillard, on ne distingue quasiment plus la silhouette du Christ. Un chirurgien avait fait une lobotomie à cet homme en 1953, pour le soigner de son épilepsie, au lieu de quoi il l'a privé de la capacité de former et de conserver des souvenirs. Il avait fait deux trous de chaque côté du crâne avec un vilebrequin pour percer les tonneaux et, sans scrupules, avec une sorte d'aspirateur, lui avait extrait une grande partie des lobes temporaux, y compris l'hippocampe et l'amygdale. J'interromps ma lecture et lève de temps en temps les yeux pour observer le bout de la rue quand j'entends s'approcher une voiture. Lorsque le patient H.M. s'est réveillé de son anesthésie, il ne pouvait retenir du passé que des informations n'allant pas au-delà de trente secondes.

J'ai vu une fourgonnette s'arrêter et Alexis en descendre. Il a couvert son crâne rasé avec la capuche de son anorak. Il serrait un téléphone dans sa main. Je me suis écarté tout en sachant qu'il ne pouvait pas me voir de là où il était. Mon portable a vibré. Avec la capuche, je ne voyais plus son visage. Il y avait quelqu'un d'autre dans le véhicule, mais je n'ai pas vu ses traits. Une femme peut-être. Alexis lui a parlé. Il a traversé la rue, sortant de mon champ de vision. Mon portable a de nouveau vibré pour me signifier qu'on m'avait envoyé un SMS, après quoi c'est la sonnerie inconnue du fixe qui a retenti longuement. Je prévoyais ce qui allait survenir avec une telle netteté que c'est arrivé. J'entendais à présent l'interphone. Luria a commencé à aboyer. Je l'ai prise dans mes bras et l'ai assise avec moi dans le fauteuil. D'une main, je la tenais fermement pour qu'elle ne s'échappe pas, de l'autre je serrais son museau. Elle gigotait pour s'enfuir et courir jusqu'à la porte. L'interphone a sonné par intermittence et le silence s'est installé. J'avais du mal à maintenir la mâchoire puissante de Luria et ne pouvais pas réprimer ses grognements. Elle s'est débattue davantage quand les pas d'Alexis ont résonné sur le palier. Elle les avait reconnus ainsi que son odeur. Si j'avais relâché mon étreinte, elle aurait filé et bondi jusqu'à la porte. La sonnerie a résonné. Plusieurs fois. Un coup long et un autre plus court, comme pour un code se répétant. J'avais imaginé une situation qui, un instant plus tard, était devenue réelle. Il a cessé de sonner, des clés ont cliqueté et le calme est revenu aussitôt : le trousseau à la main, Alexis avait posé son oreille contre la porte, étirant son cou maigre, ses yeux ronds écarquillés, une amorce de frémissement sur les ailes de son nez. Il essayait d'introduire une clé dans la serrure. Il ne s'était pas encore aperçu que je l'avais changée et insistait, perplexe. Luria tremblait dans mes bras, les muscles tendus comme des cordes. Son souffle chaud humidifiait ma main. Le bruit métallique s'est arrêté, cédant la place à un silence plus long. Les pavés du trottoir et les carrosseries des voitures en stationnement brillaient sous la pluie. Sur la fourgonnette d'Alexis, les balais des essuie-glaces dessinaient un lent mouvement d'éventail. Par moments on voyait un visage flou qui disparaissait ensuite. Dans l'escalier, j'ai de nouveau entendu des pas, plus lents cette fois et, de la rue, Alexis a regardé mes fenêtres en chassant de la main les gouttes de pluie sur sa figure.

49

Le patient H.M. avait vingt-sept ans quand le chirurgien lui a fait une lobotomie. Sa mémoire explicite s'est arrêtée en 1953. Il a passé le reste de sa vie dans une résidence, grâce à une petite pension d'invalidité. On l'a longtemps logé dans une chambre du service de neurophysiologie de l'Institut technologique du Massachusetts, où il se soumettait avec docilité et bonne humeur aux expériences auxquelles toutes sortes de spécialistes se livraient sur lui. Il avait une voix douce, un peu hésitante, était capable d'apprendre des tâches manuelles compliquées qu'il oubliait ensuite. Il saluait comme s'il venait de la rencontrer la neuroscientifique qui avait étudié son cas pendant près d'un demi-siècle. Il avait paraît-il une grande bouche, de grandes oreilles, un grand sourire, portait des lunettes en écaille et mangeait solidement. Quand il avait terminé son repas et qu'un expérimentateur posait devant lui une autre assiette de nourriture, il le remerciait poliment et dévorait ce deuxième plat avec autant d'entrain que le premier. Il ne connaissait pas son âge. On le lui disait mais il l'oubliait aussitôt. Il se rappelait bien les émissions de télévision du début des années 1950, croyait que le président des États-Unis était encore Eisenhower. Il s'est mis à pleurer, inconsolable, quand on lui a annoncé que son père était mort. On le lui a répété quelques semaines plus tard et, de nouveau, ç'a été un choc pour lui et il a fondu en larmes, aussi triste qu'auparavant. Un chercheur s'est rendu compte qu'il serrait quelque chose dans sa main droite, un petit papier dont il ne se séparait jamais et sur lequel il avait écrit d'une écriture irrégulière que son père était mort. La joie, le chagrin et les souvenirs immédiats s'effaçaient sans distinction de son esprit au bout de trente secondes. Il tenait parfois des propos énigmatiques : « J'ai une discussion avec moi-même » ou « Chaque jour est un seul jour ». Il est mort en 2008, à quatre-vingt-cinq ans, dans son sommeil, très paisiblement. On a immédiatement prélevé son cerveau qu'on a transporté de Boston à San Diego à l'intérieur d'une glacière, avant de le congeler dans un laboratoire de l'université, puis de le diviser en deux mille quatre cent une sections d'une épaisseur de soixante-dix microns pour l'étudier. Chacune a été photographiée en haute résolution pour constituer l'atlas numérique en 3D le plus complet qui existe à ce jour d'un cerveau humain.

Même si l'idée ne me séduit guère, il vaudrait mieux que j'arrête de lire pour le moment. La lecture a un effet excessif sur moi. La réalité est devenue un terrain trop fragile. Dès que je parcours un texte, je tombe dans un état hypnotique et deviens ce que je lis. La réalité tangible est usurpée par celle, imaginaire et bien plus puissante, des mots sur le papier. Je lis les Mémoires de l'amiral Byrd et sens la pression sur mes tempes, le vertige pesant et graduel de l'empoisonnement par le monoxyde de carbone. Au bout de quelques pages, je me perds dans les trente secondes de présent sans avant ni après du patient H.M. J'ai lu dans un ouvrage traitant des rêves lucides que la seule façon de différencier le rêve de l'état de veille consiste à chercher un miroir et à s'y regarder. Dans les rêves, on ne peut pas s'observer dans une glace. Je sors de la douche, le miroir de la salle de bains est couvert de buée. J'y distingue à peine une ombre qui bouge. Je le nettoie et mon visage apparaît. Le patient H.M. se reconnaissait sur les photos de son enfance et de son adolescence, mais pas dans les miroirs. Le miroir était un des objets que l'amiral Byrd avait oublié d'emporter dans la cabane. Les camarades qui l'ont secouru alors qu'il était sur le point de succomber à la faim et au froid et qu'il avait commencé à délirer, bien avant la fin des six mois d'isolement, l'ont trouvé méconnaissable et effrayant. Lorsqu'ils lui posaient des questions, il ouvrait la bouche en émettant des grognements, comme s'il avait oublié l'usage de la parole.

50

Un rien m'empêche de penser avec discernement ; d'être pleinement là où je suis ; de voir ce que j'ai sous les yeux ; d'observer des séquences avec des liens de cause à effet. Tout bruit me perturbe ; la perception durable du silence aussi. Le vieux voisin de l'appartement de l'étage supérieur traîne les pieds au-dessus de ma tête à trois ou quatre heures du matin. Je n'ai pas dormi, plongé dans un livre sur l'histoire des phares, et je voyais en cette nuit pluvieuse la lumière de la chambre allumée depuis la rue de ce quartier plongé dans l'obscurité. J'étais le gardien du phare et celui qui l'apercevait au loin. Le père de Robert Louis Stevenson était un ingénieur spécialisé dans la construction de phares. Dans ma tendre jeunesse, je suis monté un jour sur les rochers pelés du cap de Creus, mais nous n'avons pas pu atteindre le phare car la tramontane était si forte qu'elle nous déséquilibrait. On m'a raconté que le gardien y vivait seul, avec sa fille aveugle et un serpent apprivoisé. Cette histoire était tout aussi incroyable que les formes d'ossements perforés des roches, les oliviers tortueux au-dessus des précipices ou la force vengeresse du vent.

J'ai coupé mon téléphone mobile, éteint l'ordinateur portable. J'ai besoin de la plus grande lucidité possible. Je n'allume pas le téléviseur. Grâce à son sixième ou septième sens, Luria a dû remarquer que la moindre broutille me perturbe et elle s'est retirée dans une de ses cachettes. Je dresse mentalement des listes de tâches incontournables que j'oublie avant même de les noter dans un carnet. Je parcours une à une les pièces de l'appartement pour m'assurer que tout est en ordre : le papier hygiénique sur son rouleau, les serviettes, le dentifrice sur le lavabo, le savon à mains dans sa feuille de vigne en céramique portugaise, le gel et le shampoing dans la douche, la cuvette des W-C propre et sans taches d'urine sur les rebords, les vêtements dans le dressing, les oreillers moelleux, les draps impeccables, le couvre-lit bien tendu, la bière et le vin blanc au réfrigérateur, assez de glaçons dans le congélateur.

J'essaie de me rappeler un mot utilisé par Cecilia, un de ces termes scientifiques calqués de l'anglais. Il m'est revenu en mémoire hier soir, avant de m'endormir, mais à présent, impossible de m'en souvenir. Heureusement pour le patient H.M., le chirurgien barbare ne lui avait prélevé avec son aspirateur aucune des deux zones de l'hémisphère gauche associées au langage : dans l'une la capacité de produire des mots, dans l'autre celle de les comprendre. J'ai appris quelque chose : un mot ou un nom disparaît et la tentative de le retrouver le fait fuir davantage.

Il y a un moment, il faisait si sombre qu'on aurait dit que le soleil s'était couché avant l'heure. Un peu plus tard, la clarté revient, le soleil aussi et il est de nouveau midi. Les gouttes grossissent et se détachent des gouttières comme des perles de verre lumineuses. Le mot était « réplication ». Il ne suffit pas qu'une expérience ait réussi une fois, dit Cecilia. Pour qu'une découverte soit validée, il faut que des équipes différentes la reproduisent exactement dans les mêmes conditions que celles où elle a été réalisée la première fois, et qu'elle se solde par des résultats identiques. Je l'ai vue ne pas pouvoir dormir quand, dans la pratique, certaines conclusions dont elle était sûre ne se vérifiaient pas. Je me suis réveillé au milieu de la nuit parce que, en tâtant le lit dans mon sommeil, je ne trouvais pas Cecilia à mes côtés. Je me levais et voyais de la lumière dans son bureau. Pas celle de la lampe, mais les lueurs bleutées favorisant l'insomnie de l'écran de l'ordinateur, qui éclairait son visage très sérieux et très fatigué, profilait ses pommettes en raccourci, se reflétait dans les verres de ses lunettes sévères. La science comporte bien plus d'incertitudes que ne l'imaginent ceux qui ne s'y consacrent pas, dit Cecilia. Un protocole aura beau être rigoureux, les possibilités d'erreur sont innombrables. Le hasard influe sur le résultat d'une expérience comme sur les vers d'un poème. Ce qui semble régi par des valeurs quantitatives, par des mesures microscopiques d'une rare précision et les lentilles prodigieuses des microscopes peut également être sujet au flou et aux leurres de la perception humaine. Ce que tu vois n'est peut-être pas ce qui existe en réalité, mais ce que tu veux voir. D'après Cecilia, l'esprit d'un scientifique obsédé par une expérience est parfois aussi peu fiable que celui d'un amoureux.

Elle emploie un terme technique pour désigner cela. Elle l'utilise spontanément, sans même se donner la peine de le traduire. « *Confirmation bias* ». Elle retire ses lunettes sans détourner ses yeux de l'écran et me demande comment on dit *bias* en espagnol. Il est possible que l'expérience qu'on souhaite répliquer ne donne pas les résultats escomptés car au cours du processus, on a commis des erreurs sans s'en rendre compte. Il faut alors recommencer depuis le début et répéter chaque étape, doser avec plus de soin chaque ingrédient, identifier tout ce qui ne va pas.

C'est ce que je me propose de faire maintenant. Je me suis si souvent exercé à attendre Cecilia que j'ai peut-être fini par me relâcher. J'ai oublié de prendre en compte quelque chose qui, en apparence, était secondaire. J'ai commis une erreur sans m'en apercevoir. Ce jour de silence et de pluie m'offre le calme requis pour passer en revue chaque étape du processus. Le seul bruit que j'entends sont les pleurs du bébé qui me parviennent parfois d'un appartement voisin du mien, accompagnés d'une voix féminine qui chante et réussit à l'apaiser. Aujourd'hui la rue est vide de passants. Les fenêtres étant bien fermées pour ne pas perdre la chaleur du chauffage, le grondement des avions n'est plus qu'une rumeur que je ne perçois pas la plupart du temps. J'ignore si la nuit tombe ou si un amas de nuages qui se dégagera ensuite assombrit le ciel. J'ai pris un repas simple et léger parce que je n'avais pas faim et pour ne pas désordonner ni salir la cuisine.

Tout est prêt. Le moment est venu de m'asseoir près de la fenêtre. Je n'ai pas l'intention de me distraire en lisant. J'ai disposé le fauteuil de manière à avoir une vue parfaite du trottoir et du coin de rue où surgissent les voitures. Quelques fenêtres de l'immeuble d'en face sont éclairées. Les radiateurs fonctionnent. La personne qui pénétrera dans l'appartement sera accueillie par un souffle pur et chaud, l'odeur de la sève et des feuilles de figuier des bougies. J'ai inspecté les lieux avec beaucoup d'attention. Je m'assois près de la fenêtre et ferme un instant les yeux pour me rasséréner, réviser dans ma tête tout ce que j'ai vu. Consulter l'horloge est inutile. Mon agitation intérieure rend confus tout calcul de décalage horaire. Les yeux clos, j'ai entendu de lents coups de cloches dont les résonances longues et profondes faisaient vibrer l'air. Celles de la Riverside Church. Je ne les ai pas comptés. La forte pluie et le vent arrachent les feuilles jaunes des arbres qui irradient faiblement à mesure que la nuit tombe. Des phares brillent et le taxi freine, le numéro de son matricule s'allume automatiquement sur le toit. Les gouttes de pluie poussées par une bourrasque frappent la carrosserie d'un taxi jaune.

Je vérifie que mon téléphone portable est bien éteint. Une seule lampe est allumée dans le salon, suffisante pour qu'on voie de la rue la fenêtre éclairée. Cette pénombre m'étonne. Je regarde autour de moi sans trouver d'autres lampes. Il n'y a pas davantage de meubles ni de tableaux. Je distingue sur le mur les rectangles blancs laissés par les cadres décrochés. Je vois des formes sombres entourées de papier bulle, de carton, de ruban adhésif. Dans le vestibule, une simple ampoule éclaire un tas de caisses. Le téléphone fixe est posé sur l'une d'elles. Je me rends compte à présent que je suis assis sur une caisse de livres et non dans le fauteuil de lecture. Debout dans le hall de l'immeuble d'en face, le *doorman* regarde la pluie, les jambes écartées et les mains dans les poches de son pantalon d'uniforme. Quand j'étais petit, les hommes de la campagne regardaient la pluie dans la même posture, à l'abri sous les porches, la cigarette au bec. Le vacarme du trafic parvient, amorti, jusqu'à la rue paisible, les sirènes des camions des pompiers qui veulent se frayer un passage. Avaler un calmant me ferait du bien. Ou, mieux, un whisky pur malt. Mais je ne veux pas m'éloigner de la fenêtre. Je ne peux pas me permettre de prendre de risques. Quoi qu'il en soit, les étagères de la cuisine sont maintenant aussi vides que les tiroirs des placards. J'ai détourné les yeux de la rue parce que le téléphone vient de sonner. C'est si peu fréquent que je ne reconnais pas la sonnerie. J'aurais peut-être dû le débrancher. Il continue et j'attends avec crainte et anxiété que le répondeur automatique se déclenche, la voix masculine et encourageante qui semble à la fois formuler des excuses et une invitation, « *Hello, we are not available now* », puis le bip et une pause qui permet à celui qui vient d'appeler de laisser un message, une voix fantôme dans le silence de l'appartement.

Mais ici aucun répondeur ne se déclenche. Sur le téléphone fixe de Lisbonne, on n'entend pas cette voix enregistrée. Je dois tout reproduire avec une fidélité scrupuleuse. J'ai quitté mon poste près de la fenêtre, traversé le couloir garni de livres et plongé dans l'ombre pour aller jusqu'à la remise. Les yeux de Luria brillent dans un coin, à l'intérieur de sa boîte. J'ai tâtonné au fond du carton et trouvé le téléphone fixe de New York. Dans un tiroir du meuble de classement haut du bureau de Cecilia sont rangés plusieurs adaptateurs de prises américaines. Il ne faut négliger aucun détail. Luria m'a suivi dans le salon. J'ai branché le vieux téléphone. L'écran où apparaissaient les numéros des messages et les noms des personnes qui les laissaient s'est éclairé. J'ai entendu le moteur d'une voiture et suis retourné me poster derrière la fenêtre. C'était un taxi qui tournait et a poursuivi sa route un peu plus bas en cahotant sur les pavés. Ses phares ont éclairé les filets de pluie. Quand nous l'avions acheté, ce téléphone était à la pointe de la technologie. C'est aujourd'hui une vulgaire antiquité. Il a sonné, je me suis levé. Je reste immobile au milieu du salon, dos à la fenêtre. La lumière crue de l'ampoule qui pend du plafond éclaire les cartons de livres et le téléphone, où un voyant rouge s'est allumé. La sonnerie résonne différemment dans l'appartement vide de meubles qui n'est plus le nôtre et dont nous serons partis demain. J'ignore depuis combien d'heures j'attends. Le ciel nuageux et la pluie incessante déforment la durée du temps, le passage de la fin de journée à la tombée du soir et du soir à la nuit. À cette heure tardive il est rare que des avions atterrissent. On ne les entend plus survoler le fleuve. Les trains aussi sont à l'arrêt. J'essayais de compter les coups de cloche de l'église, mais je me trompais, alors je renonçais. Je compte à présent les sonneries du téléphone en attendant que le répondeur se déclenche. J'ai également envie de l'éteindre. Mais je ne bouge pas, debout dans l'appartement démantelé, entouré de caisses. La voix masculine s'élève avec sa jovialité irritante, son gage américain de bonheur. Non, nous sommes absents pour le moment et nous le regrettons, mais s'il vous plaît n'hésitez pas, « *leave your message after the beep* », puis la promesse, ferme et sobre, « *we will return your call* ».

51

C’est la voix de Cecilia, que je ne reconnais pas. Je veux aller jusqu’au téléphone avant qu’elle ait fini de parler et raccroche, mais je reste là sans bouger, le plancher grinçant sous mes pieds. Je plaque mes mains sur mes oreilles, trop tard. Pendant que la voix laisse son message, je m’éloigne à l’autre bout de l’appartement vide où je l’entends toujours. Je pourrais attendre qu’elle ait terminé et coupe la communication pour effacer immédiatement la cassette. « *Erase. Message. No. New. Message.* »

Dans un éclair de lucidité qui m’emplit de douceur et de peur, je m’aperçois que je peux réentendre la voix enregistrée de Cecilia, en ce moment même, dans cet appartement de Lisbonne où elle ne s’est jamais élevée. La voix a fait le voyage avec moi à mon insu, comme un trésor secret parmi les objets du déménagement, au fond de ce carton où sont entassés les babioles qui ne servent apparemment plus à rien. Si je le veux, je peux entendre sa voix tout de suite. La lampe est près de la fenêtre et du fauteuil de lecture. La pièce se dédouble, concave et lointaine, dans la fenêtre, sur le fond obscur de la rue. Une voiture s’approche mais je n’en tiens pas compte. Je regarde le vieux téléphone devant moi, grand et désuet, sans tonalité, mais le répondeur est intact avec son voyant rouge, qui s’est allumé quand j’ai branché l’adaptateur sur la prise de courant. Je le laisse sur la table et sors de la pièce. Luria est apparue prudemment à côté de moi. Il ne reste plus aucun livre sur les rayonnages. Demain nous aurons quitté pour toujours cet appartement et New York. Je veux m'éloigner pour éviter d'entendre cette voix douce et froide qui ne ressemble pas à celle de Cecilia. Si je n'avais pas oublié de débrancher le téléphone fixe, je n'aurais pas eu à l'écouter.

C'est confus car maintenant, l'autre téléphone, celui du présent, s'est mis à sonner dans l'appartement de Lisbonne. J'aurais dû le débrancher également. Si je soulève le combiné, je saurai qui m'appelle. Il s'est tu et quelqu'un doit probablement laisser un message. Un voyant rouge clignote. Il n'a pas cessé ces jours derniers. J'ignore depuis quand. « Bruno, je sais que tu es là, dit Cecilia sur l'ancien téléphone, dans un passé qui remonte à des mois, je ne sais plus combien au juste. Je t'ai appelé sur Skype mais tu ne répondais pas. Tu n'allumes pas ton portable de la journée. » Sa voix intacte après tous ces mois, dans cet appartement et non dans l'autre, dans cette ville où nous devions vivre ensemble et non dans l'autre, que nous étions tous deux si pressés de quitter, la même voix prononçant les mêmes mots, que j'aurais voulu ne pas entendre et dont j'avais été incapable de me souvenir dans toute leur exactitude et leur crudité, que j'avais effacés de ma mémoire jusqu'à aujourd'hui, comme peut s'effacer l'apprentissage de la douleur chez les rats blancs, dit Cecilia.

Chacun de ses mots a un côté tranchant, une musique froide que je ne reconnais pas. Si parmi les troubles cérébraux il en est un qui empêche d'identifier les visages, il y en a certainement un autre qui rend impossible la reconnaissance des voix les plus familières. « Tu crois qu'en te taisant les choses cessent d'exister, dit Cecilia, aussi blessante que si elle me parlait à présent, m'appelant de je ne sais où, refusant de venir alors que j'avais tout préparé pour la recevoir. Tu prends une décision sans me consulter et tu te persuades tout seul que je l'ai prise avec toi. Je te contredis et tu ne m'écoutes pas. Tu n'écoutes rien. Tu penses m'écouter, mais tu n'entends que ta voix dans ce monologue qu'est ta vie. » J'appuie sur un bouton pour stopper cette voix, mais je ne me rappelle plus trop comment fonctionne le répondeur et mes doigts sont plus maladroits que jamais. « Tu es enfermé dans ton monde et, sans me consulter, tu te persuades que je veux m'y enfermer moi aussi. » J'ai l'impression que c'est une autre femme qui s'adresse à un autre homme. « Je t'aime, mais je n'ai pas l'intention de sombrer dans la tristesse avec toi », dit Cecilia, sa voix inconnue, sa présence invisible depuis un lieu lointain dont j'ignore tout, un aéroport, peut-être, un palais des congrès, un lieu immense plein d'échos et de rumeurs. « Tu m'entends et tu ne dis rien. Je te connais bien. Tu m'entends, là, et tu ne décroches pas. Comme quand tu fais semblant de dormir. Tu crois qu'en ne me répondant pas tu cesses de m'entendre, comme si je ne t'avais rien dit. Je ne reviendrai pas. Je ne reviendrai jamais. »

Elle parle depuis un lieu lointain dans l'appartement vide et elle parle aujourd'hui, ce soir, dans la réalité et le présent, à Lisbonne. Elle dit « pas », elle dit « reviendrai », elle dit « jamais », elle dit « chantage ». « Tu as tellement l'habitude de mentir que tu n'es plus capable de distinguer ce qui est vrai de ce que tu inventes, dit la voix glaçante, lointaine, clinique. Tu ne m'as pas raconté pourquoi on t'a renvoyé de ton travail. Tu me disais que tu suivais ta thérapie et en allant promener Luria je te voyais assis au parc. Tu mettais tes cachets à la poubelle sans même te donner la peine de le dissimuler. » À côté de moi, Luria reconnaît sa voix qu'elle n'a pas entendue depuis longtemps. Elle lève le museau vers le téléphone, les oreilles bien droites. « Tu ne peux pas me dire que tu m'attends, c'est du chantage », dit Cecilia. Elle a répété plusieurs fois de suite le mot « pas », le mot « jamais », le mot « chantage ». La voix se brise mais redevient froide aussitôt, exaspérée aussi, ou lasse, la voix forcée d'une personne qui feint d'être ce qu'elle n'est pas. Elle s'interrompt au milieu d'un mot, puis un bip s'élève, suivi d'un claquement sec de technologie obsolète. La voix masculine revient. « *End. Of. Message. No. New. Messages.* » Je me suis éloigné le plus possible pour ne pas entendre le téléphone au cas où il sonnerait de nouveau. J'ai fermé la porte de la chambre. Je me suis allongé par terre car je n'ai plus de lit ni aucun meuble. J'ai dormi dans un coin, face au mur, recroquevillé à cause du froid. Je me suis réveillé à l'aube, engourdi, les yeux clos. Puis j'ai regardé autour de moi sans trouver le moindre indice me permettant de savoir où, qui et à quelle époque j'étais.

Je suis allé dans le couloir et, peu à peu, j'ai reconnu l'appartement de Lisbonne. Une sorte d'éblouissement m'aveugle et efface le temps, une obscurité dont je sors comme si je me réveillais après une anesthésie. Entre là-bas et ici, autrefois et maintenant, il y a un vide, une période dont je ne garde aucun souvenir.

52

Je suis assis près de la fenêtre, dans le fauteuil de lecture, légèrement penché en arrière, Luria à mes pieds, le regard tourné vers la rue, une ou deux fenêtres éclairées dans l'immeuble d'en face, la chaussée mouillée, une pluie fine qui n'est visible que dans le halo de clarté autour des réverbères. Il doit être tard car je n'entends plus d'avions depuis un moment. Une bougie se consume sur le buffet, une autre sur le manteau de la cheminée. La table de la salle à manger est dressée, j'ai mis une nappe, les assiettes, les verres à vin et à eau, les couverts, la bouteille de blanc dans le seau à glace. Le miroir que nous avions à New York duplique la beauté et l'ordre de la pièce. Je suis assis de manière à le voir depuis mon poste d'observation, près de la fenêtre. Dans l'appartement d'en face, quelqu'un est penché sur son écran d'ordinateur. Je n'arrive pas à distinguer s'il s'agit d'un homme ou d'une femme car son visage est caché par la capuche de son sweat-shirt. Au loin, un bruit de mer qui est en vérité celui de la circulation sur le pont 25 de Abril. Je suis allé sur la terrasse, les projecteurs du Christ aux bras ouverts éclairaient l'intérieur des nuages. Je bois un verre de vin. Je le porte à mes lèvres, il n'est plus froid. Cela fait longtemps que je n'ai pas bu et je sens les effets de l'alcool, ou alors c'est que j'ai passé des heures sans manger ou que j'ai déjà bu d'autres verres avant celui-ci. De là où je suis, je ne vois pas le niveau de la bouteille dans le seau. Le téléphone ne sonne plus. Il suffit d'avoir un peu de patience pour qu'il se taise. J'ai vu des phares traverser la rue en diagonale, l'air où flottent des particules d'humidité ou le brouillard maintenant que la pluie a cessé.

J'ai aperçu un peu plus tard la voiture à qui appartenaient ces phares. Une voiture rouge. Je crois l'avoir déjà vue une fois dans le quartier. Elle monte la côte en marche arrière et se gare le long du trottoir, de l'autre côté de la rue. Le moteur s'arrête et les phares s'éteignent. Personne ne sort du véhicule. La lumière s'est allumée dans l'habitacle. Je distingue vaguement un visage éclairé par l'écran d'un mobile. Le téléphone fixe se remet à sonner à plusieurs reprises, puis se tait. Luria fronce le museau, les oreilles relevées. Elle remue la queue, se tourne vers la porte. Moi je n'entends personne approcher. Une femme est descendue de la voiture. Je l'ai reconnue avant qu'elle regarde vers ma fenêtre. La lumière du réverbère se reflète dans le verre de ses lunettes et dessine sa tête en raccourci. Sa silhouette est seule dans la rue. Si je le souhaite, je peux déceler dans son visage les traits et les expressions de Cecilia, modeler cette ombre comme une poupée de cire, la modifier à la mesure de ma nostalgie et de mon désir. Il n'y a personne d'autre au monde. Une grande catastrophe est peut-être survenue et sa résonance ou son onde de choc mettront encore longtemps avant d'arriver ici. Une grande et très haute vague montera du fleuve et engloutira tout, emportera les arbres et les murs, projettera les bateaux contre les immeubles et brisera les escaliers des rues. Elle a regardé en l'air, et je ne me suis pas écarté à temps de la fenêtre. Elle a tapé sur son portable et la sonnerie du téléphone a de nouveau retenti dans l'appartement. J'ai tendu une main vers le combiné sans décrocher. D'après mes suppositions, c'est l'interphone que je vais entendre à présent. Le claquement lourd est celui de la porte de l'immeuble qui s'ouvre et se referme. Luria s'est postée devant la porte close et dresse l'oreille en émettant un grognement semblable à des pleurs, sa queue fouette le tapis, son corps contracté tremble tout entier. Je perçois un bruit de pas sur les marches. Ils montent sans hâte, un degré après l'autre. Je sais que cela se passe maintenant, car dans l'autre appartement c'est l'ascenseur que j'entendais. Les pas se sont arrêtés tout près. Le palier s'est éclairé dans un déclic automatique. Je me suis approché très prudemment de l'œilleton. Je n'ai rien vu parce que la lumière de l'escalier s'est éteinte. Je respire en silence, le front contre la porte, le cœur battant, et glisse un œil dans le judas maintenant que la lumière s'est rallumée.

Du même auteur

Beatus Ille
Actes Sud, 1989
Seuil, 2000
et « Points », n° P929

Un hiver à Lisbonne
Actes Sud, 1990
repris sous le titre
L'Hiver à Lisbonne
Seuil (nouvelle traduction), 2001

Beltenebros
Actes Sud, 1991
Seuil, 2004
et « Points », n° P2294

Les Mystères de Madrid
Actes Sud, 1993

Le Royaume des voix
Actes Sud, 1994
et « Points », n° P790

Le Sceau du secret
Seuil, 1995

Pleine lune
prix Femina étranger
Seuil, 1998
et « Points », n° P667

Une ardeur guerrière
Mémoires militaires
Seuil, 1999

Rien d'extraordinaire
nouvelles
Seuil, 2000

Cordoue des Omeyyades
Hachette Littératures, 2000
et Seuil, 2012

Carlota Fainberg
Seuil, 2001
et « Points », n° P966

Séfarade
Seuil, 2003
et « Points », n° P1387

En l'absence de Blanca
Seuil, 2004
et « Points », n° P1426

Fenêtres de Manhattan
récit
Seuil, 2005
et « Points », n° P1889

Le Vent de la lune
Seuil, 2008
et « Points », n° P2756

Dans la grande nuit des temps
Seuil, 2012
et « Points », n° P2979

Tout ce qu'on croyait solide
essais
Seuil, 2013

Un promeneur solitaire dans la foule
Seuil, 2020
et « Points », n° P5399

RÉALISATION : NORD COMPO À VILLENEUVE-D'ASCQ
IMPRESSION : NOUVELLE IMPRIMERIE LABALLERY À CLAMECY
DÉPÔT LÉGAL : OCTOBRE 2023. N° 145784-3 (312139)
Imprimé en France